创意写作书系

MOVIE
SCREENWRITING
TUTORIAL

喻彬

著

电影
编剧
教程

中国人民大学出版社
·北京·

前

言

从纸媒写作到银幕造型

讲故事，是人类传承文明的最原始的方式之一，无论是中国早期的神话故事《夸父逐日》《女娲补天》，还是古希腊荷马史诗《伊利亚特》和《奥德赛》，都是记载人类文明起源与足迹的作品。这些神话故事，最初是通过口耳相传的方式传播和承袭，现在广为人知的那部分则是后来用文字记载下来的文学作品。

自古及今，人类从未停止过讲故事。只是讲述和传播的形式不断变化，由最早的口耳相传，到后来的结绳记事，再到文字记录、绘画、雕塑、音乐、舞蹈、戏剧、曲艺、电影、电视、广播等方式，这些都是人类传播文明火种的形式，照亮了漫长的历史进程，生生不息。

电影，就是一种讲故事的文化载体。多年来，笔者对电影剧本创作理论和实践进行了不懈的探究。我们在进入学校教育系统后的第一道作文题，常常是《我的妈妈》《我的爸爸》或者《给爸爸妈妈的一封信》……这是我们最早接受的叙事文学写作训练，也就是传统的文字写作。

从以文字为媒介的小说、童话、寓言等传统的叙事文学的书写，到为银幕造型的电影剧本写作，是一种飞跃、一种不同维度的精神创造。电影剧本所要展示的是一个画面和声音、时间和空间互相交融的四维叙事世界。

较之以文字为媒介的叙事文学，电影剧本不仅在传播介质上发生了变化，更重要的是创作者的形象思维、创作目的以及受众群体发生了根本性的改变。传统的叙事文学，是让读者通过阅读文字产生联想、形成意境、引发思想情感的共鸣；而电影剧本既不是给读者看的，也不是给观众看的，而是给导演、演员、摄影师等主创人员看的。他们以电影剧本为蓝本进行二度创作和艺术加工，运用电影语言，以动态影像的形式将作品展示在银幕上，观众通过视觉和听觉来感受电影作品的故事情节、人文内涵、艺术风格等。电影是具象的视觉艺术和抽象的听觉艺术的完美结合。

虽然电影剧本创作与小说等叙事文学创作一样，都是将现实的美转化为理想的美的精神生产过程，都要突出主题思想、故事情节、人物形象、叙事结构等人文内涵，但是电影剧本是造型艺术、音画艺术和时空艺术的有机结合，编剧自始至终将造型意识融入剧本创作的每个环节，并使之起到关键的作用。它是将主题、故事、人物等元素具体造型于电影的三维空间环境中进行叙事的一种特殊文体。也就是说，电影剧本的叙事、塑人、状物、写景、抒情等，是用具体的画面造型通过银幕传播给观众。这是电影剧本与小说等以文字为传播媒介的叙事文本的根本区别。

本书结合笔者多年的电影剧本创作经验与教学实践，详细阐释电影剧本的基础知识、创作方法与创作要领，以中外经典电影为例进行深入分析，每一章末尾有针对性地设置了练习和思考题，以便读者加深理解、融会贯通、学用结合。

笔者秉持知行合一、体用贯通的教学理念，多年深耕电影创作、电影剧本写作教学、指导大学生电影摄制等领域。本书是作者所主持 2023 年度广州市高等教育教学研究和改革重点项目"'双一流'背景下戏剧影视文学教学创新与人才培养研究"（项目编号：2023JGZDXM004）的成果，也是广州大学新闻与传播学院播音与主持艺术、网络与新媒体、广播电视编导三个国家级一流本科专业建设点的教研成果之一。

2024 年 6 月 29 日

目 录

绪　论

电影是国家文化软实力的集中体现，是构建人类命运共同体的重要文化载体，而剧本创作是电影工业的源头。《电影编剧教程》就是一部紧密结合我国国情，研究如何"讲好中国故事，传播好中国声音"的书。本书基于我国特有的历史文化资源，借鉴国内外电影创作经典理论，结合笔者长期对电影创作、教学与研究的实践经验，深入探析采用小成本制作来讲好中国故事的电影剧本创作理论体系。

本书紧紧围绕着我国电影剧本的本土化、祛魅化、中国特色等叙事策略、创作方法和要领展开研究，探析电影的主题与灵魂、故事与传奇、人物与人性等之间的关系与变化；剖析如何创作出优秀的电影剧本；探究如何甄选主题、设置人物、谋划情节、暗藏悬念、构建冲突、强化危机、巧设拐点、演绎传奇、精妙结尾；分析如何赋予电影作品人文情怀、植入民族精神等。本书对电影剧本创作中常见的实质性问题做了详尽的分析和研究，并结合笔者多年的电影剧本创作及教学实例进行了阐释和探索。

我国电影剧本创作理论研究，大致可分为三个时期。

一是 1949 年之前，有关电影编剧理论的专著主要有徐卓呆的《影戏学》（1924）、侯曜的《影戏剧本作法》（1926）、洪深的《电影戏剧的编剧方法》（1935）等。徐卓呆的《影戏学》是我国第一部电影理论专著，它阐释了"影片剧的要素""影片剧的形式及分类"等电影专业知识，强调电影与戏剧的区别，确认电影是一门独立的艺术。侯曜的《影戏剧本作法》对中国电影创作理论具有开创性的意义，从"影戏"的时代背景出发，建立了剧本中心论、社会功能论、技术操作论三大独创性理论，确立了其学术地位。洪深的《电影戏剧的编剧方法》首倡电影剧本要有完整的故事，具备场景、情节、人物、动作、对白、字幕说明等，创建了运用电影思维写作的具有电影特点的全新的剧本格式理论。

二是 1949 年至 2000 年，即新中国成立至互联网在我国广泛应用之前这段时期，夏衍、汪流、丁牧等学者的研究。夏衍的《写电影剧本的几个问题》，对新中国特殊的历史环境下的电影艺术现象和电影创作理论有着真知灼见，是我国当时权威的电影剧本写作教科书。汪流的《电影剧作的结构形式》和《电影编剧学》，分别对"电影剧作结构"和电影"造型元素"有着独到的建树。

三是 2000 年至今的新媒体时代，芦苇、杨健等学者的研究。芦苇、王天兵的《电影编剧的秘密》，主要将芦苇的生命体验和其改编的《霸王别姬》《活着》等电影剧本创作实践经验相结合，对剧本创作有一定的启迪意义，但更偏向于对原著的改编。杨健的《拉片子：电影电视编剧讲义》则通过对影视剧逐格、逐句的观摩和解读，深入分析影视作品的内容、风格与技巧。该书通过对多部教学片、参考片和电视剧的拉片，阐述了影视剧本创作的基本技巧。

以上研究，在不同的历史时期对我国戏剧影视文学发展起到积极的推动作用，但也不同程度地打上了时代的烙印，未能在学术史的视野下对中国戏剧影视文学创作理论进行体系化的建构。其学术视野、研究思维、影像话语，甚至援引的戏剧影视文学理论、作品例证等，大多数是新媒体诞生以前的。这显然与新文科背景下，戏剧影视文学教学与人才培养需求有着一定的距离。

国外戏剧影视文学创作研究，有 J. H. 劳逊的《戏剧与电影的剧作理论与技巧》、乔治·贝克的《戏剧技巧》、悉德·菲尔德的《电影剧本写作基础》、罗伯特·麦基的《故事：材质·结构·风格和银幕剧作的原理》、克里斯托弗·沃格勒的《作家之旅：源自神话的写作要义》、约瑟夫·坎贝尔的《千面英雄》、汉森的《编剧：步步为营》、埃里克·埃德森的《故事策略：剧作必备的 23 个故事段落》、亚历克斯·爱泼斯坦的《编剧的策略》、布莱克·斯奈德的《救猫咪：电影编剧宝典》、保罗·约瑟夫·古林的《序列编剧法》等。它们从不同的视域探析和研究戏剧影视剧本创作规律和制胜之道。

悉德·菲尔德的"开端""对抗"和"解决"三幕式电影剧作结构理论，将亚里士多德《诗学》之"头、中、尾"故事三段式结构原理，融入其《电影剧本写作基础》一书中，成为风靡一时的剧作模式。罗伯特·麦基的叙事理论，揭示了好莱坞电影剧作特别是类型大片在叙事上的诸多共性奥秘。克里斯托弗·沃格勒将卡尔·荣格的心理学思想和约瑟夫·坎贝尔的神话研究融入其著作中，将故事模型分为"英雄之旅"12个阶段，将故事人物分为英雄、导师、信使、阴影等不同原型，震惊了西方编剧界。上述三位学者的理论在我国编剧圈内十分受推崇。

坎贝尔将荣格的分析心理学理论融入《千面英雄》，揭示了英雄人物的成长以及英雄故事结构在不同国家和民族的神话传说中的表现形态。此外，《编剧：步步为营》《编剧的策略：如何打动好莱坞》等专著，虽然各有理论话语，但所见略同。例如《救猫咪：电影编剧宝典》中的15个节拍点，《故事策略：电影剧本必备的23个故事段落》中的23个故事链、人物成长弧，《序列编剧法》的8序列结构等，都与悉德·菲尔德的编剧理论体系如出一辙。其内容存在明显的同质化。它们的共同点就是，教你如何在"主控思想"原则指导下塑造"以一敌百"的个人英雄主义的人物形象。一些中国的编剧盲目模仿好莱坞电影"救世主"的模式来塑造典型的人物形象，导致水土不服。例如，几部国产科幻片分别亏损数亿元，就是盲目模仿好莱坞模式所造成的后果。

在国产电影创作场域内，主要呈现"大国叙事"和"平民抒怀"两大类型的作品。"大国叙事"类的作品，如《湄公河行动》《战狼2》《红海行动》《长津湖》等，主要围绕着塑造家国形象、增强国际认同、提振国际声誉等主旨展开叙事，在宏大的历史文化语境下塑造英雄人物形象。"平民抒怀"类的作品，如《疯狂的石头》《十八洞村》《无名之辈》《你好，李焕英》等，其内容大都聚焦社会底层百姓甚至边缘小人物的命运。这类电影主要靠直击人性、感人肺腑的故事内涵和人文情怀来感染、激励观众，从而在激烈的市场竞争中取得一席之地。与此类似，国外经典影片《天堂的孩子》《贫民窟的百万富翁》《入殓师》《寄生虫》等，无一不是以小人物为主题的令全世界观众喜见乐闻的作品。

回顾百年光影史，电影经历了从无声到有声、从黑白到彩色、从胶片到数字、从窄银幕到IMAX、从2D到3D的深刻变革。唯一不变的是故事法则。新的历史条件下，如何用电影语言讲好中国故事，创作好具有中国特色的电影剧本，是我们的当务之急。

　　我国正从电影生产和消费的大国迈向强国，需要扎根于中华本土的、适合于新时代我国国情的电影剧本创作理论研究。在新媒体视域下，本书对电影的多元叙事、艺术审美、创新思维、成功规律等进行深入的探究和翔实的阐释，努力创建具有中国文化特色的电影剧本创作策略的理论话语体系，希望为我国电影剧本创作理论研究提供有价值的借鉴和参考，对推动我国民族电影工业发展和中国电影国际化传播发挥积极的作用。

第一章　　编剧与造梦

第一节 梦的书写

编剧实际上就是一个造梦活动，就是对梦的书写过程。

"编剧"一词，有两种含义：作为名词的编剧，就是编写剧本的人，即剧本的创作者；作为动词的编剧，就是创作剧本的活动。

剧本，就是编剧用文字来描述舞台剧、电影、电视剧等各类表演艺术形式的整体内容和呈现意图的文本，又叫脚本。剧本是一剧之本，是一切表演类作品的蓝本。

编剧分戏曲编剧、话剧编剧、电影编剧、电视剧编剧、电视节目编剧、广播剧编剧等。

电影编剧，就是电影剧本的创作者。编剧是电影的源头和基础。

人们常常把电影比作梦工厂，而最初的造梦者就是编剧。不同的编剧编织的梦境往往大相径庭，喜剧、悲剧、正剧、闹剧……各有千秋。电影作品是编剧对现实生活的认知、感悟、洞察、觉醒、思索后的真实再现。每个人的阅历、修为、身世、处境等各不相同，因此将眼中的现实世界转化为剧本时，其故事走向、主题内涵、人物品相等呈现在银幕之上也是千姿百态的。

电影剧本是一种为银幕而写作的造型与叙事、画面与声音、时间与空间相结合的艺术。每个人、每一部作品的创作灵感来源都各不相同，有的发轫于某个梦境、某一事件或事件中的某个细节，有的源于某个人物或某种微妙的情感……

伊朗著名导演、编剧阿巴斯·基亚罗斯塔米在谈到他的巅峰之作《樱桃的滋味》的创作时说："最好的讲故事的灵感还是源于梦和想象，远离文字的世界。大多数人没有意识到想象力向他们提供的可能性，最强有力的想象力能够征服一切，使一切黯然失色。作为起点，永远要去事物的源头：生活本身。首先探索你周围有什么，但随后要超越它们前进。最理想的安排是永远运动于现实和幻想世界之间，世界和想象之间。现实激发创造性，但电影将我们带到日常生活之上，打开一扇窗，通往我们的梦。"①

譬如，电影《功夫》就是缘于周星驰童年的一个梦，这部作品应该是他人生夙愿的再现。周星驰小时候父母离异，他与母亲相依为命，生活十分艰难。从童年开始，他就遭受欺侮，梦想有朝一日获得"如来神掌"之类的神功，来除暴安良、惩治邪恶、匡扶正义。

泰国电影《天才枪手》，是导演、编剧纳塔吾·彭皮里亚根据 2014 年在亚洲地区国家举行的 SAT 考试大规模作弊案这一真实事件改编的。影片讲述天才高中生小琳在 SAT 会考上，跨国为富家公子代考获取财富，并与天才学生班克策划了一场跨时区的国际会考作弊。此片以高度紧张、惊险、悬疑的谍战片风格给观众留下深刻的印象。

反腐主题电影《检察长》，是由一封投诉信激发创作灵感的。2009 年，笔者从《羊城晚报》新闻部调到文艺部，负责"花地"文艺副刊的编辑工作。尽管不再从事新闻采访工作，但是笔者仍然会断断续续收到爆料信息。其中一封举报信称某房地产公司勾结政府有关部门的个别领导，廉价占地开发房地产；某大桥基础工程的多个标段招标"黑箱操作"，官商勾结，侵吞国有资产。笔者以此事件作为电影故事的原型创作了小说《检察长》，于 2018 年 8 月由南方日报出版社出版。该小说被改编成同名电影，并于 2015 年 9 月在全国公映。

总之，电影编剧就是对梦的书写。作者将自己的生命感悟、精神力量，展现在银幕这一梦幻空间，让观众沿着故事这一神秘的感知通道，去领略另一种生命的风景。

---

① 基阿鲁斯达米. 樱桃的滋味：阿巴斯谈电影. btr，译. 北京：中信出版集团，2017：25.

第二节　如何做好造梦者

如果说电影是梦工厂，那么编剧就是最初的造梦者。

米兰·昆德拉曾言："在这个艺术领域里没有人掌握绝对真理，人人都有被了解的权利。"[1] 艺术的真理涵盖着天地大美之奥秘，每个人都可以探究、认知、发现。每个人的笔下都可以呈现与众不同的艺术世界，每个编剧都可以尽情地描绘自己的梦里乾坤。

电影编剧将心中构思、规划好的电影内容、主题思想、故事情节、矛盾冲突、人物形象、叙事结构、表现手法等，用具有造型意识的文字表述，使之转换成银幕形象，供导演和演员进行再创作，为电影摄制提供最初的蓝本。

所以，电影编剧首先要考虑所创作的剧本的每一场戏、每一个画面是否能够用镜头呈现出来。也就是说，剧本中用文字描述的画面，必须具备能够转化为银幕形象的可能。否则，即便是再神奇瑰丽的剧本，也只能是"痴人说梦"，无缘与观众见面。剧本是决定一部电影作品成败优劣的先决条件，是电影产业中必备的要素，是决定一部电影的命运走向的关键因素。可见剧本的地位举足轻重。

加夫列尔·加西亚·马尔克斯说过："这世界上不缺好的导演，也不缺好的演员、摄影，而是缺少好的剧本。缺少好的剧本的原因是缺少思想，因为思想是一个电影的灵魂。"这归根到底是缺好的编剧。那么如何成为一名好的编剧呢？好编剧必须具备以下几个要素。

首先是天赋。所谓天赋，就是天资禀赋。有相当一部分文艺大家未必接受过系统的高等专业教育，但其作品惊世骇俗、流芳百世。究其原因，是天赋起了决定性的作用。那么，有了天赋是不是就可以高枕无忧、坐享其成呢？当然不是。王安石笔下的神童方仲永，因疏于后天学习，最终"泯然众人"，就是给后世人的一个警醒。

---

① 昆德拉 . 小说的艺术 . 董强，译 . 上海：上海译文出版社，2011：206.

其次是勤奋。勤奋既是人类创造之源、生命繁衍之本，也是文艺创作获得成功的先决条件。想成为一名好编剧，需要勤奋学习电影文学专业知识，熟练掌握电影剧本的基本原理、写作常识、写作要领和写作技法。还需要广泛阅读，借鉴经典，勤于思考，积极探索，深入生活体察生命的本质，将现实的美转化为理想的美；努力构建并打造属于自己的独具一格的艺术世界，在文艺百花园中取得一席之地。

再次是兴趣。如果你喜欢电影编剧，就会积极主动地学习电影编剧知识和相关技艺，就会有克服各种困难去争取成功的动力。正如孔子所言："知之者不如好之者，好之者不如乐之者。"知道学习的人，不如热爱学习的人；热爱学习的人，不如以学习为乐趣的人。这也就是人们常说的"兴趣是最好的老师"。如果你对学习充满兴趣，以学习为快乐，就会化被动为主动，能动地掌握知识并灵活地应用于创作实践。

最后是生活。文学艺术来源于生活而高于生活。纷繁驳杂的现实生活是文艺创作取之不尽用之不竭的源泉，它的多元性、复杂性赋予了文艺作品神奇瑰丽的魅力。所以，电影编剧要想创作出为普罗大众所喜闻乐见的作品，就必须扎根于现实生活和民族文化的土壤，坚持"以人民为中心的创作导向"，这样才能创作出有血有肉、无愧于时代和人民的优秀作品。脱离生活的电影文学创作会成为无源之水、无本之木。

思考与练习

1. 谈一谈你对电影这种讲故事形式的看法（500 字左右）。
2. 选一部你最喜欢的电影，写一篇简短的影评。

第二章　电影与中国

第一节 百年光影

在学习电影编剧知识之前，我们首先要了解电影的起源与发展概况。

电影，是一种由视觉艺术和听觉艺术相结合的传播媒介。其根据视觉和听觉暂留原理，运用照相和录音技术把需要保留的影像和声音摄录在胶片或数字媒体上，通过剪辑或后期编辑合成，在电的作用下将活动影像投射到银幕上，使影像和声音同步连续性放映。

电影是文学、戏剧、摄影、绘画、音乐、舞蹈、造型等多种艺术形式和现代科技相融合的一种综合性艺术载体。

一、电影的诞生

世界电影之父——法国发明家路易斯·艾梅·奥古斯汀·雷·普林斯，在 1888 年成功地摄制并在银幕上放映了世界上第一部电影、无声纪录短片《朗德海花园场景》（*Roundhay Garden Scene*）。该电影是互联网电影资料库 IMDb（Internet Movie Database）认证的世界上第一部电影，被称为人类有史以来最早的电影。普林斯也被电影史学家公认为真正的早期电影之父。他用单镜头摄影机在纸质胶片上拍摄了最早的运动影像——《朗德海花园场景》和《利兹大桥》（*Traffic Crossing Leeds Bridge*）。这是人类史上第一次动态影像记录。其比 1895 年 12 月 28 日卢米埃尔兄弟在巴黎一咖啡馆公映的《工厂大门》（*La sortie de I'usine Lumiereà Lyon*）、《火车进站》（*L'Arrivée d'un train à La Ciotat*）等电影还要早 7 年。

电影《朗德海花园场景》只有 2 秒钟共 24 帧图像内容，清晰地记录了电影中人物行走的姿态，真实地展示了 19 世纪维多利亚时代人的服装、时尚及精神面貌。真可谓是百年光影，始于两秒。

这段电影是路易斯·雷·普林斯于 1888 年 10 月 14 日，使用改进版的单镜头摄影机和伊士曼柯达公司的纸质胶片，在英格兰西约克郡的约瑟夫和莎拉·惠特利位于朗德海的家拍摄的。电影内容是路易斯的儿子阿道夫·雷·普林斯、莎拉·惠特利、约瑟夫·惠特利和哈里特·哈特利，在花园里转悠嬉戏的情景。

《朗德海花园场景》最初在英国利兹市普林斯岳父家的庄园和工厂放映过，只是未向社会公开放映。

路易斯·雷·普林斯拍摄的《朗德海花园场景》及其随后拍摄的《利兹大桥》，比卢米埃尔兄弟和托马斯·爱迪生拍摄的电影都要早几年。只是在此后的几年里，路易斯·雷·普林斯忙于移民到纽约，未能按计划在纽约的聚美大楼举办公开展览，完成这项新发明的公开演示。1890 年 9 月 16 日，他在法国第戎前往巴黎的火车旅行途中神秘失踪，尸身和行李均杳无踪迹，成为电影史上第一宗谜案。这致使他生前所创作的电影作品，未来得及在美国公开放映。

关于路易斯·雷·普林斯的死因，众说纷纭，有的说他因经济压力而自杀，有的说他因电影技术专利权争夺而被暗杀……

为了纪念普林斯这位伟大的电影发明家，英国利兹市依然保留着他的碑铭。

世界最权威、系统、全面的电影数据库 IMDb 网站对路易斯·雷·普林斯及其《朗德海花园场景》有详细记载。

1895 年 12 月 28 日，法国里昂青年实业家路易斯·卢米埃尔和奥古斯特·卢米埃尔两兄弟，在巴黎卡普辛路 14 号咖啡馆地下室的印度厅，第一次以 1 法郎的门票为他们邀请来的巴黎名流们放映了自己摄制的影片《工厂大门》、《火车进站》、《水浇园丁》（The Waterer Watered）、《婴儿的午餐》（Baby's Dinner）、《拆墙》（Demolition of a Wall）等多部电影短片，并引起了轰动。因为这是人类史上第一次以售票的方式正式向公众放映的电影，所以这一天被世人公认为电影诞生日。

这些影片，虽然都是用固定的镜头平实地记录一个场景中的人物情景，但是它们发掘了一些早期电影镜头语言。譬如《火车进站》首度在画面中出现了景深镜头，火车由远及近呼啸而来闯入银幕画面，使得从无观影体验的观众误以为火车会从银幕中向他们碾压过来；《水浇园丁》在非虚构的原始记录的镜头语言中呈现出许多幽默逗趣的喜剧成分，演员诙谐搞笑的肢体语言和面部表情，产生了一定的喜剧感染力；《婴儿的午餐》第一次运用了特写镜头，展现了一对夫妇给婴儿喂午餐的细节，特写镜头从此成为导演在展现影片细节时惯用的一种镜头语言。

二、电影的发展

1. 从无声到有声

电影的发展经历了从无声到有声、从黑白到彩色、从单声道到立体声、从胶卷到数码、从窄银幕到宽银幕再到 IMAX、从 2D 到 3D 的历史。

人类早期电影，都是无声片，又称"默片"，盛行于 20 世纪初期至中期。默片只在银幕上显示画面，没有与画面相对应和协调的人物对白和背景声音。观众只能看到画面，听不到片中人物的对白、独白以及旁白、解说、音效等声音。影片通过蒙太奇、演员的肢体语言和面部表情以及后来的配乐向观众传达思想内容。最初的电影只有画面，没有任何声音。例如《朗德海花园场景》和《利兹大桥》等。尤其是《拉手风琴者》（*Accordion Player*），只见影片中的主人公（普林斯的儿子）在拉手风琴，却没有任何声音。

实际上，人类自从有了电影就在不断尝试让电影声画同步。卢米埃尔兄弟、乔治·梅里爱等电影人都曾尝试将人隐藏在银幕背后，为影片中的人物配音、配唱，使观众既能看到银幕上的画面，又能听到画面中人物的声音。

1895 年 12 月 28 日，卢米埃尔兄弟的电影在巴黎一咖啡馆首映时，现场就有一位钢琴师即兴伴奏。在电影中，音乐能升华主题、烘托气氛、抒情言志、塑造形象、提高审美等。

默片时代，为了解决画面缺乏与之同步的声音来传情达意的问题，人们在影片中插入了"间幕"。间幕是以字幕的形式向观众展示片中人物的主要对白、人物的出现、情节进展以及道具上的文字，也有对作品内容的评价性文字。当时成为影片视觉上的一个重要元素，对影片起着解释、说明、注脚、简介甚至渲染戏院气氛的作用。间幕写作是默片时代区别于编剧的一种极其重要的职业。

后来的默片渐渐有了与剧情相匹配的音乐，那是在电影放映现场由交响乐队、爵士乐队等随着剧情发展变化进行伴奏。有的甚至邀请歌剧演员为影片现场配乐，以增强影片的艺术感染力。因为当时的电影院里大都有驻场琴师、歌手、乐队，所以默片虽然没有人物对白和现场同期声，但是有配乐和音效。譬如《火车大劫案》（*The Great Train Robbery*）、《党同伐异》（*Intolerance：Love's Struggle Throughout the Ages*）、《一个国家的诞生》（*The Birth of a Nation*）、《一条安达鲁狗》（*An Andalusian Dog*）、《战舰波将金号》（*The Battleship Potemkin*）、《日出：两个人的爱情之歌》（*Sunrise：A Song of Two Humans*）、《翼》（*Wings*）、《大都会》（*Metropolis*）、《城市之光》（*City Lights*）、《摩登时代》（*Modern Times*）等。

其中，于 1927 年在美国上映的《日出：两个人的爱情之歌》，是一部由美国福克斯电影公司出品的爱情、犯罪主题的黑白默片，这是著名德国导演弗里德李希·维尔海姆·茂瑙赴美国发展所拍摄的第一部影片，获得第一届奥斯卡金像奖最佳女主角、最佳摄影和最佳艺术指导等奖项。该片代表着默片时代无声电影最高的艺术水准，尽管这部作品是在美国出品的，但是它标志着德国表现主义创作达到巅峰。即便是进入 3D 电影时代的今天，重温这部作品依然能够感受其非凡的艺术魅力。

《日出：两个人的爱情之歌》讲述了一位年轻农夫在某个夏日遇到来乡村度假的城市女子，在这位风情万种的城市女子的诱惑下，农夫心生爱恋。城市女子唆使农夫杀死妻子、变卖农庄，然后二人携手进城、远走高飞。意乱情迷的农夫忘记了昔日与妻子甘苦与共的静美时光，领着妻子来到河边划船蓄意谋杀，在途中正要对妻子下手的那一刻，农夫良心发现。可是妻子在窥破丈夫的狼子野心后，伤心绝望，断然踏上了进城的列车。农夫怀着自责的心理紧追其后，乞求妻子宽恕。他们在新奇的城市里经历了一些甜蜜的冒险，破镜重圆返回乡村，就在回家的路上，暴雨肆虐，狂风恶浪把船打翻了，就在农夫以为妻子溺水身亡而痛不欲生时，那位城市女子出现在眼前，愤怒的农夫扑上去决定掐死她。幸免于难的妻子回来了，劫后重生的夫妻俩喜极相拥，城市女人黯然回到城市。

　　这是一部被学界公认的将完美的电影技巧与细腻的人物感情高度融合的作品。其镜头的快慢、叠化、淡出淡入、默片字幕的沉浮，都体现着德国表现主义构图的艺术特征。该片在视听艺术上也充满诗意：影片中钟声的响起寓意一段感情的始终；将农夫的妻子救起之后，救人者的幽默与笑容，蕴含着仁爱和人道。

　　默片时代，诞生了乔治·梅里爱、大卫·格里菲斯、查理·卓别林、路易斯·布努埃尔、F. W. 茂瑙、威廉·A. 韦尔曼、谢尔盖·爱森斯坦、雷内·克莱尔等电影艺术大师。

　　电影从无声到有声，经历了一个被人们了解、认知、接纳的过程。

　　所谓有声电影，就是观众在银幕上看到画面的同时能听到片中人物的声音、现场环境的声响以及旁白、解说、音乐、音效的声画同步的电影。

　　默片时代有许多电影艺术家对甫一问世的有声电影怀有排斥甚至抵触心理。主要原因是早期的有声电影技术不成熟，声画同步的水平极其有限，严重影响了人们对本已制作精良的无声电影的观赏。

　　1926 年 8 月，美国华纳兄弟影业公司摄制的歌剧片《唐璜》（*Don Juan*）在纽约华纳剧院首映，该片采用了维他风（vitaphone）声音系统，用唱片伴音、配唱来使影片的画面和声音同步呈现。

　　1927 年 10 月 6 日，美国华纳兄弟影业公司出品的电影《爵士歌王》（*The Jazz Singer*）在纽约公映，观众看着看着突然听到电影男主角乔尔森开口说话："等一下，等一下，你们还什么也没听到呢。"主角这一彻底颠覆所有观众观影经验的言行，使人们大为震惊。这句台词，是人类第一次使用了声音广泛分布的扬声技术，标志着有声电影时代的开始。

　　但是，真正意义上的有声电影是 1928 年在美国公映的《纽约之光》（*Lights of New York*），该片是美国华纳兄弟影业公司出品的犯罪剧情片。这部被称为"百分之百的有声片"的问世，使有声电影开始在美国全面普及。

1936 年，卓别林出品了他的最后一部无声片《摩登时代》，标志着默片时代的结束。

随着有声电影的技术水准和艺术品质日渐成熟，当初一些对有声电影产生不屑和抵触心理的电影艺术家们渐渐接受并尝试有声电影的创作。查理·卓别林直到 1940 年才创作平生第一部有声电影《大独裁者》（*The Great Dictator*）。该片是由查理·卓别林自编、自导、自演的一部以第二次世界大战反法西斯为主题的影片。作品辛辣地讽刺了希特勒和墨索里尼妄图称霸世界、主宰人类的疯狂想法与丑恶行径。该片于 1940 年 10 月 15 日在美国一公映就轰动了全美，继而在欧洲被禁映。

《大独裁者》获得 1941 年第 13 届奥斯卡金像奖 5 项提名，1997 年被美国国会图书馆的美国国家电影登记处列为"在文化、历史和艺术上具有重大意义的电影"。

2. 从黑白到彩色

自从电影诞生以来，电影人就没有停止过对电影艺术的探索。他们为无声黑白电影不能真实地呈现这个有声有色的现实世界而感到困惑，并做出各种尝试和探究。

黑白电影，就是采用黑白两色的感光胶片拍摄的电影，以黑白明暗、光影层次的变化来表现大千世界的色调。从艺术的角度来说，黑白电影往往有着彩色电影无法企及的独特魅力。例如《八部半》（$8^{1/2}$）、《去年在马里昂巴德》（*Last Year at Marienbad*）、《罗生门》（*Rashomon*）、《精神病患者》（*Psycho*）、《辛德勒的名单》（*Schindler's List*）、《罗马假日》（*Roman Holiday*）、《乱世佳人》（*Gone with the Wind*）、《魂断蓝桥》（*Waterloo Bridge*）等。

而彩色电影，就是用彩色胶片拍摄的电影。其能够真实自然地再现自然世界的本色，强化电影对现实生活的表现力和对观众的感染力。色彩在电影中成为艺术地呈现客观世界的技术元素，塑造人物形象、表达人物情感的艺术手法，构成电影独特艺术风格的条件。

最初的彩色电影，是人工在黑白胶片上涂颜色。这样拍出来的效果必然和自然界的色彩相距甚远。

1906 年，英国人乔治·阿尔伯特·史密斯制作了第一部自然色彩的彩色电影。影片记录了他的两个孩子在草地上玩耍的情景。1908 年，他制作了第一部商业性质的自然色彩的彩色影片《参观海滨》（*A Visit to the Seaside*），这是一部只有 8 分钟的短片。

1916 年由美国派拉蒙公司发行，布雷制作公司绘制的美国动画片《汤默斯·凯特首次露面》（*Thomas Katt's First Appearance*），是世界上第一部彩色动画片，采用布鲁斯制天然色工艺。

1916 年美国特艺公司研发了特艺彩色（Technicolor）双色印片工艺，并应用于电影制作。该技术主要采用彩色滤镜、局部镜子、三棱镜、黑白胶卷，同时记录三原色光，经过冲印和染色后，放映机播放出有彩色效果的影片。

由于当时的特艺彩色技术十分有限，只有红色和绿色两种颜色，而且需要特制的器材才能播放，所需的特殊摄影技术和投影设备成本过高，因此该工艺在电影市场中难以普及和推广。但是，特艺彩色以其超现实色彩和具有饱和的色彩层次而闻名。一些对色彩要求较高的音乐舞蹈片、动画片多采用该工艺，譬如《乱世佳人》、《绿野仙踪》（*The Wizard of Oz*）等。

1932 年，美国特艺公司研发了一种采用染料转移技术的三色胶片，采用三基色染印法描绘胶片上最鲜亮的色彩。美国迪士尼公司出品的彩色动画片《花与树》（*Flowers and Trees*），就是首度采用该三色胶片拍摄的。《花与树》于 1932 年获得奥斯卡金像奖最佳动画短片奖，这也是奥斯卡历史上第一部最佳动画短片。

1935 年在美国上映的《浮华世界》（*Becky Sharp*），是世界第一部真正意义上的彩色电影，由美国华纳兄弟影业公司出品。它使色彩真正作为一种电影元素、手段、风格融入银幕世界。从此，开启了彩色电影的新时代。

1939 年上映的美国彩色影片《乱世佳人》，是电影史上的丰碑之作，1940 年获得第 12 届奥斯卡金像奖最佳影片、最佳导演、最佳女主角等奖项。1998 年，美国电影协会评选 20 世纪 100 部最伟大的电影，《乱世佳人》位列第四。

第二节　电影与戏剧、文学

一、电影与戏剧

电影作为一种新兴的艺术，诞生之初就像一张白纸，没有任何范本可供仿效、沿袭和借鉴。

路易斯·普林斯以及卢米埃尔兄弟的电影几乎都是固定的机位一镜到底拍摄一个场景的具有纪录片性质的短片，导演和编剧的成分很少甚至没有。渐渐地，人们对电影的要求不再局限于对某个生活景象的简单实录，而是有目的地选择多个场景对叙事主体进行多方位、多视角的演绎。

电影作为一种叙事的文艺载体，与戏剧有许多相似或共通之处，都需要演员在一定的场所向观众进行"一对多"的表演和传播，以达到公众娱乐效应；都需要依照冲突律来创作剧本、结构剧情，需要矛盾冲突来塑造人物形象、讲述人物命运。没有冲突就没有戏剧，同样也没有电影。

乔治·梅里爱就是将电影引入戏剧，将戏剧艺术与电影艺术相融合的第一人。他在电影里引进了戏剧因素，创造了戏剧电影。他所摄制的数百部电影，都采用了戏剧结构的电影表现形式。

乔治·梅里爱自从 1895 年 12 月花一法郎购买门票观看了卢米埃尔兄弟展映的《火车进站》等影片之后，就开始了电影创作，他一反卢米埃尔兄弟固定单一镜头实录式的拍摄手法，电影剧情也不局限于生产劳动场景、家庭生活情趣、社会事件实录、街头实景拍摄。他另辟蹊径地创造了"银幕戏剧"，其内容包括魔术片、新闻片、神话故事片、科幻探险片。他率先将戏剧的"三一律"、故事元素、舞台叙事手法、剧本、演员、服装、化妆、道具、灯光、置景等引入电影。

1896 年 5 月，乔治·梅里爱拍摄了第一部影片《玩纸牌》（*The Card Players*），同年还拍摄了《恐怖的一夜》（*A Terrifying Night*）、《贵妇失踪》（*The Disappearance of the Marquise*）、《快速画家》（*The Fast Painter*）、《魔鬼庄园》（*The Devil's Manor*）等 80 部 20 米胶片的影片。

乔治·梅里爱是巴黎一位制造商之子，从小就酷爱绘画、表演，并展现出特殊的禀赋。他具有良好的文艺潜质和修养，后来成为魔术师和木偶戏演员。结婚后，其妻子带来了丰厚的财产。1888 年，他利用妻子的财产连同父亲留下的遗产买下了罗培·乌坦剧院。从此，罗培·乌坦剧院成为专门上演"魔术剧"的场所。他自己担任编剧、导演、绘景师和木偶制作人，同时还做魔术演员。他观看了卢米埃尔兄弟的"活动电影"后，便向卢米埃尔的父亲提出购买他儿子发明的电影机器，但未能如愿。数月后，他从英国人手里买到了一台放映机。从此，他开始了自己的电影创作生涯。

乔治·梅里爱，是世界电影导演第一人、电影摄影第一人，对电影技艺做出了卓越的贡献。他发明了"停机再拍"的"魔术照相"法，他采用遮盖法拍摄了电影《多头人》（*The Man with the Multiplied Head*），用迭印法拍摄了《魔窟》（*The Devil's Cave*），用多次曝光法拍摄了《音乐狂》（*The Madness of Doctor Tubal*）等。他创造的快动作、慢动作、倒拍、多次曝光、叠化、淡出、淡入等特技摄影手法一直被电影人沿用至今。他不仅自己编剧、导演、拍摄，还亲自进行剪辑工作。在影片剪辑中，他运用了各种特技，如淡入（如戏剧开幕）、淡出（如戏剧闭幕）等，首创了电影画面的技巧剪辑。他使电影剪辑由技术升华为艺术，被誉为魔幻大师。

二、电影与文学

乔治·梅里爱还是将电影与文学融合的第一人。1902 年，他创办的明星公司拍摄了世界第一部科幻神话故事片《月球旅行记》(*A Trip to the Moon*)，该片根据儒勒·凡尔纳和赫伯特·乔治·威尔斯的两部小说改编。在拍摄这部影片时，梅里爱让一群身穿星相家服装的天文学家，坐在美丽女海员搬来的炮弹里，被发射到浩渺的太空，去月球旅行。这部时长 15 分钟的影片，投资了 1 500 金路易，深受观众喜爱。该片不仅在欧洲和美国销售了几百部拷贝，而且在美国放映时洛杉矶还专门建立了全球第一个常设电影院。

从此，梅里爱让电影和文学结下了不解之缘。发现了文学中的小说改编成电影的美学价值与市场潜力之后，他又将《鲁滨孙漂流记》《格利佛游记》等文学名著改编成电影。

然而，他的明星公司后来因经营不善而举步维艰，最终被法国后起之秀查尔·百代和爱米尔·百代创办的百代电影公司兼并了。

1903 年至 1909 年，在世界电影史上是"百代时期"。查尔·百代在 5 年之内就把梅里爱手工业式的电影制片企业变成了一个庞大的工业，法国樊尚这个电影之都，几乎支配了全世界的电影市场。

百代公司很好地借鉴了梅里爱以小说改编电影的经验。在 1906 年之后，其大规模地将文学作品改编成电影，工业化生产电影作品，一度占据世界电影市场主要份额。百代公司还专门成立文学家协会，负责生产电影剧本。巴尔扎克、雨果、左拉等著名作家的文学作品被百代公司改编成剧本并拍摄成电影。

百代公司除了将经典文学名著改编成电影之外，还将报刊连载的通俗小说改编成电影，以迎合更为广泛的观众群体的审美情趣。其中，百代公司将连载小说《蒙面大侠》改编成电影之后，获得了巨额的利润。

此后，美国的电影公司开始仿效法国百代公司的做法，例如：《芝加哥论坛报》与山立格公司合作，将连载在该报的小说拍成电影《卡斯林奇遇记》(*Casablanca*)；《芝加哥美洲报》的老板赫斯特〔电影《公民凯恩》(*Citizen Kane*) 的原型人物〕随即联合爱迪生公司，拍摄了《洋娃娃的故事》(*The Doll's Story*) 与之对峙。从此，几乎美国所有的报纸都仿效之，将连载小说改编成系列电影，主人公大都是蒙面大侠、亿万富翁、西部牛仔等。

1915 年 3 月，在美国上映的历史爱情电影《一个国家的诞生》（*The Birth of a Nation*），由大卫·格里菲斯导演，根据托马斯·迪克逊的小说《同族人》改编而成。这部电影上映时间持续 15 年，观众达一亿人次。由于其内容有极力歌颂三 K 党的倾向，从种族歧视较严重的美国南方州的视角描写美国内战，提倡白人优越主义，把三 K 党美化成正面形象，因而颇具争议性。电影公映后引起了社会的强烈反响。

但专家公认，《一个国家的诞生》是电影发展史上的里程碑式的第一部史诗性影片。大量电影叙事的基本语汇由此诞生，使电影艺术趋向成熟。

中国的鸳鸯蝴蝶派文人率先与电影结缘。从 1921 年至 1931 年，中国的影片公司总共拍摄了大约 650 部故事片，其中绝大多数是鸳鸯蝴蝶派文人参与制作的，影片也大多改编自鸳鸯蝴蝶派作家的文学作品。

1924 年，鸳鸯蝴蝶派重要代表人物包天笑，率先受聘于上海明星电影公司做编剧。紧接着，徐枕亚、周瘦鹃、李涵秋、许啸天等作家纷纷加盟电影公司与郑正秋、张石川等电影人合作，担任编剧和宣传工作。

中国早期的电影公司除了和鸳鸯蝴蝶派文人合作之外，还对民间故事和古典小说进行了大量改编，由于这些作品具有广泛的民众基础，因此吸引了较大的观众群体。譬如天一公司于 1926 年率先拍摄的《梁祝痛史》《义妖白蛇传》《珍珠塔》《唐伯虎点秋香》等，以及明星公司于 1928 年率先拍摄的武侠神怪片《火烧红莲寺》等电影作品。

中国早期电影以戏剧题材为主。如中国电影史上第一部电影《定军山》和中国第一部彩色电影《生死恨》，都是电影艺术和京剧艺术的直接融合。《花木兰从军》《珍珠塔》《梁祝》《白蛇传》等电影，都是以中国传统戏曲题材为内容。

《定军山》使得电影以"影戏"这一特殊形式存在于中国。因为戏曲在中国具有广泛的民众基础和社会影响力，融入了中国各阶层人民的生活之中，所以中国早期电影会与戏曲结缘，这一现象是基于农耕社会这一独特的文化背景而产生的。

第三节　电影与中国

"中国人最早看到的电影也是由外国人带来放映的。1896 年 8 月 11 日（光绪二十二年中秋节），上海徐园的杂耍游乐场中推出了一种新鲜玩意儿，人们管它叫'西洋影戏'。这是关于电影在中国放映的第一次记录，它仅发生在电影发明的半年之后，这次放映据说主要是法国影片。第二年的夏天，1897 年 7 月，又有美国人到上海放映电影。"[①]

据《申报》记载，1896 年 8 月 11 日，法国商客在上海徐园"又一村"茶楼内放映了"西洋影戏"——《马房失火》（*Stable Fire*），这部短片是安插在"戏法"和"烟火"等游艺节目中放映的。1896 年 8 月 10 日至 14 日，《申报》连续刊登了徐园的电影广告："西洋影戏客串戏法，定造新样奇巧电光焰火……陈设各种古玩，异果奇花，群芳谱曲，以助雅兴。"这是中国电影史上有官方史料记载的最早的电影放映。

在随后的两年里（1897—1898 年），先后有美国商人雍松以及俄国、意大利、葡萄牙等国商人在天华茶园、奇园、同庆茶园、升平茶楼、跑冰场等地从事商业性质的电影放映，从此，电影开始在中国蔚然成风。

1902 年，电影传入北京。一位外国商人租下前门打磨厂的"福寿堂"，用来放映电影。

最初，电影在中国被称为"电光影戏"和"活动影戏"。那时，中国观众所看到的影片都是从国外传进来的，那些早期电影实际上就是纪录性的短片和幽默滑稽短片。当时上海的《游戏报》一篇文章对那些早期电影是这样描述的："美国电光影戏，制同影灯而奇妙幻化皆出人意之外者……座客既集，停灯开演；旋见现一影，两西女作跳舞状，黄发蓬蓬，憨态可掬。又一影，两西人作角抵戏。又一影，为俄国两公主双双对舞……观众至此几疑身入其中，无不眉之为飞，色之为舞。忽灯光一明，

---

① 钟大丰，舒晓鸣．中国电影史．北京：中国广播电视出版社，1995：6.

万象俱灭。"

1903年，中国商人林祝三从国外带回来电影放映机和影片，在打磨厂乐天茶园向公众放映电影，这是中国人从国外自运电影在国内放映的开始。从此以后，北京前门外的大栅栏大观楼戏院、西单市场内的文明茶园、东安市场内的吉祥戏院、西城新丰市场里的和声戏院等场所都纷纷开始放映电影。电影在北京渐成时尚。

1905年秋天，北京丰泰照相馆创办人任景泰拍摄了电影《定军山》，影片里有"请缨""舞刀"等片段，这是一部戏曲（京剧）片，大约30分钟时长，黑白无声。当时在前门大观楼进行了公开放映。

《定军山》由任景泰导演、刘仲伦摄影，由我国著名京剧老生谭鑫培主演。该片讲述了三国时期，蜀汉老将黄忠斩杀驻兵定军山的曹魏大将夏侯渊并夺取定军山的故事。

《定军山》被称为中国人自己摄制的第一部电影，是中国电影的开山之作。

1913年，上海新民公司出品、亚细亚影戏公司发行的无声电影《难夫难妻》（又名《洞房花烛》），片长40分钟。该片由郑正秋编剧，郑正秋和张石川联合导演。这部抨击社会现实的影片，是中国第一部短故事片，也是中国家庭伦理剧的开山之作。郑正秋认为戏剧必须是改革社会、教化群众的工具。他以自己家乡广东潮州因袭千年的封建买卖婚姻习俗为题材，讲述了巧舌如簧的媒人将一对互不相识的青年男女撮合成亲并送入洞房后，新娘才得知新郎已经沉疴缠身，从此这对年轻人过着"难夫难妻"的苦难生活。

《难夫难妻》问世后，先后出现了一些小规模的影业公司尝试摄制国产影片。1923年，上海明星影片公司出品的《孤儿救祖记》，票房获得佳绩，一批有志于发展民族电影事业的投资商相继成立了电影公司。1925年，上海就有明星、天一、大中华百合等100多家电影公司。这些公司创作了《三个摩登女性》《春蚕》《大路》《神女》《渔光曲》《十字街头》《马路天使》《八千里路云和月》《一江春水向东流》《丽人行》《万家灯火》《乌鸦与麻雀》等经典影片。

1949 年到 1966 年，是中国电影的振兴时期。新中国成立后，中国电影在人民政府的关心爱护下，获得了广阔的发展天地和前所未有的优越条件，创作了《桥》《钢铁战士》《中华女儿》《白毛女》《翠岗红旗》《渡江侦察记》《祝福》《李时珍》《青春之歌》《上甘岭》《林则徐》《老兵新传》《林家铺子》《红色娘子军》《早春二月》等优秀电影作品。

1979 年以来，电影事业迎来了新的春天。在改革开放政策的指引下，电影工作者创作出一批关注现实、反思历史、思想深刻、艺术创新的电影作品。如《小花》《泪痕》《归心似箭》《巴山夜雨》《天云山传奇》《西安事变》《人到中年》《沙鸥》《野山》《黑炮事件》《原野》《芙蓉镇》《黄土地》《老井》《红高粱》等。

中国电影的第一

除了《定军山》是中国第一部电影，《难夫难妻》是中国第一部短故事片之外，还有许多"中国电影的第一"。

1. 中国第一部电影剧本——《申屠氏》

历史剧《申屠氏》，是中国电影史上第一部较为完整的电影文学剧本，发表于 1924 年《东方杂志》22 卷 1—3 月号，由编剧洪深根据宋代烈女申屠氏的传说故事改编而成。剧本分成 7 大段、592 个场景，基本上打破了舞台剧剧本的框架模式，以镜头和景别为组合单位，运用了"渐现""渐隐""化入""特写"等镜头语汇和有声电影技术元素。剧本后面还附有片中涉及的电影名词术语解释，并引进了有声电影技术。既可供拍摄影片使用，也可供读者阅读。

此剧本是洪深当时为所供职的中国影片制造股份有限公司写的，后因资金原因未能拍摄。但它依然被学界公认为中国第一部电影文学剧本，开创了中国电影剧本样式。

洪深（1894—1955），是我国话剧的开拓者，杰出的戏剧家、导演、戏剧教育家、电影艺术家。1919 年，洪深赴美考入哈佛大学戏剧训练班学习，成为中国第一个专攻戏剧的留学生。1922 年回国后，他在上海从事戏剧工作并参加左翼戏剧活动。抗战爆发后，洪深领导上海救亡演出二队、抗敌演剧队，从事抗日救亡宣传活动。他创作的《贫民惨剧》是中国现代文学史上第一部较完整的话剧剧本。1923年回国后，参加上海戏剧协社，首开男女合演话剧之新风。后通过对《少奶奶的扇子》的严格排练，他为中国话剧舞台艺术建立了正规的导演制度。"话剧"这一词也是由洪深在1928年首次使用，而后成为这一艺术形式在中国的正式名称。

洪深共创作了《五奎桥》《香稻米》等40多部话剧剧本及《申屠氏》《冯大少爷》等近40部电影剧本，并著有10多部戏剧理论著作。他导演拍摄了《冯大少爷》《四月里的蔷薇处处开》《爱情与黄金》等多部影片。他编剧的《歌女红牡丹》是中国第一部有声电影。

2. 中国第一部长故事片——《阎瑞生》

1920年6月，上海发生了著名的"阎瑞生案"，当年舞女选美之花国大选的花魁、青楼名妓王莲英被抛尸于荒野。凶手是毕业于上海震旦大学的洋行白领阎瑞生。他因狎妓赌博背负巨债，对名噪一时的王莲英心生歹念。他以坐轿车兜风为名，将王莲英骗往郊外麦田里将其勒死并将其财物洗劫一空，携着用王莲英的金银首饰换来的三千块大洋逃之夭夭，最终在徐州火车站被擒，押解回沪受审并判处死刑。

1921年春天，青年电影人陈寿芝、施彬元、邵鹏认为这一案件故事引人入胜，具有一定的市场价值和警世意义，决定把它拍成一部长电影故事片。于是他们成立了中国影戏研究社，找商务印书馆活动影戏部合作并邀请在商务印书馆供职的著名导演兼编剧杨小仲改编电影剧本，同时邀请电影导演任彭年执导、廖恩寿摄影。

陈寿芝、邵鹏两人都具有较高的文化素养，同时有着共同的爱好——观看外国电影，对电影有着执着的追求和梦想，对表演艺术有浓厚的兴趣，对电影表演很有悟性。加上他们都曾经在上海的洋行工作过，熟悉影片主角阎瑞生的洋行生活。于是，陈寿芝扮演阎瑞生，邵鹏扮演吴春芳。已赎身从良的妓女王彩云扮演女主角名妓王莲英。

《阎瑞生》片长 2 小时左右。故事情节跌宕起伏、引人入胜。加上 3 位主要演员都是本色出演，所以真切自然，具有强烈的艺术感染力。

这部被称为中国第一部长故事片的《阎瑞生》，于 1921 年 7 月 1 日晚 7 时，在上海法租界的夏令佩克影戏院上映，第一天票房收入就达 1 300 块大洋。据 1927 年的《中国影戏大观》记载，电影《阎瑞生》在第一个星期就净赚了 4 000 块大洋。从此不断再映并在全国轮映，一直上映到 1924 年，在此期间小部分地区禁映了《阎瑞生》。该片获得了巨大的经济回报，是中国第一部成功的商业片。

当时一度出现"阎热"现象：各种形式各种版本的《阎瑞生》，纷纷登场于大舞台、新舞台、笑舞台等剧场；十几个版本的"阎瑞生"图书竞相出版。

上海明星影片公司总经理兼导演张石川瞅准商机，邀请剧作家郑正秋将张欣生谋财弑父案改编成侦探大片《张欣生》，其暴力恐怖与《阎瑞生》相比有过之而无不及，社会一片哗然。舆论对《阎瑞生》《张欣生》加以斥责："取穷凶极恶，描写尽致，宣扬其姓名，流传于世界，此尤不可忍矣。"

再加上阎瑞生被捕受审时，供认其杀人手段"都是从美国侦探片看来的"，迫于当时的舆论压力和道德谴责，《阎瑞生》和《张欣生》在少数地区被禁映。

3. 中国第一部有声电影——《歌女红牡丹》

1931 年 3 月，由上海明星影片公司和百代唱片公司联合摄制、民众影片公司出品的电影《歌女红牡丹》公开上映。该片由洪深编剧、张石川导演、胡蝶主演，是中国第一部蜡盘发音的有声电影。

《歌女红牡丹》中穿插了《穆柯寨》《玉堂春》《四郎探母》《拿高登》四部京剧的片段，使观众第一次在观看电影时能听到戏曲唱白。该片拍摄了 3 年，耗资 12 万。影片一上映震动全国，波及南洋。菲律宾片商以 18 000 元的价格购买其拷贝（当时无声片每部最多值 2 000 元）。

影片讲述了京剧演员红牡丹遵从母命，谢绝了商人姜禹丞的求婚，嫁给了不务正业的陈发祥。红牡丹名望渐盛，陈发祥游手好闲，与唱大鼓的金姑娘厮混。红牡丹忍气吞声，忧郁成疾，沦为配角，生活日渐困顿。陈发祥将女儿偷偷卖入青楼，姜禹丞得知便赎女还家。陈发祥因自惭形秽，失手杀人，而被投进大牢，红牡丹不计前嫌，去监狱探望丈夫，并托人营救其出狱，陈发祥终于幡然悔悟。

蜡盘发音就是采用留声式唱片为电影配音，也就是将电影中的声音录制在唱片上，在电影放映时同步播放给电影配音。这种蜡盘发音往往只配有影片中人物的声音，而忽略了人物周边环境的音效配置。因此，电影只有人物对白等声音，而周围却一片寂静，失去了现实生活的真实。

真正意义上的国产有声电影，当属电通影片公司 1934 年出品的《桃李劫》。这是中国第一部采用有声电影手法创作的影片，彻底摆脱了配音方式，首次使音响成为中国电影的艺术元素。从此，中国电影逐渐告别默片而迈入有声电影时代。

《桃李劫》由应云卫导演，袁牧之编剧、主演。影片讲述了知识青年陶建平和黎丽琳的悲剧命运，他们从小青梅竹马同窗共读并在长大后结为夫妻。陶建平因对老板们的欺诈行为不满而辞职回家，黎丽琳因不堪公司经理的骚扰而失业。为了生存，陶建平去了工厂做苦工，刚生育的黎丽琳意外受伤。陶建平为筹钱给妻子看病，不得不从工厂偷出工钱去救妻子，然而妻子不治而亡。陶建平悲痛欲绝地将新生儿子送到育婴院，却遭遇工头和警察的缉捕，最终被判死刑。

4. 中国第一部彩色电影——《生死恨》

1948 年由华艺影片公司摄制的京剧艺术片《生死恨》，是中国第一部彩色电影。该片由费穆导演，梅兰芳主演。影片讲述了北宋末年，士人程鹏举和少女韩玉娘被金兵俘虏、发配为奴，二人结为夫妻。程鹏举逃回故乡从军抗金，韩玉娘历尽磨难重返故国。程鹏举升为襄阳太守，以一鞋为证，与韩玉娘重续良缘，而韩玉娘病笃身亡。

因摄制时灯光不足、色温不稳定，且导演缺乏拍摄彩色片的经验，影片的色彩不够理想，但它是中国摄制的第一部彩色影片。①

5. 中国第一部获国际奖电影——《渔光曲》

中国第一部获国际大奖的电影是《渔光曲》。该片讲述了 20 世纪 30 年代东海渔村渔民徐福被渔霸何仁斋逼租而死，徐福的妻子又被迫在何家当奶妈，喂养何仁斋之子何子英，以此抵偿渔租。而她自己的孪生子女徐小猫和徐小猴却交给祖母抚养。十年后，何仁斋之子何子英在徐妈哺育下长大，和徐小猫、徐小猴姐弟一样已经十岁了。而徐妈因不慎打破了何家一件古董而被赶出何家，不久双目失明。徐家姐弟长大成人，和父亲一样租何家的渔船捕鱼为生；而何子英出国留学，徐家姐弟俩来到海边唱着《渔光曲》送别何子英。后因海匪洗劫东海渔村，徐家姐弟带着双目失明的母亲流落到上海，跟随舅舅在码头上卖唱。何仁斋也来到上海，与洋人合办华洋渔业公司，并娶了交际花薛绮云为续弦。何子英学成回国子承父业，发现华洋渔业公司的顾问梁月波有重大贪污嫌疑，于是决定去渔场查个水落石出。在码头上，何子英与徐家姐弟不期而遇，因轮船就要起航了，何子英遂以百元钞票帮助徐家姐弟。徐家姐弟和舅舅在回家路上，巧遇歹徒抢劫一银行，警匪交战中，舅舅中弹负伤，徐家姐弟因被查出携有百元现钞而被当作嫌犯拘押。舅舅晚上从医院回去后，徐妈得知变故因紧张打翻了油灯，致使两人命丧烈火。

之后，梁月波串通薛绮云将何家财产席卷而去，何子英因收留徐家姐弟，与父亲何仁斋发生矛盾，何仁斋因生活丑事被报纸曝光而自杀。何子英决定与徐家姐弟上渔船捕捞度日。徐小猴在捕鱼中受重伤，临终之际他央求姐姐唱一首《渔光曲》做最后的告别。

影片讲述了徐家和何家两代人悲欢离合的故事，反映了旧中国不同阶层的人在风雨飘摇的岁月里的生存景象。《渔光曲》在 1935 年莫斯科国际电影节上获荣誉奖。

6. 中国第一部动画长片——《铁扇公主》

1941 年中国联合影业公司出品、新华影业公司摄制的动画电影《铁

---

① 吴贻方. 上海电影志. 上海：上海社会科学院出版社，1999：274 - 275.

扇公主》，不仅是中国第一部动画长片。也是当时亚洲第一部动画长片。在世界电影史上，它是名列《白雪公主》《小人国》和《木偶奇遇记》之后的第四部大型动画片。

该片由万籁鸣、万古蟾联合导演兼制作，王乾白根据小说《西游记》改编，万籁鸣、万古蟾、万超尘和万涤寰为动画设计，陈启发、曹伯夷为美术设计，陈正发等为摄影。万氏兄弟动员了100多名工作人员手工绘制了近2万张画稿，光是纸张就用了400多令。经过一年半的紧张工作，拍摄的胶片达1.8万余尺。当时正值抗日战争的艰难岁月，在影片进入制作的关键时期，因出现资金短缺问题，新华影业的老板担心影片亏本而欲退出，几乎使制作工作夭折。后幸得万氏兄弟坚持和上海财团"上元银公司"的资助，影片才得以最终完成制作。

影片经剪辑后片长为7 600余尺，放映时间1小时20分钟，配音有当时的名演员白虹、严月玲、姜明、韩兰根、殷秀岑等。影片在上海上映后，获得空前好评。后发行至香港、东南亚及日本等地，创下了当时香港电影的票房纪录。

该片讲述了唐僧师徒4人去西天取经途中，遭遇火焰山的烈焰阻拦，孙悟空、猪八戒前往翠屏山芭蕉洞向牛魔王之妻铁扇公主借芭蕉扇熄灭火焰，然而，铁扇公主不愿意借给他们；孙悟空先化身小虫钻进铁扇公主肚里而骗得假扇，后又化作牛魔王的模样从铁扇公主手里骗得真扇；牛魔王得知后，又化作猪八戒的模样从孙悟空手中骗回芭蕉扇；孙悟空和猪八戒与铁扇公主、牛魔王斗法，终于获得铁扇熄灭拦路的火焰，继续踏上取经的征程。

7. 中国第一首电影插曲——《寻兄词》

1930年12月3日，联华影业公司出品的影片《野草闲花》上映，此片以蜡盘配音的方法为影片配制了一首插曲《寻兄词》。这首歌由导演孙瑜作词、其弟弟孙成璧作曲，由电影主演阮玲玉、金焰合唱。《寻兄词》是中国电影史上的第一首电影插曲。《寻兄词》是事先录制成蜡盘唱片，在影片《野草闲花》放映时配合画面现场同步播放。此插曲在影片中先后出现两次，歌曲内涵与影片剧情高度融合，旋律美妙而深情，与影片中万里寻兄的故事情节水乳交融。从此，电影插曲和主题歌成为中国电影的重要元素。

思考与练习

1. 你最喜欢哪一部黑白影片？谈谈你喜欢它的原因。
2. 选一部你最喜欢的经典默片，写一篇简短的影评。

第三章 画面与声音

第一节　电影画面

电影，是由画面和声音运动性组合而成的一种视听艺术。电影通过画面和声音的有机结合，来演绎故事、刻画人物、营造气氛、表达主题、感染观众。

电影画面是指用摄像机连续不停地拍摄下来的运动或静止的人或事物的、可与上下镜头画面进行叙事逻辑组接的、具有一定含义的可视影像片段。

电影画面是摄影机所摄入的现实主义的运动性客观视像，它能使观众产生现实感或与之共情，并确信电影画面所展示的情景是客观存在的，甚至令观众产生代入感。

一、电影画面的特性

电影画面具有如下几个特性。

1. 运动性

电影画面通过摄像机对拍摄对象进行光学镜头聚集成像，并借助光电转换作用，使被摄对象变成运动或静止的可视影像。再通过幻灯技术投影到银幕上，以每秒 24 帧画幅进行放映，连续播放一系列静态图像来创造动态感，表现出画面内人物、物体或镜头的运动。这种运动性是电影画面的核心特性之一，也是电影区别于其他艺术形式的重要特征。

电影画面中的运动摄像可以突破固定边框的局限，延伸画面空间，并在运动中呈现出光线和色彩的变化，从而强化电影的再现现实功能。

电影画面的运动性可以通过多种方式来表现。首先，摄影机的运动，如推、拉、摇、移、跟、升、降等，可以捕捉到不同角度、不同景别的画面，从而表现出丰富的空间感和层次感。其次，画面内的人物和物体可以通过动作和运动来表现出情感、状态和剧情的发展。此外，电影还通过剪辑和蒙太奇等手法，将不同镜头组合在一起，形成连续的运动画面，从而表现出更为复杂和丰富的视觉效果。

运动性使电影既有了空间性，又有了时间性。也就是说，电影和戏剧、舞蹈一样，是空间艺术和时间艺术相结合的综合性艺术。这就使电影区别于绘画、雕塑、建筑、摄影等单纯的空间艺术，成为三维空间中有着时间流程的四维时空的动态艺术。

电影画面在固定的单位时间内，可以通过运动摄像记录被摄对象的静态或动态的多景别、多视角、多光影、多色彩的影像。

电影画面的运动性不仅增强了电影的视觉表现力和艺术感染力，也是电影叙事的重要手段。通过运动画面，电影可以表现出人物之间的关系、情感和动作，从而推动剧情的发展。同时，运动画面还可以营造出紧张、激烈、悲伤等不同的情感氛围，使观众更加深入地理解和感受电影所传达的信息和情感。

2. 真实性

电影画面能够呈现出一种真实感，让观众感受到所展示的场景、人物和事件是真实存在的，而非虚构或夸张的。这种真实性可以通过多种手段来实现。首先，电影画面的影像真实是指画面中的场景、道具、服装等细节要尽可能地还原现实中的真实样态，从而给观众带来视觉和听觉上的真实感。例如，在战争题材的电影中，真实的战场场景、武器装备和战斗场面能够增强观众对战争的真实感受。其次，电影画面的心理真实是指通过画面所传达的情感、氛围和人物心理等要素，能让观众在心理上体验到一种真实感。这种心理真实并不一定要求画面中的元素都是真实的，而是要求画面能够引发观众的情感共鸣和心理认同。例如，在爱情电影中，通过细腻的画面和情感表达，观众能够感受到爱情的甜蜜或苦涩。

由于电影画面是通过摄像机镜头客观地记录现实中的某个原始状态，尤其是采用长镜头不间断拍摄的影像，相较于经过蒙太奇组接后的画面，其客观性和真实性是不言而喻的。

然而，实景摄像固然真实自然，但是远远不能满足丰富多变甚至光怪陆离的剧情中描摹的大千世界。所以，电影画面需要人为地还原或呈现现实生活的原貌以及历史事件的本真状态。尽可能地展现银幕形象的逼真性，就需要对场景、造型、布景、服装、化妆、道具、灯光、音效、美术进行高精度的设计，从而塑造出真实感人的故事情节、亲切可感的人物形象、可以乱真的事件场景、震撼人心的视觉效果。

3. 组接性

画面是电影语言中的基本元素，是构成电影的最基本单元。若干帧画面构成一个个镜头，若干个镜头经过蒙太奇组接成一部电影作品。

电影画面的组接性是指将不同的镜头画面按照一定的逻辑和意图进行有机的连接，以构建出完整的视觉效果和主题内涵。组接性也是电影制作中的重要技巧之一，旨在通过合理的画面组接来增强影片的表现力，传达导演的意图，并引导观众的视线和情感。

电影画面的组接通常遵循一定的原则，如连贯性原则、匹配原则和节奏感等。连贯性原则要求画面组接要遵循逻辑和时间顺序，保持视觉上的流畅和自然，避免出现突兀和断裂。匹配原则则强调画面元素之间的匹配和协调，包括景别、角度、运动、色彩等方面的匹配，以实现画面的自然过渡。而节奏感则要求通过镜头的切换和组接，营造出特定的节奏和韵律，增强影片的动态美感和表现力。

电影画面的组接可以通过多种技巧来实现，包括无技巧组接和有技巧组接。无技巧组接主要通过镜头自身的自然过渡来完成，如淡入、淡出、划变等。而有技巧组接则通过后期制作技术来实现，如分切、叠化、翻转等。此外，跳剪和匹配剪切等技巧也可以用于画面组接，通过快速切换镜头或寻找相似元素来实现画面之间的自然过渡。

电影中的画面有如文学作品中的字和词。单个的字或词是无法构成文学作品的，大量的字和词根据一定的主题、故事、人物等内在的逻辑关系，遵循发生、发展、高潮、结局的叙事规律进行有机的排列组合，才能形成文学作品。同样，单个的画面是无法构成电影作品的，若干个不同内涵、不同场景、不同视角、不同情态的画面，根据具体剧情的发展脉络，采用蒙太奇的手法进行连续性叙事，才能创作出具有完整的故事情节、鲜明的人物形象、具体的思想内涵的电影作品。

4. 可视性

银幕形象与文学形象最大的区别就是可视性。电影是以活动的画面形象为基本表现手段的艺术形式，其艺术形象需要用动态性、具体性、明确性和直观性的画面展示在银幕上，让观众直接看到并理解所展示的内容。而文学形象是人们通过阅读文字产生联想或想象，形成一定的艺术形象。由于这种艺术形象是建立在想象基础上的，具有不可视性，不同的人基于不同的文化层次、人文素养、生存环境、理解能力等，形成的艺术想象各不相同。所谓一千个读者眼中，有一千个哈姆雷特。

电影画面通过可见的人物、事件、环境造型和画面造型来展示视觉效果，吸引观众的注意力。

电影画面的可视性主要得益于摄影技术的发展和电影语言的发展。通过摄影技术，电影能够将现实世界中的场景、人物和事件转化为具有连续性和动态感的画面。同时，电影语言的发展也为电影画面的可视性提供了更多的表现手段，如镜头语言、画面构图、色彩运用等，这些手段能够让观众更加深入地理解和感受电影所传达的信息和情感。

5. 时限性

电影作为时间和空间相结合的艺术，具有一定的时限性。电影中的每个镜头画面所呈现的时间长度是有限的，每部电影作品的时间长度也是有限的，电影通常在 90～120 分钟的时长内，完成故事情节的讲述、人物命运的演绎。

电影是通过连续播放一系列静态图像来创造动态感的艺术形式。每个镜头画面都是静态的，只有在连续播放的过程中才能呈现出动态感。因此，每个镜头画面的时间长度必须受到限制，以保证整个电影的节奏和叙事流畅。

观众的观看体验也决定了电影画面的时限性。观众在观看电影时，需要有一定的时间来理解和感受画面所呈现的内容。如果每个镜头画面的时间过长，观众可能会感到无聊或失去兴趣；而如果时间过短，观众又可能无法理解画面的内容。因此，电影创作者需要根据剧情和观众的观看体验来合理控制每个镜头画面的时间长度。

电影的时长限制，决定了作为电影最基本单元的电影画面的时限性。所以，电影画面要求在有限的时间里摄入主题明了、画中有物、造型简洁、构图清晰、主次分明的画面。画面时长可根据人们的视觉接受习惯调整，通常内容繁复的画面、全景和大全景的画面时长可以稍长些；而内容简单的画面，比如特写和大特写的画面时长可短些。

电影不像绘画、摄影、雕塑等空间艺术，观众可以根据自己的喜好决定观赏的时间，不受时长的限制。

6. 固定性

电影画面中的构图和画面元素的相对位置在一段时间内是固定不变的。这是因为在电影拍摄中，摄影机会被固定在某个位置，或者通过稳定器等设备来保持画面稳定，以确保画面中的元素不会随意移动或改变位置。这种固定性有助于保持画面的平衡和稳定，使观众更容易理解和接收电影所传达的信息和情感。

电影画面的固定性也是电影制作中的一种基本技巧，它可以通过合理的构图和画面布局来突出重要的元素，引导观众的视线和情感，增强电影的视觉效果和表现力。同时，电影画面的固定性也可以与运动镜头和摄影技巧相结合，营造出更加生动和富有张力的视觉效果。

但是，电影画面的固定性并不是绝对的，它可以根据电影制作的需要和剧情的发展而有所变化。例如，在某些情况下，摄影师可能会使用移动镜头或者晃动镜头来营造紧张、不稳定的气氛，以达到特定的艺术效果。因此，电影画面的固定性是一个相对的概念，需要根据具体的电影制作和表现需求来进行合理的运用和调整。

电影画面的画幅规格是固定的，尽管银幕（包括 IMAX）、电视机荧屏、电脑（包括平板电脑）显示器的尺寸大小各不相同，但是其长和宽的比例是固定不变的，一般是 4：3 或 16：9。

7. 时空性

电影画面不仅能表现现实的三维空间，还能表现时间的流程。这种时空特性使电影成为一种四维艺术，能够记录和展示时间的变迁。其中空间是指画面所呈现出的场景和物体的位置与排列，而时间则是指画面所呈现出的动作和事件的先后顺序以及持续时间。

在电影画面中，时空性是通过摄影机的拍摄技巧和视角来营造的。例如，通过运用不同的镜头、拍摄角度和移动方式，摄影师可以创造出各种不同的空间感和视觉效果，从而引导观众的视线和情感。同时，电影画面中的时间表现也是非常重要的，通过对剪辑和节奏感的掌控，电影可以将不同的时间段落进行组合和对比，从而表现出时间的流逝和变化。

8. 再现性

电影画面是对现实时空的一种再现。电影能够通过对已经存在的客观现实的记录，以非常逼真的方式呈现出现实世界的各种场景、人物和事件。这种再现性不仅体现在电影画面的视觉效果上，还包括对声音、色彩、光影等方面的还原。

电影画面的再现性主要得益于电影制作中的摄影技术和后期制作手段。摄影技术通过精确的曝光、对焦和色彩还原等，使得电影画面能够尽可能地还原现实世界的各种细节和色彩。同时，后期制作可以通过对画面的调色、修复和增强等处理，进一步提升电影画面的再现效果。

电影画面的再现性，能够让观众身临其境地感受到电影所呈现的场景和事件，增强观众的沉浸感和代入感。同时，通过对现实世界的再现，电影能够更加真实地反映出社会、文化和历史等方面的信息，帮助观众更好地理解和认识现实世界。

9. 表现性

电影画面并不是对现实的简单复制，而是通过各种艺术和技术手段对现实的重新表现。电影创作者可以通过色彩、光线、镜头的移动和角度等来表现人物的内心情感状态和不同的观点、视角。这种表现性体现了电影制作者赋予画面的认识、理解和阐释，使得画面既是对客观现实的再现，又是对主观心智的表现。

首先，电影画面可以通过色彩、光线、构图等艺术元素来传达情感、营造氛围和突出主题。例如，使用暖色调可以传达温馨、热烈的情感，而冷色调则可能传达冷静、悲伤的情感。其次，电影画面还可以通过镜头运动、剪辑和音效等技术手段来增强表现力。例如，快速剪辑和动荡的镜头运动可以营造紧张、激烈的气氛，而缓慢的镜头和柔和的音效则可以传达宁静、平和的感觉。

电影画面的表现性不仅取决于画面本身的艺术处理，还受到电影的整体叙事和风格的影响。不同的电影类型和风格会有不同的画面表现方式，以适应其特定的叙事和情感表达需求。

二、电影镜头

电影镜头是指电影摄影机从开机到停机之间一次性不间断地连续拍摄到的画面片段。所以，一个电影镜头里包含着若干个电影画面。

由于电影是在运动的时间和空间里借助现代科技塑造不同的银幕形象的一种综合性艺术，因此电影画面具有时间、空间和运动的艺术属性。

电影画面与景别是密切相关的。景别就是场景的类别。摄像镜头与被摄对象的距离不同，所呈现的画面大小也不一样。通常，根据摄像镜头与被摄对象的距离，由近至远可分为大特写、特写、近景、中近景、中景、全景、远景、大远景、空镜九个景别。

在影视作品中，导演和摄影师会根据各种场面和人物情态，运用各种景别来叙述故事情节，展示人物情感，阐明人与人之间、人物与环境之间的关系，以增强作品的表现力和艺术感染力。这就要求编剧在创作剧本时必须具有时空、场景和画面意识。

不同的景别和画面有着各自的含义。

1. 大特写

大特写是指将摄像机镜头近距离对准人物脸部的某个局部（如眼睛、

鼻子等），或对准事物的某个局部
（如钟表指针等），使之占据整个画
面（银幕）。

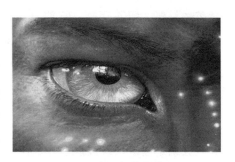

由于大特写镜头中被摄对象的
某个局部占据了整个画面，与观众
的视距最近、视角最小，画面里的
色彩、线条、质感等细节十分清
晰，能够对某个局部的细微特征起
到强调和突出作用，以强化某种艺

《阿凡达》中的大特写

术效果，因此给观众以强烈甚至震撼的感染力。大特写镜头一般在惊悚、
恐怖类的影片中使用得比较多。

大特写镜头常常被用来切换场景和时空，这样让不同的场景画面对
接在一起时，避免了不协调的突兀感。

2. 特写

特写是指摄像机镜框对准人物肩部以上的脸部，或其他被摄事物的
局部画面。

拍摄人物的面部或事物某个局部的镜头，可以使被摄对象从周围环境
中凸显出来，近距离地呈现在观众面前，给人以清晰甚至强烈的视觉形象。

特写镜头能够提示和强调被摄对象的某些信息，有利于表现人物复
杂的内心活动和微妙的情感变化，使观众印象深刻。

《泰坦尼克号》中的特写

由于特写镜头对被摄对象有着强调和提醒的含义，常常被用来为剧情营造气氛、留下悬念。但是，特写镜头必须用得恰到好处，一旦滥用就会误导观众，甚至使观众产生某种错觉。

特写镜头的含义和作用与大特写镜头相似，只是其艺术效果不如大特写镜头强烈。

3. 近景

近景是指摄像机镜框下边定在人物胸部以上或物体的局部画面。

《肖申克的救赎》中的近景

近景画面能使人物的容貌、表情、神态、衣着、仪表、细微的形体动作、人物之间感情交流等清晰地呈现在观众的眼前。

由于近景画面视觉范围相对于特写画面来说显得更小，使观众产生接近感并留下深刻的印象，因此近景适应于屏幕小的电视，电视摄像中普遍使用近景画面。例如，电视新闻播报常常采用近景，便于电视节目主持人与观众的情绪交流。

近景和特写、大特写一样，都能给观众十分清晰的印象，所以在服装、化妆、造型、道具上都要求严谨、细致、逼真，否则容易被观众看出缺陷和破绽。

由于近景画面除了被摄主体之外，还能呈现周边背景的局部环境，因此，在构图时应力求简洁、淡化环境、主次分明，不能让杂乱的背景影响了观众的注意力。为了实现这一目标，常使用长焦镜头拍摄，将背景虚化、突出主体。

4. 中近景

中近景指摄像机镜框下边定在人物腰部以上的画面，又称"半身镜头"。

《战狼2》中的中近景

中近景是介乎中景和近景之间用来表现人物情态的画面。因其能兼顾中景的叙事和近景的表现功能，常常应用于电视节目摄制。

5. 中景

中景是指摄像机镜框下边定在人体膝盖上下和包含场景局部的画面。中景既便于表现人物的形体动作、人与人之间的相互关系，也可以加深画面的纵深感，表现出一定的场景、气氛、剧情。

中景镜头画框下边不能正好卡在膝盖部位，因为摄像构图忌讳卡在关节部位（如脖子、腰关节、膝关节等）。

《罗马假日》中的中景

在电影景别中，中景叙事功能最强，有利于表现人物间的对话、动作和情绪交流以及人物与周边环境的关系等。中景主要呈现人物上身画面，便于表现人物的身份、举止、言谈和动作目的。中景主要用于叙事，环境表现还是其次，它在电影摄影中经常被运用。

6. 全景

全景是指摄像机镜框囊括人物的全部和周围背景的画面，常用来表现人物的活动情况或整个场景状态。

《拯救大兵瑞恩》中的全景

全景便于表现人物的全身动作和人与人之间、人与场景之间的关系，从而使人物融于环境之中，情景交融。

全景属于交代性镜头，它能够将人物全貌（体型特征、衣着服饰、身份气质）、道具、环境展示得比较详尽。

全景在电视剧、电视专题、新闻等节目中经常用到。多数电视剧或电视节目的开头和结尾，常用全景或远景拍摄，用来交代时空背景。不同的是，全景比远景更易于表达人物的动作、情态以及人物之间、人物与环境之间的关系，利用特定的环境来表现特定的人物，从而使人物融于环境之中，情景交融。

全景能够将人物的整体形貌容纳于画面之中，不像中近景那样只能呈现人物的上身动作形态而不能展示全貌；也不像远景那样因画面中的人物过小而无法展示人物的动态细节。所以，全景镜头在电影叙事、抒情和阐述人物与环境的关系上，有着独特的效果。

7. 远景

远景是指镜头对准广阔的空间或开阔的场景所拍摄的画面。

在远景镜头中，通常人物在画面中所占画幅的高度大约为 50%。尽管整个画面看上去是以远景为主，但是凸显了主体的视觉重要性。可以视具体情况确定表达对象（人物或景物）和构图方式。

《敦刻尔克》中的远景

由于远景画面人物所占的画幅比例较小，无法像全景那样清晰地展示人物的行为动作情态，因此远景通常用来表现与摄影机镜头相距较远的环境全貌，展示旷远的环境下的群体活动以及自然景色。远景常常被用于介绍时空环境，抒情言志。

揭示宏大的战争场面的电影往往离不开远景镜头，人文地理、风光旅游类的纪录片也常用远景镜头拍摄。

8. 大远景

大远景是指从高角度拍摄的用以展示广阔无垠场景的画面，是摄影艺术中视距最远、呈现场景空间最大的景别。常用于表现气势恢宏的场景、一望无际的自然环境，比如鸟瞰的海洋、群山、沙漠、丛林、峡谷、城市等。大远景常常运用静止拍摄或缓慢摇摄的手法来完成。

大远景画面空间容量大，画面的造型主体是环境景物，人物只是点缀画面的小小的元素，人物的情态无法展示。大远景主要表现浩渺或空旷的场景，以抒情表意，给观众一种气势恢宏的视觉冲击。在宽银幕电影中，大远景镜头运用得比较多。

在大远景中，画面主体即使有着剧烈的运动，对画面的构成也毫无影响。

大远景镜头与远景镜头相比，没有十分明显的区别。只是被摄对象在画面中所占的画幅比例有所减少。

《少年派的奇幻漂流》中的大远景

9. 空镜

空镜，又称景物镜头。指影片中只表现自然景物或场面，而不出现与剧情有关的人物的镜头。

空镜常用来介绍自然环境、交代时间和空间、抒发人物情感、推进剧情发展、表明作者观点。

《悬崖之上》中的空镜

空镜有着解释、说明、暗示、象征、隐喻等多种功能。在影视作品中，空镜能起到托物言志、借景抒情、情景交融、烘托气氛、渲染意境、引起观众联想和共鸣等艺术效果。同时，空镜在影片的时空转换、调节节奏方面发挥着独特作用。

第二节　电影场景

场景是电影画面的载体，是片中的人物在特定的时间和空间里所演绎的生活情景，是剧情发展的基础单元，是电影造型的主要元素。它肩负着人物性格塑造、环境交代、气氛渲染、心理表达、情节连缀、主题显现等职能。

罗伯特·麦基说："一个场景就是一个浓缩的故事——在一个统一或者连续的时空中通过冲突而表现出来的、改变人物生活中负载着价值的情景的一个动作。"

场景描述，是剧本的重要组成部分。编剧不能一味地讲故事而忽略了场景描述。因为场景可以形成故事压力，人物在特定的场景里所表现出来的情感动作，往往是戏剧冲突的因果，能将故事情节推向高潮，同时使主题得以升华。

一、场景的价值

1. 交代时空

场景可以传达片中故事的时间和空间信息，交代剧情发生的场所、时代背景、社会环境等要素，让观众清晰地了解人物所处的具体的社会环境和自然环境。例如：

1. 清末北京城 外 日

北京古城，八国联军的洋炮排列，炮弹出膛（特写），隆隆炮声里，北京城陷入火海硝烟中。八国联军统帅瓦德西，用单筒望远镜扫视周边：炮弹着地爆炸、房屋纷纷倒塌、狼奔豕突般逃命的百姓、咴咴嘶鸣的奔马、横七竖八的尸体、滚在小女孩跟前的被炸飞的带辫子的头颅、小女孩哭喊妈妈的声音……

一幅战争灾难图展现在清晨的霞光里。

推出字幕：1900 年 8 月 14 日凌晨，八国联军入侵北京。

红墙碧瓦的紫禁城（全景），在战争的硝烟中变得满目疮痍。

八国联军和清廷御林军，惨烈厮杀的场景。

八国联军冲进颐和园慈禧寝宫。

八国联军冲进慈禧的寝宫仪鸾殿。两名清廷大内高手与侵略军短兵相接，将侵略军一一诛杀。

一阵枪声遽响，两名大内高手猝不及防，倒在了血泊之中。两名匪兵冲了进来，警觉地四处张望。其中年长匪兵迅速扫视了慈禧居室的名画等珍稀文物，侧耳静听动静，继而向年轻的匪兵使了个眼色。

年轻的匪兵立即张开一个大布袋，将慈禧的珠宝箱里的稀世珍宝，全部装进去；年长的便将悬挂于墙壁上的两幅绢本古画摘下来卷起，插进自己的腰带里，并低声催唤道："Fast! Go! Go!"（快走！快走！）

年轻的匪兵走近慈禧的宫凤床边，床头上摆着一方莲花砚，匪兵好奇地审视着这方油光锃亮的莲花砚（特写），不知其为何物。便拿起来看了看，犹豫地放进了布袋里，抓住布袋口背起就走。

年长的匪兵紧随其后，举起枪托朝年轻的匪兵后脑勺砸去，年轻的匪兵本能地哼了一声，栽倒在地。年长的匪兵低头伸手去拿那个装着宝物的布袋。忽然"嚓"的一声，一道银光闪过，年长的匪兵头颅落地，一蒙面黑衣人掠走布袋和两幅古画，旋风般离去……

推出片名：国砚传奇

（节选自电影剧本《国砚传奇》，刊于《中国作家·影视》
2012 年第 2 期）

在这场戏里，剧本交代了本剧故事发生的时代背景和自然环境，描绘了八国联军抢掠北京城的时空场景。又如：

6. 上海外滩黄浦江畔的高级妓院怀春阁 外 日

坐落在公共租界的工部局和法租界之间的一栋洋楼——上海高级

妓院怀春阁，竹丝悠悠、笙歌袅袅，有着经典的中西合璧建筑风格，黛瓦朱栏，飞檐翘角，罗马玉柱，古雕屏风，临江而立，旖旎百态。

门口高悬的广生行月份牌上的"双妹"，明眸善睐、笑靥如花。

画面叠出尹锐志和尹维俊姐妹对话（特写）。

尹锐志："线人亲眼看见，一群头顶盘着辫子的人，在怀春阁定了花魁和另外一个妓女。交定金的时候还押上火器，把老鸨吓坏了，十有八九是清廷来的。我进去探个虚实。"

尹维俊："极有可能，这家上海最高级的妓院，历来是皇亲国戚、王公大臣、达官显贵乐不思蜀的地方。姐姐，师傅教你的春典（妓院黑话、行话）和规矩，你都记住了吧？"

尹锐志："记住了，你放心。"

尹锐志和尹维俊说着走向怀春阁妓院。

（节选自电影剧本《孙中山的女保镖》，刊于《电影文学》2011 年第 6 期）

在这场戏里，剧本将事件发生的时间、地点、时代背景、社会环境都做了简要交代，以便让观众明了这是在讲述清末上海某妓院里发生的故事。

2. 渲染气氛

场景可以根据剧情需要渲染气氛，营造特定的环境。电影场景是故事情节展开的舞台，通过对场景的设计、布置和拍摄，可以营造出与故事情节相符合的氛围，为观众营造出一种身临其境的感觉，增强观众的代入感和情感共鸣。

比如，爱情片、喜剧片的场景就会设置得浪漫温馨、明快活泼、喜庆热烈；惊悚片、悬疑片、谍战片、犯罪片，常常会将场景布置得阴森可怖、风声鹤唳、四面楚歌。例如：

96. 长沙楠木巷 内 黄昏

晚饭后，晚霞给楠木巷的青砖灰瓦镀上了一层神秘的光晕。

各色人等在晦暗的巷子里行色匆匆地穿行，显得鬼魅巨测。

楠木巷的巷口有便衣警察在暗中警卫，他们见了可疑人，便会上前盘问或查看良民证。

楠木巷的公共广播喇叭里播着韩语新闻："朝鲜革命党、韩国独立党、韩国国民党，三党合一，同心同德、携手抗倭，实现民族光复大业……"

韩奸李云焕走进楠木巷，径直向楠木厅六号公馆走去。

97. 长沙楠木厅六号公馆 外 黄昏

楠木厅六号公馆门口有两个韩国光复战线人士把守。

李云焕向着六号公馆门走去。

守门人：（韩语）请留步！你去干什么？

李云焕：（韩语）我去开会，我迟到了。

守门人：请出示你的证件。

李云焕从口袋里掏出证件递给守门人。守门人借着昏黄的灯光看了看，将证件还给李云焕。

98. 长沙楠木厅六号公馆 内 夜

公馆内坐着韩国国民党、朝鲜革命党、韩国独立党三党代表金九、李青天、赵素昂等领导人，他们正在讨论三党合一、联合抗日事宜。

金九：（慷慨激昂）我们韩国国民党和朝鲜革命党、韩国独立党，实现三党合一，精诚团结，和中国人民一道抗击日寇，复国雪耻！胜利一定属于我们大韩民国三千万人民……

门被无声地打开，李云焕弯腰假装绑鞋带，从裤管里掏出手枪。

"砰砰砰……"一阵枪响，金九、玄益哲、柳东悦、李青天纷纷倒下，鲜血四溅……

推出字幕：1938 年 5 月 7 日夜，长沙楠木厅枪击案。

（节选自电影剧本《大营救》）

这三场戏交代了 1938 年 5 月 7 日夜长沙楠木厅枪击案的概貌，剧本对流亡到中国的朝鲜半岛独立运动家、"大韩民国临时政府"主要负责人金九遇袭时的场景气氛进行了描摹与渲染。

3. 塑造人物

电影场景还可以通过场景的设计和布置来塑造人物形象。所有的人物都生活在具体的社会环境和自然环境里。社会环境和自然环境构成场景。社会环境是指能够体现具体的社会风貌、时代特征的建筑、场所、雕塑、绘画、标语、服饰等以及民俗、风尚等具有标识性的社会属性和时代印记的人文景观；自然环境是指大自然的山川风物、日月星辰、四季气象等自然景观。

比如，一个豪华的场景可以展现出人物的财富和社会地位，而一个破败的场景则可以揭示出人物的贫困和生活无望的处境。

场景对塑造人物的作用如下。

（1）寄托感情。

人对自己成长、学习、奋斗并体验过幸福、伤心、磨难的地方（场景）会有着复杂的情感寄托。电影是现实生活的艺术化呈现。特定的场景往往会引起片中人物触景生情、睹物思人、怀旧念情、伤春悲秋、见贤思齐、知耻后勇等。例如：

44. 河边 外 日

夏一民和阿香来到河边，夏一民看着正在河边吃草的牛！

阿香看了看冬天里的旷野，再痴痴地看着夏一民。

阿香（挽着夏一民的胳膊）：民哥，来到这里，我总会想起我们小时候一起玩的情景。

夏一民：你小时候特怕青蛙，看到青蛙就哭起来。

阿香（头靠着夏一民的肩胛、眼睛含泪，特写）：这你也记得……

夏一民：哪能不记得。

阿香：记得梅花盛开的时候……

（闪回）

童年的阿香（六七岁）和夏一民（八九岁）在家乡附近的梅花

园（低缓的山坡）里，欢呼、雀跃、追逐、嬉戏（慢镜头）……盛开的梅花将世界装点得一片雪白（全景拍摄）。

（闪回结束）

阿香（含着泪低着头、依偎在夏一民怀里，特写）：民哥，我有时会梦见我嫁给你了……

夏一民：呵呵呵，你是不是又想起了我们小时候过家家的情景了……

阿香（哭着）：你怎么知道？

夏一民：日有所思，夜有所梦嘛。

阿香（撒娇）：我知道，你心里只有阿梅。（顿了顿）民哥，人为什么要长大？永远停留在童年，该多好哦（泪水潸然，特写）。

夏一民（看了看西斜的太阳，又看了看流泪的阿香，自己的眼眶也红了，特写）：阿香，不早了，咱们回去吧！

阿香：好的，（哭泣着说）回去吧。

夏一民将绑在一棵小树上的牛绳解下来，牵着牛往夏家村走。

（节选自电影剧本《欲望的黑洞》）

《欲望的黑洞》剧照

这场戏讲述了电影主人公夏一民和阿香来到他们童年时常去玩耍的河边的草地上，回想起他们青梅竹马两小无猜的幸福情景，不禁黯然神伤，感慨唏嘘。这表明特定的场景能寄托人物情感。

（2）揭示心理。

场景包括人和物。人在特定的环境里，物和景对人的心理投射所产生的情感变化，能让观众窥见或了解人物的相互关系、情绪状态、心理动机等。例如：

8. 怀春阁妓院 内 日

怀春阁一楼大厅，红木柜台内坐着一男一女，女的是妓院老板、鸨母陆金玉，男的是龟头（妓院男老板，鸨母的姘头）张占魁。

鸨母衣着光鲜、厚施黛粉、风姿绰约，岁月的风尘依然掩盖不住她昔年的风华。

鸨母：（京腔）哟，今儿来了个"过班"（即嫖客带自己的女友逛妓院，有钱人家小姐，出于好奇，进妓院开开眼界）的？怎么一个人来？

尹锐志：（微笑）姆妈，不是过班的，是来投靠您的。

鸨母：（将信将疑）请问，尊姓大名？

尹锐志：免尊姓林，林艺馨，艺名"玉凤仙"。

鸨母：好名儿，这本名、艺名都取得好，风雅兼具！

鸨母上下打量着眉清目秀、仪态娉婷、纤尘不染的尹锐志。

鸨母：（摇了摇头）我看你不像是做我们这行的，倒像个女子学堂的学生。

尹锐志：（淡定）我不像吗？哦，姆妈，我该向你报个家门，此前，我是南京怡春院的清吟小班清倌。南京兵乱之后，一直看屋子（淫业萧条），最后老板关门了。

龟头：（低声对鸨母）看上去，像个大富人家的闺女，没有一丝风尘味儿。莫非是家道中落……

鸨母打断龟头的话。

鸨母：我问你，什么叫"过班"？

尹锐志："过班"嘛，就是客人出双倍以上的价钱，带上自己的女友进来猎奇、开眼界。外面的女人只能用这种方式进我们这地方（妓院）。

鸨母：我再问你，何为"青楼"？

尹锐志："青楼"本指高楼雅舍，《晋书》中的"南开朱门，北望青楼"，唐诗《贵公子》中"大道青楼御苑东，玉栏仙杏压枝红"，都指的是豪门楼阁，无关风月酒色；而唐诗《捣练篇》中"月华吐艳明烛烛，青楼妇唱捣衣曲"中的青楼，指的是妓院。从此以后，"青楼"便成了烟花之地的代名词。

"啪啪啪"，鸨母突然眼睛发亮，鼓起掌来。

鸨母：好，既然这样，那就按照老规矩，先过才艺和春典这两道关。

鸨母指了指大堂雕花屏风上悬挂的两幅古画。

鸨母："那两幅画，你不要走近去看，就站在这儿看，说说两幅画分别叫什么名儿？是哪个朝代哪个画家的作品？"

尹锐志认真地看了看。

尹锐志："左边的那幅是《贵妃出浴图》，出自唐代画家周日方之手；右边的那幅叫《华清出浴图》，是雍正、乾隆年间的画家康涛所作。"

鸨母：你说说画的材质、内容和画理。

尹锐志：（思忖）好，在姆妈面前弄斧了。《贵妃出浴图》是纸本水墨，《华清出浴图》是绢本设色。《贵妃出浴图》中的杨贵妃，浴毕披纱，如雾中牡丹、水中婵娟，雍容华贵。此乃神来之墨韵，天工之丹青。线条流畅，圆润飘逸，雅而不媚。《华清出浴图》中的杨贵妃云鬓松挽、身披罗纱、珠圆玉润。两个小宫女端着香露，紧随其后。画中人物神态各异，栩栩如生。运笔工整精细，着色自然天成。

尹锐志边说边走近两幅古画，仔细地端详着。

尹锐志：（自言自语、低声）名画固然是名画，却是赝家所为。

鸨母情不自禁伸出手正想鼓掌，突然又停住了。

鸨母：（独白）不能拍掌，这人一捧就爱翘尾巴，这尾巴一翘，就会在你头上拉屎撒尿。往后的日子怎么过？

见尹锐志走开，龟头与鸨母耳语。

龟头：（私语）你说她回答得对吗？

鸨母：你说呢？

龟头：呵呵，我怎么知道，我是个粗人，我哪懂这些风花雪月的玩意儿？

鸨母：她说得非常好，看来，这丫头肚子里墨水不浅哪！但是，我总感觉她不像是做我们这行的。

鸨母：（朝尹锐志）哎——艺馨，你是想来我这儿做清倌，还是做先生（妓女）？

尹锐志：我想继续做清倌。

鸨母：清倌？好，我现在就考你春典了，什么叫清倌？

尹锐志：清倌就是只卖艺、不卖身的欢场女子。不仅要求容貌姣好，还要擅长琴棋书画、诗词歌赋。

鸨母：你说说，什么叫局票、什么叫住局、什么叫拉铺、什么叫开盘子、什么叫打茶围？

龟头：（瞪大了眼睛）你一口气问这么多，人家记不记得住啊？

鸨母：（低声）住嘴！我就是要考考她的记性。

尹锐志：好，请让我一个个来回答。局票，就是客人把先生召出去过夜的函票；住局，就是客人在先生房中过夜；拉铺，就是客人和先生行房事；开盘子，就是客人让先生或清倌陪着聊天、唱曲，不行房事；打茶围，就是先生或清倌给客人点烟、倒茶、弹唱，和客人嗑瓜子、聊天、嬉戏，不行房事。

鸨母：下面我要问的是称呼的春典，听好：什么叫勾栏、什么叫娘姨、什么叫阿姐，什么叫龟奴、什么叫喊堂……

龟头：你有完没完？人家本来就是个清倌，再问这些就没意思了！再说你一问就是一大溜，有必要吗？

鸨母：占魁，很有必要，这千百年来的老规矩不能破。

尹锐志：（微笑）姆妈说得对！我来回答吧。勾栏，这个词出自李商隐的诗"帘轻幕重金勾栏"，指的是能歌善舞的艺伎。后来就把妓院叫作勾栏，再后来勾栏就成了妓女的代称。神女、行首、姑娘、先生等都是妓女的雅称，最通俗的称呼就是婊子……

尹锐志把"婊子"一词咬得特别重，以至于鸨母面现尴尬之色。

尹锐志：娘姨，指的是妓院里结过婚的用人；阿姐又叫跟局，是护送和监视妓女的未婚女用人；龟奴又叫跑堂，是扫地、倒茶、背妓女出堂差、打杂的男用人；喊堂，就是客人进门，招呼妓女"见客"的男仆人。

尹锐志左一个"妓女"右一个"妓院"，满嘴的"妓"字，直说得鸨母面现羞愧之色。尹锐志的品貌和才艺叫鸨母由衷折服。鸨母的语气和声调明显变得谦和了许多。

鸨母：好吧，你先上楼安顿下来，歇息歇息。

鸨母随即吩咐门口的喊堂。

鸨母：六子，你把这位清倌领上四楼，安顿好。明日正式接客。

喊堂接过尹锐志手中的包袱，把尹锐志领上楼。

（节选自电影剧本《孙中山的女保镖》）

这场戏里，乔装打扮成妓院清倌的尹锐志和妓院的鸨母斗智斗勇，两人复杂的心理反应、企图、动机、情绪变化都在怀春阁妓院这一特殊的场景里以动态画面的方式表现了出来。

（3）衬托人品。

电影场景往往可以衬托出片中人物的思想情操、人格品质、精神境界。比如一些为官廉洁、两袖清风的官员家里，家具陈设往往是简陋陈旧甚至是寒碜的。

例如，电影《杨善洲》中，身为云南保山地区地委书记的杨善洲家里（如剧照），狭小的屋子里摆着一张陈旧的饭桌和几张木凳，洗脸盆架上支着一只搪瓷脸盆，墙壁上挂着一盏马灯，头顶吊着一只 25 瓦的电灯泡。杨善洲和他的小女儿吃饭时，桌上两只铝饭盒装着的小菜，显然是从单位食堂打回来的。这些场景正是对杨善洲固守清贫、廉洁奉公、艰苦朴素、淡泊名利、无私奉献的高贵品质的真实写照。

《杨善洲》剧照

4. 推动剧情

电影剧本的场景描写有助于推动剧情发展。电影场景不仅是一个背景，而且可以通过场景的变化来推动剧情的发展。不同的场景可以展现出人物的不同性格、情感和心理状态，同时也可以揭示出故事中的关键信息和线索。

比如，乌云翻滚、昏鸦哀鸣、电闪雷鸣等场景，往往预示着不祥的事情即将发生；阳光明媚、喜鹊闹枝、鲜花烂漫，则预示着喜事临门。

例如电影《杨善洲》，一开场就展示了云南大亮山的广阔景色，保山地委书记杨善洲拄着木棍在荒山野岭考察。在路上，他遇到一位用木桶挑着一担水的老倌。杨善洲问老倌挑着水去哪里，老倌说去雷打树村喝喜酒，并说"红白喜事送担水，最管用"。送水是最好的礼物。老倌问杨善洲去哪儿，杨善洲说他是来数山头的。"大山头 80 个，小山头 172 个。这些山如果不荒，吃水也不会这么难啊！"继而出现天空中无数的燕子迁徙的画面。杨善洲说："燕子外迁，地旱天干啊！看来今年的旱情来势凶猛啊！"紧接着，灌渠水闸前，两个相邻县的农民扛着锄头为了争水灌溉，群情激愤，械斗一触即发……最终，杨善洲赶到现场，对争执不下的两县的县长说："你们两个县长的位置对调一下，你到他那个县去任职，你呢，就到他那个县去任职。"两个县长换位思考之后，争水风波平息了。

影片里光秃秃的山岭、龟裂的田地、老倌挑着一担"水礼"、天空迁徙的燕群、两县因争水灌溉而群情激奋的农民等一系列场景都起着推动剧情向前发展的作用。

5. 连缀情节

场景是电影的叙事载体和最重要的造型元素。有的作品由于场景欠缺或画面不足,导致剧情叙事不连贯。因此,必须补充相关场景,这些补充的场景可以起到承前启后、上下连缀的作用,从而使剧情更加顺畅、紧凑、符合逻辑。

通过精心设计的电影场景,观众可以更好地理解故事发生的时代、地点和环境,从而更深入地理解情节的发展。场景为观众提供有关故事背景的重要信息。

电影场景的变化往往与情节的发展紧密相连。随着故事的推进,场景也会随之改变,这些改变不仅反映了情节的发展,还为后续的情节发展提供了铺垫和暗示。

电影场景可以通过不同的设计和布置来表现出不同的时间和空间。这种时空转换不仅为情节的发展提供了必要的背景,还可以帮助观众更好地理解故事的发展和变化。

6. 彰显主题

场景是表达电影主题思想的最好的载体。场景的象征意义和隐喻能表达电影的主题思想。通过对场景的精心设计和拍摄,可以让观众更深入地理解电影所要表达的主题。

比如,表现战争、杀戮、灾难的主题,场景的基调是灰暗的、悲怆的,常常出现哀鸿遍野、饿殍满地等画面;表达丰收、吉庆的主题,场景通常出现阳光明媚、莺歌燕舞、硕果满枝、麦浪翻滚、欢声笑语、挥汗劳作等画面;颂扬战死沙场、马革裹尸的英雄的主题,场景往往出现大漠雄关、黄沙漫漫、烽火连天、狼烟遍地、战马咻咻、尸首枕藉的画面;表达暗杀、行刺等阴谋行动的主题,场景的光影色调是阴森可怖的,通常是灯火阑珊的午夜街头或淫雨霏霏的某个荒僻小巷……

7. 增强效果

电影场景的设计和拍摄可以增强电影的视觉效果，吸引观众的眼球。一些精美的场景可以成为电影的亮点，给观众留下深刻的印象。

电影场景设计通常包括布景、道具、照明、色彩等各方面的细致考虑。这些元素可以共同营造出一种特定的氛围和视觉效果，将观众带入电影的世界中。比如，通过巧妙的照明和色彩设计，场景可以呈现出不同的情绪和感觉，如温暖、冷酷、神秘等。

电影场景设计往往注重深度和层次感，通过前景、中景和背景的设置，可以创造出丰富的空间感，使画面更加立体和生动。一些大场景，如战争、灾难、自然景观等，通过视觉特效和摄影技术的结合，可以产生强烈的视觉冲击力，给观众带来震撼的体验。

场景设计往往与人物的情感和命运紧密相连。通过对场景的精心设计，可以引发观众的情感共鸣，使其更加投入电影的故事中。

8. 特殊表达

场景是表达电影中需要强化的某种特殊内涵的重要手段，其可以通过具有象征意义的元素和符号来传达导演的意图和思想。这些象征元素可以与故事情节和人物形象相互呼应，从而表达出更深层次的意义和内涵。

例如，电影《红高粱》中田野里大片的红高粱，电影《大红灯笼高高挂》里陈府挂的一排排红灯笼，电影《菊豆》里杨府那形如棺材的四面合围的屋子，等等。

一部电影到底需要多少个场景，没有限定。通常而言，场景变化不大的室内情景剧，场景比较少；而公路片、警匪片等场景变化比较频繁的电影，场景相对来说比较多。电影一个场景的时长一般是1～2分钟。一部100～120分钟的电影（室内情景剧除外），一般需要有100个左右的场景（包括重复出现的场景）来构成一系列戏剧段落，完成整个电影故事的叙事。

二、分场景的剧本格式

场景由人和物两大要素组成，包含时间和空间两个概念。时间或空间发生变化，场景也发生变化，每场戏可以短到只有一个镜头，也可以长到有数十个镜头。

分场景的剧本格式为：序号＋地点＋景别＋时间，用小四号黑体字标明。"时间"分日和夜；"景别"分内景和外景。地点、景别、时间之间分别用空格或顿号分开。例如：

9. 别墅一楼楼梯 内 夜

大家争先恐后地往二楼跑，乱作一团。

钱多多：（起哄）鬼来了——

英子：等等我，我的鞋子掉了。

赵大海停下来，回到英子身边。

赵大海：别怕，有我在。

英子看了赵大海一眼，眼神里流露出感激之情。

赵大海搀扶着英子上了二楼，大家惊恐而又好奇地朝楼下看。

英子：刚才我看到窗外有个黑影，一晃就不见了。

赵大海：瞎说什么呢？

英子：我真的看到了。

（节选自喻敏的电影剧本《惊魂七夜》）

97. 医院急诊室 内 日

农妇闭着眼睛躺在医院急诊室的病床上，鼻孔里插着输氧管，手上挂着吊针。病床边站着白医生、护士和阿丰。

白医生：（问阿丰）她叫什么名字？

阿丰：（摇摇头）不知道。

白医生：你不知道她的名字？你怎么……

阿丰：我正好路过，看到她被一辆开得飞快的摩托车撞了，我就把她送来医院了。

白医生：那既然送来了，你去给她垫付医药费吧？做好人做到底！

护士：白主任，她有一个包在这里，是不是我们看看她有没有钱或身份证什么的？

白医生：好啊，打开看看。

护士打开背包，里面有个布包，布包里装着一叠破旧不堪的信封，信封用红头绳捆着，还有一块手绢，打开手绢一看，上面画了一个红心，红心里写着："爱你，一生一世永不变！"

阿丰突然禁不住压抑着发出"啊"的一声，捂住脸，转身走出了急诊室，径直往卫生间走去……

98. 卫生间 内 日

阿丰蹲在卫生间里关上门，号啕大哭起来，边哭边含混不清地说着话。

阿丰：花——花——花呀——对不起你呀——花——

阿丰的手机突然响了起来，阿丰慢慢止住哭泣，拿出手机看了看，没有接听，放回口袋里。

阿丰来到洗脸池前洗了洗脸，就出去了。

99. 急诊室 内 日

阿丰回到急诊室，医生和护士都用奇怪的眼光看着阿丰。

阿丰：不好意思，吃坏了东西，在卫生间吐了一通。

白医生：我们还以为你逃跑了呢。

阿丰：哪能啊，我要逃跑，我就不会把她送到这儿来。

白医生：就是嘛，程先生，我们从这个患者的包里找到了她的身份证，她叫（思忖），叫什么来着？

护士：梁翠华。

白医生：哦对了，叫梁翠华。东莞人。包里只有 200 元钱，还有几百元夹在信里的旧版港币……

白医生：（对阿丰）病人因失血过多，再不及时抢救，就会有生命危险。

　　阿丰：我去给她办住院手续。

　　阿丰转身疾步走出病房。这时他已经完全明白，伤者梁翠华就是失散多年的初恋情人阿花。

　　白医生和护士对视良久。

　　白医生：（长叹了一声）好人呐——

　　护士：嗯，真是个好人。

　　白医生：唉——这世界就缺这样的好人！

（节选自电影剧本《守望》，刊于《中国作家·影视》
2019 年第 3 期）

第三节　电影声音

　　电影声音，就是伴随着电影画面呈现的声音。声音是有声电影的两大基本元素之一。

　　电影的声音由画内音和画外音两大声音组成。

一、画内音

　　画内音又称剧情声音、客观性声音，观众在电影画面里既能听见声音，又能同时看到发出声源的画面。比如，画面里的人物在唱歌、在吹奏洞箫、在拉二胡、在听唱片、在看电视等。画内音包括人声、同期声、客观音乐。

　　（1）人声。这是指电影画面里的人物所发出的声音，是人物在表情达意时或无意识中所发出的具有声调、音色、力度、音频等特征的声音。它包括与人物口型和情态同步的语言、欢笑、呻吟、哭泣、呐喊、慨叹、咳嗽、喷嚏、鼾声等。

　　人声是有声电影最基本的元素之一，它有着刻画人物性格、塑造人物形象、交代剧情、传达信息、营造气氛等作用。

（2）同期声。这是指电影拍摄时同时录下的声音（而非后期配音），包括画面中的人声和现场所有的背景声音，又称环境音响、现场实况音响。同期声是影片故事现场环境所发出的各种真实的声音。比如敲门声、马达声、打夯声、汽笛声、风雨声、霹雳声、林涛声、虎啸、狼吼、鸟啼、蝉鸣等。

同期声起着交代环境、渲染气氛、展示人物内心世界、烘托主题等作用。它能够为场景增添细节，使电影更加真实。

（3）客观音乐。这是指电影剧情（画面）内规定存在的音乐，又称画内音乐、有声源音乐，包括人物歌唱、演奏乐器以及电视、广播、收音机播放的音乐等。

客观音乐在电影作品中能够营造气氛、引人入胜、诠释情节、强调悬念、推动剧情、衔接镜头等。

二、画外音

画外音是指在电影画面里找不到声源的来自画面之外的声音，又称非剧情声音、主观声音。画外音包括旁白、解说、主观音乐。

（1）旁白。它有两个含义。一是指戏剧角色在戏台上背着身边其他片中人物，对观众所说的话语。中国传统戏曲称此为"打背供"。二是指影视作品中人物的内心表白，它通过画面外的声音来表达人物隐秘的内心世界、思想情感、欲求愿望等（它不同于人物的自言自语），对影片的主题、内容、情节发展加以表述或品评。

旁白在影视作品中起着刻画人物、塑造形象、表达情感、传递信息、启迪观众、提高审美等作用。

（2）解说。它是指通过画外音对事物的情态、性质、特征、因果等进行解释、说明的表述手法。解说是专门针对观众播放的一种画外音。

解说往往是对电影画面无法表达或未能直接表达的内容进行诠释、解读、说明，以帮助观众准确理解作品的某种思想内涵。

（3）主观音乐。它是指在电影画面里找不到声音源的音乐声，即画面中的人物感知不到的剧情现场外的音乐。主观音乐又被称为画外音乐、非剧情音乐，是在影片制作过程中根据剧情需要人为地配上去的一种画外音乐，主要体现影片创作者的思想情感和主观立场。常见的主观音乐有电影主题曲、插曲、片尾曲、背景音乐、剧情音效等。

主观音乐能够增强电影作品的艺术感染力，提升画面的主旨意趣，能够打破电影画面格局，使画面的内涵得以延伸，引领观众超越视觉元素，产生新的意境和审美。

三、音乐在电影里的作用

在电影里，音乐可以引领观众在有限的画面时空里产生无穷的想象。音乐在电影中的作用主要体现在渲染环境气氛、彰显时代背景、突出地域风情、塑造人物形象、刻画人物心理、弘扬民族精神等九个方面。

1. 渲染环境气氛

音乐可以为电影场景营造特定的氛围，如环境气氛、时代氛围和地方色彩。通过创造与画面相匹配的音乐，可以增强电影场景的真实感，使观众更好地沉浸在故事中。例如，泰国电影《天才枪手》，讲述的是美国 SAT 考试在亚洲地区发生的考场作弊事件，影片巧妙地创造出紧张、惊险、扣人心弦的类似于谍战片的效果。在这里，音乐起到了非常重要的作用。当然，悬念迭起的故事情节是关键的因素。

2. 彰显时代背景

音乐具有独特的艺术表现力和感染力。音乐的旋律、节奏、和声等元素，可以营造出与电影中的时代背景相契合的氛围和情感，反映一个时代的风貌，使观众能够更深入地理解和感受电影所展现的时代背景，勾起人们对特定的时代背景下的往事的回忆。

例如，电影《城南旧事》自始至终萦绕着李叔同的《送别》，那怀旧伤逝的主题音乐，配上歌词"长亭外，古道边，芳草碧连天。晚风拂柳笛声残，夕阳山外山。天之涯，地之角，知交半零落。一壶浊酒尽余欢，今宵别梦寒"，在电影中，这首歌表达了对 20 世纪 20 年代北京城南往事的深切怀念。

3. 突出地域风情

每个国家和地区，都有着独特的体现民族和人文色彩的音乐。这些音乐在影片中往往成为一大看点。例如印度电影《大篷车》《三傻大闹宝莱坞》《小萝莉的猴神大叔》等电影中的音乐所展现的浓郁的民族风情，令人难忘。

4. 塑造人物形象

由于音乐能够深入揭示人物的内心世界和情感状态，为角色塑造提供多维度的展示，因此，电影中的音乐具有塑造人物形象的功能。音乐可以通过其旋律、节奏和音色等要素来展现人物的性格特征。

不同的音乐风格可以反映出人物的不同性格，比如激昂的音乐可能代表一个勇敢、坚毅的人物，而柔和的音乐则可能描绘一个温柔、内敛的人物。这种音乐与人物性格的匹配，使得观众能够更直观地理解人物特点。

音乐能够表现人物的情感变化。在电影中，当人物经历喜怒哀乐等情感波动时，音乐可以通过旋律、和声等手段来呼应和强化这些情感，使得观众能够更深入地感受到人物内心的起伏状态。

音乐还可以为人物塑造提供背景支持。在电影中，音乐可以营造出与人物所处环境相契合的氛围，从而帮助观众更好地理解人物的背景故事和生活环境。这种音乐与画面的结合，使得人物形象更加立体、生动。

例如《泰坦尼克号》的主题曲《我心永恒》的旋律几乎贯穿了影片，也伴随着主人公露丝和杰克短暂的相爱时光。那对有情人、那艘大船、那超越生死的爱情总是和那忧郁伤感的音乐紧密相连，深深地嵌入观众的记忆深处。

5. 刻画人物心理

音乐是揭示人物内心世界的重要工具，能够表达银幕上无法直观展现的人物复杂的内心情感。音乐的旋律、节奏和音色等元素，可以刻画出人物的性格、情感和心境，表达人物的内心世界，使观众更深入地理解人物。

例如，《笑傲江湖》里的主题曲《沧海一声笑》以及歌词"沧海笑，滔滔两岸潮，浮沉随浪记今朝。苍天笑，纷纷世上潮，谁负谁胜出天知晓。江山笑，烟雨遥，涛浪淘尽，红尘俗世知多少？清风笑，竟惹寂寥，豪情还剩了一襟晚照。苍生笑，不再寂寥，豪情仍在痴痴笑笑"，就表达了令狐冲等江湖英豪一笑泯恩仇的超脱、豁达与彻悟。

6. 弘扬民族精神

音乐具有强大的情感表达能力和文化传承功能。电影中的音乐，可以弘扬民族文化的精髓和价值观，激发观众的民族认同感和自豪感。

音乐是文化传承的重要载体。在电影中运用传统民族乐器和音乐元素，可以展现民族文化的独特魅力和深厚底蕴。这种展示不仅让观众欣赏到美妙的音乐，也让人们更加了解自己的民族文化，从而增强民族自豪感。

电影中的音乐可以通过其旋律、节奏和歌词等要素来传递民族文化的核心价值观。这些价值观包括爱国、团结、互助、勤劳、勇敢等，音乐的渲染和传递，可以让观众更加深入地理解和接受这些价值观，从而增强人们的民族认同感。

7. 连贯电影镜头

音乐能够通过其独特的艺术形式和表现力，将不同的镜头和场景有机地串联起来，使整部电影呈现出一种连贯性和完整性，并使整部电影成为一个有机的整体。通过音乐的过渡和引导，观众能在情感上更加顺畅地跟随故事的发展。

音乐能够创造一种情感上的连贯性。在电影中，不同的镜头和场景往往需要传达不同的情感和信息，而音乐可以通过其旋律、节奏和音色等要素，将这些情感和信息有机地融合在一起，形成一种情感上的连贯性。这种连贯性能够使观众在观影过程中更加自然地从一个镜头过渡到另一个镜头，从而更加流畅地体验故事情节的发展。

音乐能够通过其节奏和旋律来引导观众的注意力。在电影中，镜头的切换和场景的转换往往需要观众调整注意力，而音乐则可以通过其节奏和旋律来引导观众的注意力，使其更加自然地跟随镜头的切换和场景的变化而调整。

音乐还能够通过其主题和动机的重复和变化来强化镜头的连贯性。在电影中，往往会有一些重要的主题或动机需要在不同的镜头和场景中进行重复或变化，而音乐则可以通过对这些元素的处理来强化镜头的连贯性，使观众能够更加深入地理解和感受电影所表达的主题和情感。

8. 进行内容评论

音乐能够通过其独特的艺术功能，对电影中的人物和事件进行分析、评价和解读。音乐通过旋律、节奏及和声等元素，表达出创作者对故事中人物和事件的主观态度。这种评论方式虽然相对隐晦，但能够给观众带来深刻的感受和思考。

音乐可以通过其旋律、音色等要素，对电影中的情节进行情感上的渲染和强调。当电影中出现重要的情节转折或情感高潮时，音乐可以通过其强烈的表现力来突出这些情节的重要性，使观众更加深入地感受到情节所传达的情感和意义。这种情感上的渲染和强调，实际上就是对情节的一种主观评价，它能够帮助观众更加深入地感受和理解电影所表达的主题思想。

音乐可以通过其主题和动机的重复和变化，对电影中的人物形象进行塑造和评价。在电影中，人物的性格、情感和成长往往需要通过多个情节和场景来展现，而音乐则可以通过其主题和动机的重复和变化来强化人物形象的塑造，使观众能够更加深入地感受和理解人物的性格特点和情感变化。这种对人物形象的塑造和评价，实际上也是对电影情节的一种解读和评论。

音乐还可以通过其独特的艺术风格和表现力，对电影的整体风格和主题进行评论和解读。不同风格的音乐往往代表着不同的艺术审美和情感体验，当这些音乐被运用到电影中时，它们就会与电影的情节和人物形成一种独特的互动关系，从而对电影的整体风格和主题进行主观而深刻的评论和解读。

9. 深化主题思想

音乐具有强大的情感表达能力和象征意义。通过音乐与画面的有机结合，电影能够更深入地展现主题思想，触动观众的情感，引发他们的共鸣和思考。通过创造与主题相契合的音乐，可以深化观众对电影主题的理解和认识。音乐能够通过其独特的艺术表现形式，将电影的主题思想传达给观众，使观众在观影过程中获得更加丰富的体验。

音乐可以通过其旋律、节奏和音色等要素，为电影营造独特的氛围和情感基调。当观众在观看电影时，音乐作为背景或插曲，能够潜移默化地影响他们的情感状态，使他们更加投入地感受电影所传达的主题和情感。

音乐可以通过其象征意义来深化电影的主题思想。在某些电影中，音乐被赋予特定的象征意义，代表着某种情感、观念或价值观。当这些音乐与电影中的情节和人物相结合时，它们就能够成为表达电影主题思想的有力工具。

音乐还可以通过其跨文化和跨时代的普遍性来深化电影的主题思想。音乐作为一种艺术形式，具有跨文化和跨时代的能力，能够触动不同背景和时代的观众的情感。电影中的音乐与主题思想相结合，能够超越文化和时代的差异，引发观众的共情或共鸣。这种普遍性使得电影的主题思想更加具有普遍意义和价值。

第四节　声画组合

电影是一种视听兼备、声画结合的艺术。这种声音与画面结合的方式，被称为声画蒙太奇。

声画组合，是指电影作品中声音和画面的有机组合。电影通过声画蒙太奇处理，将这两种不同介质的信息源结合起来，形成声画协调、和谐统一的视听艺术。

声画组合关系通常有以下几种形式。

一、声画合一

电影的声画合一是指影片中声音和画面严格匹配，银幕上发音的人或物体与所发声音保持同步，使画面中被摄主体的发声动作和发出的声音同时呈现、同时消失。这种技巧可以加强画面的真实感，提高视觉形象的感染力。

在电影中，声画合一的运用非常重要。例如，当电影中出现一个角色在唱歌时，音乐、歌词和角色的口型、动作、表情必须完美地配合在一起，这就是声画合一的体现。

声画合一是有声电影创作最基本的手法之一，也是电影声画组合关系中最初始、最常见的一种形式。它使视觉艺术形象和听觉艺术形象高度协调，各种声音（语言、音乐、音响）元素与画面在内容、主旨、时代背景、环境气氛、人物形象上和谐统一。也就是说画面所表达的主题、情绪、基调正是声音所表达的主题、情绪、基调。声音在影片中对画面内容起烘托作用，同时在后期剪辑中还可以根据剧情需要强化其艺术效果，以协助画面渲染主题。

例如，电影《检察长》第83—88场戏就是典型的声画合一的关系。

83. 公园大树下 外 日

送货员（蛋糕递给肖倩）：好，谢谢！我帮你打开。

肖倩：谢谢！

送货员将蛋糕盒打开。

小雪（惊喜）：哇，好漂亮哦！

84. 公园草坪上 外 日

龙兴华看见蛋糕，脑海里闪现着定时炸弹的电子时钟频闪和"嘀嘀"声。惊悸地向肖倩和小雪奔跑而去。

85. 公园大树下 外 日

小雪（惊喜）：妈妈，不如我们切好蛋糕，等爸爸回来一起吃吧！

86. 公园草坪上 外 日

龙兴华疯狂地向肖倩母女奔跑。

《检察长》剧照

87. 公园大树下 外 日

肖倩（拿着蛋糕刀）：是个好主意，我们从哪里开始切呢？（犹豫不决）这里切吧。

小雪：好呀！

88. 距公园大树不远处 外 日

龙兴华一边奔跑一边大吼一声。

龙兴华：别动！

肖倩和小雪都惊呆了。

龙兴华飞奔过来端起蛋糕就狂奔，最后将蛋糕扔得远远的，随即趴倒在地。紧接着"轰"的一声，蛋糕里的炸弹爆炸了……

突然，龙兴华的手机响了。

龙兴华（接通手机）：喂。

对方（传来经过变声处理的声音）：龙兴华，如果我提前二十秒引爆，你们一家全报销！你应该知道怎么做了吧？

对方说完挂断了电话，龙兴华表现得十分震惊。

（节选自电影剧本《检察长》）

在这六场戏中，龙兴华、肖倩、小雪三个人的对白声、现场的环境声、龙兴华脑海中产生的定时炸弹的电子时钟"嘀嘀"声、现场的爆炸声、手机里传出的威胁电话的声音等各种声音元素，与现场故事画面情景紧密结合、协调一致，同步呈现在观众面前。

二、声画分离

电影的声画分离，又叫声画分立，是指电影的声音和画面形象不同步、不吻合、各自独立、相互补充的蒙太奇技巧。画面中的声音和形象不匹配、不同步、相互剥离，即声音和发声体不在同一画面中，声音不是由画面内的人或物发出来的。在声画分离中，声音一般以画外音的形式呈现。

虽然其声音不出自画面之中，而是以画外音的形式出现，但是在总体情绪上、思想内涵上，声画之间又有着相互映衬、和谐统一的关系。

声画分离使电影艺术打破了舞台剧的时空限制，为电影真实地表现现实生活拓展了空间，有效地发挥主观声音的艺术效果，使之组接画面、转换时空、延伸意境、引发联想。声画分离常常以一种行进性的主观声音为媒介，将多个不同时空、不同故事现场、不同主题内涵的电影场景衔接在一起，形成相对协调完整的蒙太奇句子（由多个镜头有机组合而成的逻辑连贯、节奏明快、内涵完整的影视片段）。

这种技巧可以突出声音的作用，使它从依附于形象的从属地位解放出来，成为独立的艺术元素。此外，声画分离以分离的形式，加强了声音同画面形象的内在联系，使之更加富于感染力，从而丰富了电影的表现手段。

声画分离凸显了声音在影片中的作用，使从属于画面的声音脱颖而出，成为影片的独立艺术元素，强化了声音与画面所形成的新的意境和艺术魅力。

例如日本动画电影《萤火虫之墓》中，节子死后，清太望着焚烧着节子遗体的火焰，脑海中突然回荡起节子欢快的笑声和呼唤声："哥哥，我们回家吧……"紧接着主题音乐《甜蜜之家》响起，忧伤的音乐配以悲凉的画面，给人一种强烈的艺术感染力。

《萤火虫之墓》是由高畑勋根据野坂昭如的原著编导的动画电影。作品

日本动画电影《萤火虫之墓》剧照

讲述了"二战"时期日本神户一对在战火中失去双亲的兄妹（哥哥清太和4 岁的妹妹节子）藏在洞穴里生活，因孤立无援逐渐走向死亡的悲惨故事。

三、声画对位

电影的声画对位，又叫声画对列，是指影片中的声音与画面形象，在各自独立表达内容的基础上有机结合起来，产生新的思想内涵的声画结合方式。声音与画面的内容、情感、氛围、节奏等都是对位的、对立的甚至相反的，正是这种反差，形成了鲜明的比照和映衬，凸显出正面的主题思想和价值意义。声画对位使声音成为影片中独立的艺术元素并产生独特的效果。这种声画结合形成单纯声音或单纯画面无法表达的某种新的寓意和艺术审美，引发观众产生对比、象征、隐喻、反讽等联想，从而使声音和画面不再互相依附，而是各自发挥作用，大大扩展了电影的容量，打破了画面的时空局限。

1928 年，苏联著名电影艺术家普多夫金、爱森斯坦、亚历山大洛夫三人发表了《有声电影声明》，提出"声画对位"这个概念。他们指出，只有将音响作为一段蒙太奇的对位去使用时，音响才能使我们有可能去发展并改进蒙太奇。他们的声明强调了声画对位在有声电影中的作用和地位。也就是说，有声电影的主要元素未必一定是声画合一，也可以是声画对位。声画对位是声音和画面组合关系的一种升华和飞跃。

声画对位包括声画对比和声画对立两种表现形式。

1. 声画对比

电影的声画对比是指画面和声音的性质、内容、情绪、气氛、节奏等完全相反，存在强烈反差，形成明暗、悲喜、轻重、缓急等二元对立的效果。例如，电影《祝福》中，善良的祥林嫂被逼成亲时撞头寻死，此时兴奋欢快的结婚音乐与祥林嫂头破血流、痛不欲生的画面形成鲜明的反差，深刻地表现了旧社会封建礼教酿成的悲剧。这种声画对比可以产生独特的艺术效果，使观众更加深刻地感受到影片所要表达的思想情感和主题要旨。

2. 声画对立

声画对立是指电影中声音与画面的情感、内涵、氛围、节奏是对立的、相悖的、错位的，二者相反或矛盾。通过这种对立，双方的错位形成反衬审美，能表达更为深刻的思想意义和感人的艺术效果，可以使影片的主题更加突出，深化观众的思考和理解。例如，在日本动画电影《千与千寻》中，有一段场景展现了主人公小千不愿搬家，在画面中呈现出叛逆的情绪。此时，背景音乐却是轻快的，与画面中的情绪形成了鲜明的对立。这种声画对立的处理方式，更加突出了小千内心的焦躁和不满，使观众更加深刻地感受到她的情感状态。

再如，电影《黑暗中的舞者》中的女主角莎玛是一名捷克难民，她携儿子基恩移民到美国，租住在货车库里，在一家生产不锈钢水槽的工厂工作。酷爱音乐舞蹈的莎玛努力挣钱，希望在儿子满 13 岁时能通过美国先进的医疗技术，治愈家族遗传的眼疾。莎玛的眼病每况愈下，几近失明。当莎玛由于眼睛几乎失明造成工厂事故被解雇回家时，却发现身为警察的房东比尔，将她为了给儿子治病积攒的钱盗窃一空。莎玛找到比尔要回自己的钱却遭到了比尔的诬蔑与栽赃，他们在争夺钱包时，比尔的枪走火击中了自己。他逼迫莎玛将自己杀死，莎玛为了能让儿子的眼病得到治疗，拒绝在法庭上说出真相，最终被判一级谋杀罪处以绞刑。

电影《黑暗中的舞者》海报

临刑前，莎玛得知儿子已经做了眼疾手术，深情地唱着《就这些……》
（*That's All*），年轻的生命在充满希望的歌声中戛然而止。

《黑暗中的舞者》获得第 53 届戛纳国际电影节最佳影片金棕榈奖和
最佳女演员奖。

另外，在电影《沉默的羔羊》中，精神病专家、食人狂魔汉尼拔博
士利用主治医生奇尔顿丢下的圆珠笔中的金属丝打开了手铐，杀死了两
名警卫，而在此时，录音机里播放着喜悦、振奋人心的《哥德堡变奏
曲》。毫无人性的杀戮画面与浪漫抒情的音乐构成声画对立，渲染了嗜血
成性的汉尼拔极度变态的复杂心理，同时使观众产生新的审美和联想。

《沉默的羔羊》剧照

四、画面描写

1. 景物描写

电影剧本景物描写的要点如下：

（1）抓住特征。在描写景物时，要抓住其特征，以区别于其他景物。这些特征包括形态、动作、声音、颜色等方面。

（2）细致入微。注重细节描写，将景物的各个部分描述清楚，以展现其完整性和立体感。同时，要注意语言的准确性和生动性，使观众能够感受到景物的真实感和美感。

（3）情感表达。景物描写不仅要描绘出景物的外在形象，还要用画面语言表现出人物对景物的情感反应。通过描绘人物对景物的感受，可以将观众的情感引入其中，增强观众的观影体验。

（4）服务剧情。景物描写应该与剧情紧密相连，为故事情节的发展提供背景和营造氛围。在描写景物时，要考虑其在剧情中的作用和意义，避免景物描写与具体剧情脱节或产生冲突。

（5）精简准确。在电影剧本中，景物描写应该精简准确，避免冗长和烦琐。要用最简洁的语言准确地描述出景物的特征，以突出重点。

总之，电影剧本中所描写的景物一定要具备画面感和可视性。文字力求简洁、明了、具象，不能空灵、抽象。要便于用镜头呈现出来。

写剧本不能像写小说那样，描绘景物时融入人物感情。如："那是一个漆黑的夜晚，温柔的晚风夹杂着金秋果实的芬芳，向我拂来。"

这里面的"温柔""金秋果实的芬芳"纯属人物的感觉，无法在镜头中表现出来。

电影是一种视听艺术，必须确保观众能看得见、听得到。如果"漆黑的夜晚"由镜头呈现出来是一片黑暗，就失去了可视性。除非剧情需要强调特定的情景，一般不会设置"漆黑的夜晚"这样的场景。例如：

1. 深圳海防线上 外 日

黑色的背景打出白色的字幕：

1979 年 5 月 6 日 深圳海防

背景由黑色渐变成灰色、灰白色，叠出画面：深圳边防站，边防军持枪站岗，密密匝匝的人群冲破海防前哨，衣衫褴褛的渔民和农民，向香港方向疯狂地奔逃，有的人摔倒被众人慌乱的脚步踩踏，有的人被挤碰而坠落海里……

推出字幕：守望

（节选自电影剧本《守望》）

这里的"边防站""边防军""渔民和农民""冲破海防前哨""向香港方向疯狂地奔逃""被挤碰而坠落海里"等，都是用白描的手法直观描述的，不夹杂丝毫的主观情感。又如：

1. 上海哈同花园戏院 内 日

人头攒动的画面上叠出文字：

1911 年 12 月 25 日，上海哈同花园戏院。

戏院内座无虚席，在座的是党、政、军各界人士，各省革命军领袖，各国领事，海内外记者，群众团体代表，等等。

人们的目光全投向戏台上正在演讲的孙中山，空中回旋着一个雄浑的声音（声音由弱渐强）：

孙中山：……朱门酒肉臭，路有冻死骨。谁在享受呢？达官贵族。谁在受苦受难呢？国民哪。这种奴役国民的主义，它更是专制……

在越来越强的演讲声中，叠出八国联军用枪炮杀戮中国百姓的画面，英军指挥官用单筒望远镜扫视，在烈火中倒塌的圆明园、侵略军烧杀抢掠，被一马车一马车运走的国宝，陷入火海的民宅，奔腾的马蹄下纵横的尸首，硝烟中哭喊的儿童……

戏台下左侧走廊，一个头戴礼帽胸前挎着一香烟盘的烟贩，慢慢向戏台走近，突然坐在边上的一位男子向烟贩招了招手。

男子（低声）：来一包哈德门。

烟贩接过钱，递上一包香烟。

　　烟贩：我找你钱。

　　烟贩右手伸进兜里，掏出一把左轮手枪（特写），随即"嗖"的一声，一道银色的白光（飞镖）打在左轮手枪上发出清脆的撞击声，几乎同时，"砰砰"两声枪响，悬挂在戏台上的左右两盏吊灯熄灭了，漆黑的戏院内一片混乱，在急遽的枪声、尖叫声、哭喊声、纷乱的脚步声中叠出片名：

　　孙中山的女保镖

（节选自电影剧本《孙中山的女保镖》）

　　其中，哈同花园戏院的舞台上下的所有场景，以及孙中山先生在台上讲话时闪回的八国联军进京烧杀抢掠的一系列画面描述，都是全知视角的客观描述，不掺杂叙述的主体和客体丝毫的情感意象，这样就便于用镜头将其呈现于银幕之上。

2. 外貌描写

外貌描写是电影塑造人物形象的重要一环，它主要有以下几个要点：

（1）抓住特点。要抓住人物外貌的独特之处，突出其特点，以区别于其他人物。这些特点包括面部特征、发型、身材、服饰等方面。

（2）突出个性。人物外貌描写应该与人物的性格、身份、职业等个性特征相符合。通过外貌描写，揭示人物的内在特质和个性特点，便于观众更加深入地了解人物。

（3）细致入微。在描写人物外貌时，要注重细节，尤其要注重对面部特征的描写。对面部轮廓、五官形态、肤色、表情等的细致描绘，可以塑造出立体、生动的人物形象。

（4）简洁明了。电影剧本中的人物外貌描写应该简洁明了，切忌用春秋笔法。要用最简洁的语言描述出人物的外貌特点，以突出重点，让导演和演员一目了然。

（5）紧扣剧情。人物外貌描写应该与剧情紧密相连，为故事情节的发展提供背景和营造氛围。在描写人物外貌时，要考虑其在剧情中的作用和意义，避免与剧情脱节或产生冲突。

总之，电影剧本中的外貌描写，是为导演和演员提供一个文字蓝本，应力求简练，把外貌特征交代清楚即可。

电影人物的外貌描写，不能像小说那样夹杂作者的主观感觉和评价。

例如，小说写道："她有一双会唱歌的大眼睛。"

"她有一双会唱歌的大眼睛"这样的外貌特征，电影是难以用镜头呈现出来的，因为"会唱歌的大眼睛"纯粹是作者的想象和心理感觉。

在电影剧本里，只要用白描的手法陈述"她有一双美丽的大眼睛"即可。例如：

1. 养生馆 外/内 日

一阵鞭炮声中，罗兰的春天女子美体养生馆开业。

穿戴一新喜气洋洋的罗兰，在忙着招呼前来祝贺的嘉宾。

沈君兰，捧着一束花远远就朝罗兰挥手。

罗兰喜笑颜开地撇下其他嘉宾朝沈君兰跑过去，两人抱成一团。

罗兰：君兰，几年不见，想死我了！

君兰：我也是，再见你已是富婆了！

罗兰（作势敲她，一把夺过花束）：啥富婆？混口饭吃！谁像你？泡上个富二代男朋友，吃喝不用愁！

君兰：你啊！挑花眼了吧！

罗兰：你研究生毕业了吧？

君兰：这学期毕业。

罗兰：哎，你那位"高富帅"呢，怎么没来？

君兰（歉意地笑笑）：今天他没空，改天吧。

罗兰：啥？居然敢不陪沈大美女出席本姑娘的开业典礼？

君兰：他真的没空。

罗兰：你信了？好男人是调教出来的！

不远处戴墨镜的三哥，满脸杀机地朝罗兰看去。

君兰（抿嘴笑）：好啦，招呼客人去吧！

罗兰：哦，对了！快，就等你来剪彩了。

罗兰拉着君兰走进店里。

店员一见她俩进屋，立即拉响彩花，随着一声爆响，满天彩纸纷纷扬扬地飘落。

（节选自电影剧本《危情电话》，刊于《中国作家·影视》

2017 年第 6 期）

这是剧本的第一场戏，对女主角沈君兰和罗兰出场时的外貌描写，采用了简笔线描式的笔调进行客观描述。又如：

2. 清廷两宫 "西狩" 西安途中　外　日

清廷光绪帝和慈禧太后在御前侍卫、李家镖局和两千御林军的护送下，仓皇逃往西安。

残阳如血，写着 "李" 字的镖旗在古道西风中猎猎而飘，镖车中的慈禧半瞑着眼睛，左手捻着祖母绿宝石佛珠，右手捂着胸口，脑海里频闪着那方莲花砚的画面，嘴里梦呓般地说道："莲花砚，莲花砚，我的莲花砚哪……"

清廷总管太监李莲英连忙安慰慈禧太后。

李莲英：老佛爷，请息怒，奴才深知莲花砚是您的心爱之物……

慈禧：（抢话）莲英啊，你就别哄我了！此砚乃我心头之肉，举世无双，何以复得？

李莲英：速速降旨，让两广总督去端州要来一方，不就成了？这事儿，包在奴才身上！万望老佛爷放心！

慈禧：我的莲花砚，给我派重兵，杀回紫禁城，抢回来！

李莲英：使不得！使不得！紫禁城早已被联军盘踞。抢不回来了！

慈禧：（悲伤地）我的心头肉，补不回来啦！

李莲英：请老佛爷放心！哪怕是上天揽月、下海缚龙……

慈禧：（抢话）那莲花砚，整整伴我六年，是我的心头肉啊！我的莲花砚……

李莲英一边轻轻地抚摸慈禧的背部，一边安慰道：老佛爷，莫愁。立即降旨，速速另觅一方给您。

　　慈禧双眼只开一窄缝，呓语般：心头肉，被割剜！缘难了，情难断……

（节选自电影剧本《国砚传奇》）

这场戏讲述的是八国联军攻入北京城，光绪皇帝和慈禧太后以"西狩"的名义前往西安逃难的情境。剧本对慈禧太后的外貌做了简要的描述。

3. 心理描写

人物的心理活动包括回忆、幻觉、梦境、想象、向往、憧憬、潜意识等。电影的心理描写通常是用画面和声音来塑造人物形象、展现人物的内心世界，通过视听元素向观众传播具体的时空场景里所发生的故事。电影剧本中的心理描写有以下几个要点：

（1）真实可信。心理描写必须真实可信，符合人物的性格、经历和情感状态。编剧需要通过深入理解人物，挖掘其内心的想法和感受，才能描写出真实而有力的心理活动。

（2）细腻入微。心理描写需要细腻入微，关注人物情感的微妙变化。编剧可以通过描写人物的语言、动作、神态、内心独白等，来展现人物的内心世界和情感状态。

（3）关联情节。心理描写必须与情节紧密相连，服务于剧情的发展。心理描写应该成为情节推进的有机组成部分，通过展现人物的内心变化，推动情节的发展，增强故事的吸引力。

（4）突出主题。心理描写应该与电影的主题相契合，突出主题思想。展现人物的内心世界，可以深化主题思想，增强电影的感染力和观赏价值。

（5）适度控制。在心理描写的过程中，编剧需要适度控制，避免过度渲染或过于简单化的处理。心理描写应该与人物性格、情感状态和情节发展相协调，保持适度的张力和节奏感。

心理描写是电影剧本创作的难点。许多经典的意识流小说难以用电影艺术很好地呈现出来，例如《尤利西斯》《变形记》《到灯塔去》《我弥留之际》《追忆逝水年华》等小说。有的意识流小说即便可以拍成电影，呈现效果也难如人意。

电影中人物心理活动的呈现方式主要有以下几种：

（1）闪回画面。用闪回画面来展现人物的回忆、梦境、潜意识等复杂的心理活动，是电影作品中最常见的一种表现人物心理状态的方式。

例如，电影《记忆碎片》，讲述的是一位不幸患有短暂失忆症的男人，克服种种意想不到的困难，决心找到杀害妻子的人报仇雪恨的故事。这个男人叫莱纳德·谢尔比，有一天，两名歹徒闯入他家将其爱妻强暴并杀害。其中一名歹徒被莱纳德·谢尔比打死，另一名叫约翰的歹徒，从莱纳德·谢尔比背后突袭，将其打倒在地。莱纳德·谢尔比虽然幸免于难，但因头部遭受重创，患了"短期记忆丧失症"。莱纳德·谢尔比只对十几分钟内发生的事情有记忆，却永远不知道十几分钟前发生了什么事。当记忆变得支离破碎后，莱纳德·谢尔比依然下决心要找到凶手约翰，为妻子报仇。在警方不作为的情况下，他只能采用纸条、刺青、照相等方式储存碎片化的记忆，秘密追凶。

影片采用非线性倒置的叙事方式，大量闪回画面展示了莱纳德·谢尔比将那些错位的记忆碎片拼凑整理的情景。

又如电影剧本《航父冯如》：

107. 旧金山欧卡诺医院急救室 内 日

冯如、司徒雅璇、艾丽莎站在冯阿甘的病床边，冯阿甘不省人事地躺在病床上。

医生（华人，摇着头）：伤势太重，无力回天。

冯如：医生，请想办法救救他！求您了。

艾丽莎（含着泪水）：请救救他！医生，请求你救救他！

医生：我们已经尽了全力抢救。

冯如的泪眼中幻化出童年时在故乡的山坡上和冯阿甘一起放风筝的情景。

（闪回）

冯如拽着风筝线奔跑着，使飞鹰风筝渐渐向上飞翔，越飞越高，最后超过了所有小伙伴的风筝的高度。

冯阿甘：九哥，葫芦灌满水也一样飞得最高。真神奇！

冯如：这还不算神奇！

冯阿甘：那什么才神奇？

冯如：我将来要驾着风筝飞到天上去！

冯阿甘：九哥，你可要带上我哟！

小伙伴们都说"带上我，带上我……"

孩子们奔跑着，留下一串清脆的笑声……

（闪回完）

（节选自电影剧本《航父冯如》）

这场戏采用闪回画面来表达人物的心理活动。冯如在医院急救室里，面对为了保护他而身负重伤、奄奄一息的冯阿甘，冯如的脑海里浮现出童年时和冯阿甘一起在故乡的山坡上放风筝的情景。

（2）台词表达。在电影作品中，最直接的方式是采用人物对话、内心独白、自语和旁白的方式表达人物内心情感、想法等复杂的心理活动。台词可以揭示角色的内心世界，让观众了解他们的想法和感受。这在电影作品中普遍存在。

例如，电影《阳光灿烂的日子》开场马小军的独白："北京变得这么快，二十年的工夫它已经成了一个现代化的城市，我几乎从中找不到任何记忆的东西。事实上，这种变化已经破坏了我的记忆，使我分不清幻觉和真实。我的故事总发生在夏天，炎热的气候使人们裸露得更多，也更能掩饰心中的欲望。那时候，好像永远是夏天，太阳总是有空出来伴随着我，阳光充足，太亮，使得眼前一阵阵发黑。"

又如电影剧本《危情电话》：

20. 银行门口 外 日

翁莉拨打手机，传来语音提示：您拨打的号码不存在。重复拨打，依然出现这个语音提示。

　　翁莉（独白）：完了，我被骗了！

　　翁莉（又拨手机）：胡飞，胡飞（手机传来语音提示：您所拨打的号码是空号）。

　　再拨依然是"空号"提示音。

　　翁莉（自语）：胡飞！你这个人渣！

　　（节选自电影剧本《危情电话》，刊于《中国作家·影视》
2017 年第 6 期）

　　（3）主观镜头。主观镜头就是与片中角色视觉同步所拍摄到的镜头。摄影机镜头代表角色的眼睛，记录角色所见的一切情景。电影常常采用主观镜头来呈现片中人物复杂的内心活动。

　　例如电影《孔雀》中，一心想当女伞兵的高卫红，看见训练中的女兵一个个跳伞从天空徐徐降落在草地上，抱着降落伞从她身边走过。她看见（主观镜头）其中一个女伞兵正是她自己（幻想），正身着军装、头戴钢盔、抱着降落伞英姿飒爽地走来。

　　用主观镜头来表达人物的心理活动，是电影创作中常见的一种表现手法。

　　（4）动作表情。面部表情和肢体语言是演员表达人物内心活动的重要方式。通过微妙的表情和动作，演员可以传达出人物内心的情绪、欲望和冲突。

　　例如，在电影《肖申克的救赎》中，主角安迪在雨中挥舞着双臂，享受着自由的场景。在这个场景中，安迪站在雨中，双臂张开，仿佛要拥抱整个世界。他的脸上洋溢着自由和喜悦的笑容，眼神中充满了对未来的希望。这个动作和表情的组合，充分展示了安迪对自由的渴望和内心的喜悦。

　　再如，安迪在挖通隧道后的夜晚，爬过狭长的隧道，最终重获自由。在这个场景中，安迪的肢体语言非常谨慎和紧张，他爬行的速度很慢，时刻警惕着周围的动静。他的脸上满是汗水和泥土，但眼中却闪烁着坚定的光芒。这个场景通过安迪的面部表情和肢体语言，生动地展现了他内心的坚定。

该片通过大量细腻的人物动作、面部表情和肢体语言，展现了安迪被冤枉入狱后内心充满挣扎和希望的复杂情感。

（5）镜头语言。导演通过镜头的运用来呈现人物的心理活动。例如，通过特写镜头来捕捉人物的面部表情，或者通过推、拉、摇、移等镜头运动来营造特定的氛围，表达角色的情绪状态。

例如，在电影《霸王别姬》中，摄影师就运用了推、拉、摇、移等镜头运动来营造特定的氛围，表达角色复杂的心理活动。一是程蝶衣在舞台上扮演虞姬，面临生死抉择的时刻。摄影师采用推镜头的拍摄手法，逐渐将镜头从观众席推向舞台中央的程蝶衣，营造出紧张而沉重的氛围。随着镜头的推进，观众能够感受到程蝶衣内心的挣扎和痛苦，这种推镜头的手法强化了人物的情绪，使观众更加深入地理解人物的内心世界。二是程蝶衣和段小楼在庭院中相遇的场景。在这个场景中，摄影师运用了摇镜头的拍摄手法，通过镜头的左右摇摆，展现出两人之间的情感交流和内心的波动。这种摇镜头的手法不仅营造了一种复杂的氛围，还让观众更加深刻地感受到人物之间的情感纠葛和内心变化。

（6）背景音乐和音效。背景音乐和音效是呈现人物心理活动的重要手段。通过背景音乐的旋律、节奏和音效的渲染，可以营造出与人物内心情感相呼应的氛围，增强观众的情感共鸣。

例如，电影《星际穿越》中，背景音乐和音效被巧妙地运用来表达主角库珀复杂的心理活动。当库珀在太空中遭遇危机，与地球失去联系而孤独无助时，电影配乐采用了深沉、悠长的旋律。这种旋律带有一种深深的哀愁和无尽的孤独感，完美地反映了库珀此时内心的绝望。同时，在音效上，太空中的寂静和孤独也被放大，更加强调了库珀的心理状态。

另外，当库珀在黑洞中遭遇时间膨胀，面对女儿老去、生死未卜的残酷现实时，背景音乐突然变得激昂、紧张，充满了绝望与挣扎的情绪。音乐与库珀内心的痛苦和恐惧形成强烈的共鸣，使观众能够更深入地理解他复杂的心理活动。

（7）调色和光影。画面调色和光影处理可以用来呈现人物的心理活动。例如，通过黯淡或明亮的色调来表现角色的情绪，或者通过光影的对比来突出人物的内心冲突。

例如，电影《泰坦尼克号》用画面调色和光影处理来表达主角杰克和露丝复杂的心理活动。当杰克和露丝在船头摆出飞翔的姿势时，温暖的色调和柔和的光影处理，营造了一种浪漫、梦幻的氛围。这种画面调色和光影处理不仅表现了两人之间的爱情，也反映了他们内心对自由、对美好生活的渴望和追求。

又如，当泰坦尼克号触撞冰山而沉船的那一刻，画面则采用了冷色调和阴暗的光影处理，营造了一种紧张、恐惧的氛围。这种处理方式不仅增强了沉船事件的紧迫感，也反映了人物内心的恐慌、无助与焦虑。

再如，当露丝回忆起与杰克的点点滴滴时，画面采用柔和的暖色调和温暖的光影，以表达露丝内心的温暖和怀念。而当她面临选择，是否要跳下船去追寻杰克时，画面则采用了对比强烈的冷色调和阴暗的光影，以突出她内心的矛盾与挣扎。

第五节　电影时空

电影是时间和空间相结合的艺术。电影作品在时间的推移和延续中展示空间场景，在具体的空间转换变化中表达时间。所以，电影既包含了时间的属性，又拥有空间的属性。电影的故事情节、人物命运、思想内涵等都是在时间和空间的维度里展现的。

一、时间艺术

电影通过连续的影像和声音来展示故事情节，而这些影像和声音按照时间顺序排列，从而构建出一个完整的叙事结构。所以，电影是一种时间艺术。

首先，电影中的故事情节通常是按照时间顺序来叙述的，从开头到结尾，观众可以通过观看电影来感知时间的流逝和故事的发展。这种叙事方式使得电影具有时间性，即它需要在一定的时间范围内展开并讲述完整的故事。

其次，电影中的影像和声音也具有时间性。影像通过连续的画面来展示故事情节，而声音则通过音乐的旋律、节奏和音效等来表达情感和氛围。这些影像和声音元素在电影中相互交织，共同构建出一个充满动感和生命力的世界。

最后，电影中的时间还可以被操纵和变形，以表达电影创作者的意图和情感。例如，通过快速剪辑和音效处理，电影可以将时间压缩或拉伸，从而营造出紧张、悬疑或梦幻的氛围。这种对时间的操纵和变形也是电影作为一种时间艺术的重要特征之一。

电影既可以忠实地展现生活里的实际时间，又可以灵活地表达时间的变化、岁月的更迭。譬如：这个镜头讲述某人童年的时候在乡村和小伙伴们一起放风筝，下一个镜头可以展示某人事业有成在城里和心上人洞房花烛的情景。电影的蒙太奇，镜头与镜头之间的组接，为时间的跳跃、变化提供了自由的空间。

二、空间艺术

电影通过影像和声音的构造，创造出一个具有深度和广度的虚构空间，使观众能够沉浸其中并感受到空间的存在和变化。为此，电影又被视为空间艺术的一种表现形态。

首先，电影中的影像通过画面的构图、色彩、光影等元素来营造出不同的空间感。摄影师通过镜头的运用，如推、拉、摇、移等，来改变观众的视角和视距，从而创造出不同的空间效果。同时，画面中的色彩和光影也可以营造出不同的氛围和情感，使观众能够更加深入地感受到空间的存在和变化。

其次，电影中的声音也可以通过音效和音乐的运用来创造出空间感。音效可以模拟出不同的声音环境，如城市的喧嚣、大自然的宁静等，从而营造出具有真实感的空间效果。而音乐则可以通过旋律、节奏与和声等元素来创造出情感化的空间，使观众能够更加深入地感受到影片所构建的艺术世界。

最后，电影还可以通过剪辑和特效等手段来创造出更加复杂和丰富的空间效果。例如，通过多个镜头的组合和切换，电影可以将不同的空间场景进行交叉和融合，从而创造出一种独特的空间感。同时，特效的运用也可以创造出更加奇幻和逼真的空间效果，给观众带来更加震撼和刺激的视觉体验。

空间艺术，分静态空间艺术和动态空间艺术两种类型。静态空间艺术是指以可视的静止、凝固的空间形象来展示美的艺术形态。它包括绘画、摄影、雕塑、建筑、造型艺术等。动态空间艺术是指在时间流动的过程中，展示特定空间的美的艺术形态，是一定时间里的活动的空间艺术。它包括电影、电视、戏剧、舞蹈、戏曲等。

三、时空艺术

电影在表现故事情节时，同时涉及时间和空间两个维度，通过精心叙事和营造视觉效果，创造出独特的时空感受。于是，电影又被认为是一种时空艺术。

首先，电影是一种时间艺术。电影通过连续的影像和声音，将故事情节按照时间顺序展现出来，观众在观看过程中可以感知到时间的流逝和故事的发展。电影中的时间不仅包括故事发生的实际时间，还包括观众的心理感受时间，这种时间感受是由电影的节奏、剧情等因素共同造就的。

其次，电影也是一种空间艺术。电影通过影像和声音的构造，来创造具有深度和广度的虚构空间，使观众可以沉浸其中并感受到空间的存在和变化。电影中的空间不仅包括故事情节发生的实际场景，还包括通过镜头运用、画面构图等手段创造出的虚拟空间。

电影中的时间和空间是相互交织、相互影响的。故事情节的发展需要时间的推进，而故事情节的展开又需要在一定的空间中进行。电影通过影像和声音的构造，以及剪辑和特效等手段的运用，将时间和空间有机结合起来，从而创造出一个充满动感和生命力的虚构世界。这种时空结合的方式，使得电影具有独特的叙事结构和艺术表现力，能够表达出丰富的情感和主题。

时空艺术，又称综合艺术、复合艺术。就是在一定时间里展开活动的空间美的综合艺术形态。它以时间维度和空间维度相结合来展示艺术形象。电影（包括电视、戏剧、舞蹈等）是时间艺术和空间艺术有机组合而成的时空艺术。电影既包含着故事发生、发展、高潮、结局这样一种起承转合的时间概念，也包含着故事展开和行进的地点、场景、环境等空间概念。它融入了音乐、舞蹈、戏剧、文学、绘画、摄影、雕塑、造型等多种艺术形态，是时间艺术和空间艺术的综合体。

空间艺术只有和时间艺术结合才能形成时空艺术。

例如，达·芬奇的油画《最后的晚餐》，静静地挂在意大利米兰圣玛利亚感恩教堂，没有任何活动和变化，画面里展示了耶稣和12位门徒共进最后一次晚餐的凝固的空间。如果要将这幅画变为时空艺术，那就必须注入时间元素，让这幅画"动"起来，画面活动起来了，空间就在故事发展的过程中产生了时间。譬如，将此画的故事改编为电影（或戏剧），场景描述如下：耶稣和12位门徒在餐桌前落座，耶稣位居中间，12位门徒分别坐在耶稣的左右两侧。耶稣忧郁地对所有的门徒说："我实话告诉你们，你们中有一个人要出卖我了。"门徒们一听神态各异，有的震惊、有的愤怒、有的紧张……从犹太教祭司长手上得来30块钱、出卖了耶稣的叛徒犹大，身体惊恐不安地后仰，手碰倒了盐瓶……

从耶稣和众门徒落座，到耶稣向门徒宣告有人要出卖他，再到所有门徒闻言色变，整个场景活动过程都是在时间维度中流变。也就是说，空间在一系列的位移和变化中产生了时间，空间在时间的延续中展示、更迭、变换，形成了活动的空间（有剧情的影像）。电影里的时间和空间是相互依存的，电影的时间借助空间变化而产生，电影的空间在时间的延续中存在。所以，电影是时间和空间相结合的时空艺术。

四、电影里的时间

电影里的时间概念包括影片放映时间、故事情节延续时间、观众观影的主观感受时间三个方面。

1. 影片放映时间

影片放映时间，指的是影片的时长。通常为 90 分钟至 120 分钟，当然也有较长或较短的影片，例如影片《失眠的解药》片长 5 220 分钟（87 小时），被吉尼斯世界纪录认证为世界上片长最长的电影。

电影《赎罪》中那长达 5 分钟的长镜头（不间断连续拍摄）展示了"二战"时期英法联军在敦刻尔克港口军事大撤退的全貌，这里有战争洗礼下的麻木，有被敌军包围时的绝望，有即将回家见到心爱的姑娘的喜悦，也有向神的祈祷……恋人就在对岸，可罗比特纳却再也没有机会回去了……这 5 分钟的长镜头既是影片的放映时间，也是影片剧情实际发生的时间。

有的电影作品放映时间只有几分钟。例如动画片《鳄梨色拉》，时长只有 1 分 45 秒，获得第 85 届奥斯卡金像奖最佳动画短片提名。

在《鳄梨色拉》中，制作色拉的刀是屠刀，用来做主料的鳄梨却是手雷，而色拉的辅料是各种球类（其中高尔夫球的切面有核辐射和反战标识），赌博用的骰子、灯泡状的果实（树叶子却是纸币）切出来的却是一栋栋小房子，调料瓶是用国际象棋黑王和白后做的，赌场流通的筹码币被用来做主食。导演将这些元素组合在一起，构成了具有一定政治隐喻的主题。

2. 故事情节延续时间

故事情节延续时间，指的是电影里事件发生的实际时间。

人们用摄影机以每秒 24 帧画幅的速度将人物故事记录下来，用录音设备将剧情中的人物对白等现场同期声录下来，经过后期剪辑合成，再借助放映设备投射到银幕上供人观赏。所以，电影里的故事情节延续时间不一定和影片放映时间相同。通常有以下几种情形：

（1）影片放映时间和剧情延续时间相同。这类影片多见于早期没有时空转换、没有蒙太奇组接、一个机位一个镜头从头拍到尾的纪录片形式的影片。譬如：《工厂大门》中，门丁将工厂的大门一打开，工人从工

美国动画片《鳄梨色拉》剧照

厂里面鱼贯而出，当人走完了木门关上，故事结束了，影片也播放完了；《火车进站》影片一开始，火车呼啸着向观众迎面冲过来，到站停靠之后，身着各种服饰显示不同身份的旅客纷纷上车和下车，故事情景结束，影片也同时结束；《婴儿的午餐》用近景镜头拍下了一对夫妇给婴儿喂午餐的情景，剧情结束影片也同时结束。这些影片的放映时间和电影里事件发生、发展的现实时间是同步的。

（2）影片放映时间比剧情延续时间长。这类情形常见于电影的慢镜头展示中。在电影创作过程中，可以根据剧情的需要调整时空关系，将精彩的瞬间以慢镜头的方式延长展示。例如电影《末路狂花》中的塞尔玛和闺蜜路易斯在旅行过程中，激情之下意外杀人而驾车逃亡，被警察追至科罗拉多大峡谷，她们决心对抗到底，宁死也不愿在监狱中了此残生。她们相视一笑，一踩油门，轿车像一只云雀飞入大峡谷的高空……轿车凌空而飞的情景用慢镜头展示，轿车慢慢地坠入大峡谷中。

显然，这种慢镜头展示的轿车坠落时间，比剧情中轿车坠落的现实时间更长。这种处理方式表达了塞尔玛和路易斯在生命的最后时刻与烦恼羁绊诀别的超然与洒脱。

（3）影片放映时间比剧情延续时间短。在电影创作中，时间可以通过蒙太奇的手法进行压缩处理，一些平淡冗长的时空可以用短暂的富有寓意的镜头来表达。我们常常在电影里看到代表时空更迭的"三年后"

《末路狂花》剧照

"十年后"等字幕，再配上象征时光迁延流变的化妆、服装、场景、季候等元素，可以表达现实时间的变化。这种情况下，影片的放映时间比剧情发生的现实时间短。例如，在《危情电话》中，当沈君兰来到监狱大门口，迎接电信诈骗团伙成员胡飞出狱的时候，画面上出现"两年后"的字幕，以表达胡飞在监狱中接受了两年的劳动改造，即将与沈君兰开始新的生活。

《危情电话》剧照

3. 观众观影的主观感受时间

观众观影的主观感受时间，就是观众根据影片故事情节延续时间和影片放映时间而产生的一种观赏心理的时间概念。

例如，电影《逃出绝命镇》中的黑人克里斯，在陷入白人女友露丝的种族阴谋中时，目睹了露丝的家族把骗来或绑架来的黑人作为脑部神经等器官移植的供体，以此来延续富人生命，牟取暴利。就在对克里斯下手时，克里斯从这个邪恶的家族里逃出，经历了一系列的意想不到的追杀。剧情里这种惊恐、紧张的现实时间，在观众看来就会感觉揪心而且漫长。尤其是露丝的母亲用一种古老的巫术使克里斯产生幻觉，坠入深渊时，观众在为克里斯的安危和命运担忧，感觉时间过得很慢。当我们观赏一部经典电影时，故事情节越精彩，就越觉得时间过得快，电影似乎转眼就结束了。实际上影片时长并没有改变，只是观众观影时的主观感受时间变短了。

五、时空与叙事

电影的时空关系决定着电影剧本的叙事方式。比如，电影主题强调故事发展的时间顺序，相对来说空间元素不占主导地位，在这种情况下，通常就会采用顺叙的叙事方式。

叙事方式就是电影的结构方式。何为结构？结构是电影作品材料的组织形态，是影片的组织排列方式和叙事组合。它通常包括剧情结构、镜头结构、声音结构、画面结构等多个方面。电影的结构方式对影片的整体风格和叙事效果具有至关重要的作用。

剧情结构是电影结构的核心，它决定了影片的故事走向和情节安排。剧情结构通常包括开端、发展、高潮和结局四个部分，通过合理的情节安排和节奏掌控，使观众能够产生情感共鸣和投入感。

镜头结构是指影片中镜头的组织和安排方式。镜头的运用、切换、组合等技巧，可以创造出丰富的视觉效果和节奏感，增强影片的叙事能力和表现力。

声音结构则是指影片中声音元素的组织和运用方式。声音可以包括对话、音乐、音效等，声音与画面相互配合，共同营造出影片的氛围和情感。

画面结构则是指影片中画面的构图、色彩、光影等方面的组织和运用方式。合理的画面构图和色彩搭配，可以营造出不同的氛围和情感，增强影片的视觉效果和感染力。

明末清初戏曲作家、戏曲理论家李渔，在《闲情偶寄》中用"造物之赋形"和"工师之建宅"来比喻戏曲结构的重要性。"工师之建宅……必俟成局了然，始可挥斥运斧。倘造成一架而后再筹一架，则便于前者不便于后，势必改而就之，未成先毁。""故作传奇者，不宜卒急拈毫。袖手于前，始能疾书于后。"可见，结构之优劣决定剧作之成败。

罗伯特·麦基说："结构是对人物生活故事中一系列事件的选择，这种选择将事件组合成一个具有战略意义的序列，以激发特定而具体的情感，并表达一种特定而具体的人生观。"[①]

电影的叙事方式有以下几种类型。

1. 线性叙事

线性叙事，又称顺叙、正叙，是指以剧情的开端、发展、高潮、结局的时间线索为顺序来结构故事。这种顺着事件发展的时间脉络来从头到尾讲述故事的方式，给观众一种水到渠成、自然顺畅的感觉。这种叙事方法，没有时空跳跃和交叉，观众可以感受到时间的流逝和情节的发展，仿佛亲身经历了整个故事。这是电影作品常见的一种传统的叙事模式。

例如《红高粱》《鬼子来了》《一九四二》《赛德克·巴莱》《肖申克的救赎》《荒野猎人》等电影作品都用了这种娓娓道来的顺叙结构方式。

2. 非线性叙事

非线性叙事，又称倒叙、回叙，是指电影作品不是按照时间线索来结构故事，而是将时间顺序打乱重新组合，把故事的结局、高潮或者剧情发展过程中某个精彩、惊险的情节作为开头，以达到先声夺人、给观众留下悬念的效果。通过时空跳跃、交叉、回溯等手法，电影将故事情节碎片化地呈现给观众。观众需要通过思考和解码，将碎片化的情节重新组合起来，理解整个故事的发展。这种叙事方式常常用于表现复杂的故事情节和角色心理。

电影编剧根据剧情的需要，可以重新安排时间和空间的顺序，将引人注目或令人好奇的精彩内容率先抛给观众，接着峰回路转地讲述故事

---

① 麦基. 故事：材质、结构、风格和银幕创作的原理. 周铁东，译. 天津：天津人民出版社，2016：35.

的来龙去脉，避免了依照时间顺序平铺直叙的呆板与枯燥。在信息发达的全媒体时代，倒叙被广泛应用。

例如《暴雪将至》《白日焰火》《全民目击》《罗生门》《阿甘正传》《圣安娜奇迹》《太极旗飘扬》《低俗小说》《去年在马里昂巴德》等电影作品都采用了倒叙式的叙事方式。

3. 多线性叙事

多线性叙事，又称交错式叙事，是指倒叙和插叙交错使用，采用过往时空和现在时空交错展示的方式来讲述故事。

多线性叙事通常有以下三种情形：

（1）以回叙往事为主，以现在发生的事件为辅。例如《暴雪将至》《无问东西》《泰坦尼克号》《贫民窟的百万富翁》《少年派的奇幻漂流》《天堂电影院》等。

（2）以现在发生的事件为主，以回溯往事为辅。例如《天狗》《杀人回忆》《海上钢琴师》《海王》等。

（3）现在发生的事件和往事回溯并重，或者两条或两条以上的故事线并行发展。例如《烈日灼心》《完美的世界》《公民凯恩》《望乡》等。

4. 循环叙事

循环叙事，又称环形叙事，是非线性叙事手法之一。它通过对时间和空间的重新组合，以独特的视角窥视人的隐秘世界，用时空轮回的方式探寻命运无常、罪恶循环、终极价值等隐喻性的宗教和哲学命题，用全新的视角来审视人类情感和生命的终极价值。或者多条繁复的故事线索同时进行，多个故事互为因果、相互交织、循环展开。

环形叙事手法常常使作品的开始充满悬念，结局出人意料，开头的时空情景和结尾相呼应，首尾相连。通常以倒叙、插叙、补叙的方式展现多人的故事，并且由某一主线紧紧地串在一起，使之成为一个整体。

例如，《东邪西毒》《恐怖游轮》《罗拉快跑》《上帝之城》《暴雨将至》等。

电影《两杆大烟枪》，就采用了循环叙事手法。故事讲述了伦敦青年

艾迪精于玩牌，在好友贝肯、汤姆、肥皂三人的支持下，每人凑了 2.5
万英镑，由艾迪去参加哈利高赌注的赌局，不幸的是，艾迪被骗背上了
50 万英镑的巨额赌债。艾迪必须在一周内还清，否则，他和三位朋友都
将受到断指的惩罚，同时，艾迪父亲的酒吧将抵债给哈利。正当艾迪等
人筹钱无门的时候，他们无意中窃听到隔壁住着一群亡命之徒，正准备
抢劫胆小怕事的毒品供货商。他们决定待隔壁打劫成功回来，再去打劫
隔壁的抢劫团伙。为此，汤姆花了 700 英镑买了两杆古董大烟枪，计划
在打劫时用来镇场子。然而，这使他们陷入了与三帮劫匪的厮杀之中。
最终，三个黑帮组织互相残杀，鱼死网破。艾迪等四个莽撞青年的命运
与三大黑帮组织的纠缠、交恶呈环形网状发展。剧情紧紧围绕着大麻、
巨款和老烟枪三条线索，讲述了一系列由误会、巧合与反转等元素组成
的令人啼笑皆非的黑色幽默故事，展现了小人物生活的无奈、命运的无
常、人性的荒诞以及因果报应等生存法则和朴素的哲理。

5. 复线叙事

复线叙事，是指作品依照两条以上的故事线平行或交叉地发展剧情
的结构方式。这种叙事方式可以使作品在叙事上多条线索并行发展。每
个故事情节都有其独立的发展线索，但它们之间又相互关联，共同推动
着整个故事的发展。这种叙事方式常用于表现多个角色之间的关系和相
互影响。

1909 年，美国导演、编剧大卫·格里菲斯创作的《小麦的囤积》，
当属电影复线叙事的开山之作。他采用平行蒙太奇的手法讲述了遭受剥
削和压迫的农民的生活境况以及为富不仁的资本家最终被囤积的小麦活
埋的故事，这部鞭挞社会现实、讽刺世道人心的无声电影，以其高水准
的艺术性和思想性，为后世电影复线式叙事开了先河。

复线叙事在电影创作中比较常见，例如《疯狂的石头》《爱情麻辣烫》
《罗生门》《遇人不熟》《吾栖之肤》《偷拐抢骗》《撞车》《11：14》等。

例如，印度电影《最初的梦想》，就是一部现实与往事两条故事线交
替穿插进行的复线叙事经典作品。帅气儒雅的帕塔克和美丽温柔的玛雅

夫妇，同为印度理工学院毕业的社会精英。然而，他们的儿子拉加夫高考失利。由于无法面对对他寄予厚望的父亲以及从此被贴上"失败者"标签的人生，拉加夫一气之下选择了跳楼。为了让儿子重拾信心，帕塔克在儿子的病床前告诉儿子，他考入印度理工学院时被安排在每年联赛做垫底，并住在被贴上 Losers（失败者）标签的 4 号宿舍楼，他和绰号为"色鬼""妈咪""酒鬼""硫酸""德里克"的几位同学，与条件优越、运动健将云集的 3 号宿舍楼的同学比拼，在冠军联赛上竭尽全力、大出奇招，实现"失败者"的逆袭。帕塔克在讲述过程中，邀请了"色鬼""妈咪""酒鬼""硫酸""德里克"等五位老同学，在拉加夫的病床前现身说法，讲述他们如何面对失败愈挫愈勇，努力撕下"失败者"标签，赢得社会尊重的经历。他们给拉加夫加油助威，传递了勇于面对失败、自强不息的精神。他们明白，人生的过程比结果更重要。正如"酒鬼"戒酒住院时所说的："输给别人的失败者不丢脸，输给自己的失败者才可耻。"

帕塔克最后反思："我跟拉加夫说，如果他考上了，我们就一起喝酒庆祝，可我从没和他讲过，如果没考上，我们会做什么。""我们总是为他计划成功之后怎么庆祝，却没有为他提供战胜失意的武装。""我们太在意输赢和成败，却忘了好好生活。人生中最重要的事，就是生活本身。"

这些话触动了"妈咪"的心灵，他立即走开抽噎着给儿子打电话说："儿子，之前跟你说过，如果成绩考了 A＋，我才给你买自行车。其实，不管你考了 B＋还是 C－，我都会给你买的，我爱你。"

《最初的梦想》这部作品运用了今昔故事交错推进的复线叙事手法，使这部作品在电影叙事艺术上成为一个经典范本。

6. 组合式叙事

组合式叙事，是指电影作品里围绕某个主题，用两个或多个相互关联或毫无关联的故事来演绎。电影组合式叙事通常有以下几种形式。

（1）电影由两个或多个互不关联的独立的故事组合而成。如《被光抓走的人》《最好的时光》《重庆森林》《悲伤电影》《巴斯特·斯克鲁格斯的歌谣》《玩偶》等。

例如，影片《云上的日子》讲述了四个相互关联而又独立成章的故事。第一个故事是有爱无性的故事。到处漂泊的工程师斯瓦诺在费拿拉小镇与女教师卡门不期而遇并一见钟情。可是傲慢的卡门未能接受斯瓦诺的亲吻。三年后，他们再次邂逅重燃旧情，而斯瓦诺对肉欲望而却步。或许，斯瓦诺心中爱的是未曾得到的灵魂，而非眼前的肉体。第二个故事是有性无爱的故事。一位中年导演在某海滨小城里，与一位美丽的女孩相遇并怦然心动。女孩告诉导演说她是弑父凶手，被判了三个月的徒刑。导演毫无忌惮并向女孩示爱，女孩与导演发生一夜情后，俨然得到了彻底的解脱。女孩与一位和父亲年龄相近的男子欢爱，似乎在肉体和精神上实现了对父亲的双重背叛。她需要的是理解与包容，以及对事物真相的了解。第三个故事是有爱有性的故事。巴黎一位被丈夫背叛的女人，对丈夫彻底失望，在外面租房而居。她遇到一位婚姻失败的男人，两个痛苦而又孤独的灵魂相互慰藉，彼此呵护，获得真爱。第四个故事是无爱无性的故事。英俊的男孩对漂亮的女孩产生了爱慕之情，而女孩却告诉男孩她要去修道院侍奉上帝，不能和男孩在一起。肃穆的教堂、寂静的夜、淅沥的雨，都寓意人类情感的疏离和交流的隔阂。

（2）电影通过两个或多个相互关联的独立的故事组合或穿插进行叙事。如《天注定》《太阳照常升起》《天方异谈》《走火枪》《恋恋三季》《真爱至上》《低俗小说》《通天塔》《九条命》《时时刻刻》《云图》《故事的故事》等。

法国电影《黑道快餐店》，就是由四个独立而人物场景交错的黑色幽默故事组合而成。第一个故事讲述了一个傻得可爱的劫匪，进入咖啡店打劫，他没有枪，却用手揣在衣袋里装出持枪抢劫的姿态，指着吧台里的女服务员苏西，企图吓唬苏西。殊不知，苏西却是个真有枪的女劫匪。苏西对他一点都不惧怕。苏西告诉他，她趁咖啡店的老板开店门时，用枪把老板砸晕。等老板醒来时，苏西却冒充前来应聘的女工，并成功地进入咖啡店做服务员。劫匪和苏西在交流中渐渐相互理解并交上了朋友。第二个故事讲述的是两个盗贼闯进一户民居，碰上一个叛逆的少女上吊，因绳子断了，少女自杀未遂，却被窗户砸晕在地。两个盗贼将少女带到了自己家中，并打电话给少女的父亲勒索 50 万欧元，结果没有勒索成功。两个盗贼不仅没有"撕票"，反而对这个求死不得的少女动了怜悯之心，用他们自己食不果腹的亲身经历开导少女，使她清醒地认识到人世间比自己悲惨的人还有很多，他们尽管走投无路，也没放弃生命。少女重拾信心，放弃了轻生的念头。第三个故事是关于两位音乐人的，他们不约而同地来到了咖啡店。其中一个是生活困顿的阿诺，另一个是事业成功的阿兰·巴尚。这两个曾经相识的男子在咖啡店里重逢，坐下来一起喝咖啡。阿诺回忆往事，说阿兰·巴尚抄袭了他的一首歌，阿兰·巴尚则不认为那是抄袭。然而，阿兰·巴尚说阿诺拐走了他心爱的女朋友，阿诺承认有这回事。阿诺问阿兰·巴尚现在的歌曲创作情况如何，阿兰·巴尚说他一直在写歌，他的提包里装有一百多首歌，一千多首歌词，只是一直没时间录下来。后来，阿诺趁阿兰·巴尚上洗手间，偷偷地拿走了包，带走了阿兰·巴尚的创作成果。第四个故事讲述的是四个进入迟暮之年的老劫匪，一起去医院探望病重住院的昔日伙伴皮耶罗，四个老伙伴看见躺在病榻上的皮耶罗处于昏迷状态，就准备用枕头捂死皮耶罗，以便使皮耶罗得到解脱。可是没有人忍心下手。最终他们决定用轮椅把皮耶罗推出医院，用轿车带走他。可是在轿车里，皮耶罗苏醒了，他问："我怎么会在这里？"四个老伙伴说他们把皮耶罗绑架了，要把他带到他们避难住过的屋子里。因为，1978 年皮耶罗在那个避难屋里说过"如果我受伤了，不要让我留在医院的过道上，把我带到这个避难屋里来"。大家一致同意，这次他们是在履行 25 年前的诺言。可是，当他们来到过去避难的地方时，却发现森林中的小屋消失了，取而代之的是一家咖啡店。咖啡店里只有女服务员和电影开场时进来的那个用手揣在衣袋里冒充手枪的男劫匪。五个老劫匪向苏西买了五杯啤酒喝了之后，一合计决定再干一票，算是对已逝的青春岁月的缅怀和重温。他们打算再次去那家曾经被打劫三次的信贷银行。然而，他们却发现信贷银行不见了，只有一家麦当劳。于是，他们决定打劫麦当劳，当快到麦当劳门口时，皮耶罗突然摔倒在地上，鼻子流血，这次抢劫行动从而取消。

影片最后，是接着开头的一幕，劫匪隔着吧台和苏西交谈，劫匪要求苏西将她的手枪拿出来给他看看，苏西从马靴里拿出手枪给劫匪看。劫匪一眼就认出了这把枪是他的。因为曾经有一次，劫匪被警察追捕，驾着车来到一个公路收费站，苏西就是收费员，劫匪没钱交过路费，便将自己的手枪交给苏西，让苏西放行。劫匪这么一说，苏西想起来了。于是，苏西跟着劫匪开始一起闯荡江湖。

（3）电影由一个主题或故事主干派生出不同的故事。如《疯狂的石头》《私人订制》《甲方乙方》《当铺大乱斗》《21克》《新年前夜》《两杆大烟枪》《罪恶之城》《爱情是狗娘》等。

国产影片《无问西东》，紧紧围绕着大爱主题，颂扬了人格精神、家国情怀、生命价值、奉献追求。

20世纪20年代，清华大学学生吴岭澜面临理工科与文史科选择的困惑。尽管国文、英语都是满分，物理不及格，他却想选择理工科，认为理工科才是实业。然而，在梅贻琦校长的鼓励下，他尊重内心的选择，追求自己真正热爱的事业，听了泰戈尔来华的演讲之后，更加坚定了从文的决心。

20世纪40年代，祖国河山陷落在日军铁蹄之下，吴岭澜将当年泰戈尔演讲的精义转述给自己的学生沈光耀听，激励他心怀社稷苍生。沈光耀毅然投入抗日的洪流中，成为一名飞行员，怀着正义无畏和爱国之心，驾着飞机与日军血战到底。最终，他和战友为国捐躯。他们救助的孩子将会把大爱精神传承下去。

20世纪60年代，清华大学学生陈鹏、王敏佳、李想三人是好友。毕业于物理系的陈鹏投身于原子弹的研究，王敏佳和李想则在医院工作。"文化大革命"期间，王敏佳和李想见到自己当年的高中老师常遭受妻子的辱骂，就合写了一封信反映情况。殊不知，老师的前程与师母早期的无私奉献密不可分，只是后来夫妻精神追求不同而不再相爱，老师面对师母的辱骂同样报以冷暴力。备受煎熬的师母对王敏佳进行了报复，王敏佳遭到众人泼脏水、批斗和殴打，以致生命垂危。李想为了实现支边的愿望，对此保持沉默。而对王敏佳一直怀着爱慕之心的陈鹏，当初为了王敏佳放弃了去研究原子弹的九院工作，后因李想的介入，他又主动退出再回九院工作。当他得知王敏佳的不幸消息时，他匆忙赶去看望并悲泪送别王敏佳。在安葬王敏佳的遗体时，一场豪雨使王敏佳死而复生。于是，陈鹏将王敏佳安置在他曾经住的村庄后，继续远赴大漠研究原子弹。待原子弹爆炸成功后，陈鹏拖着遭受严重辐射的孱弱的身体回到村庄，准备和王敏佳共度余生。可是，王敏佳早已不见踪影。

21 世纪初，毕业于清华大学的张果果，由于职场不顺而离职，过去他一直资助的四胞胎的家长要求见他，他明白家长是希望继续得到他的帮助。正在彷徨之际，母亲的"逝者已矣，生者如斯"使其顿悟，"活着健康开心就好，做自己想做的事不后悔"。张果果断然远离企业的恶性竞争和权力斗争的旋涡，继续资助四胞胎家庭。殊不知，四胞胎的家长想要见他只是为了给他送谢礼。电影最终以"爱你所爱，行你所行，听从你心，无问西东"的独白作结。

《无问西东》的这四个故事，讲述了一个世纪中四代清华学子的命运沉浮。这些平凡的小人物折射着时代的光辉、希望的力量、真爱的永恒。

（4）由不同的编剧、导演创作的独立的故事组合而成电影，或不同的导演拍摄不同的剧情段落组合而成电影。如《我和我的祖国》《光阴的故事》《纽约，我爱你》《26 种死法》等。

庆祝中华人民共和国成立七十周年献礼之作《我和我的祖国》，就是由七位导演联袂执导的电影作品。七位导演以不同的视觉和审美再现了中国人民难以忘怀的七个重大历史事件。《前夜》《相遇》《夺冠》《回归》《北京你好》《白昼流星》《护航》，分别呈现了新中国成立、中国第一颗原子弹爆炸成功、中国女排奥运会夺冠、香港回归祖国、北京奥运会开幕、神舟十一号飞船返回舱成功着陆、纪念抗战胜利七十周年阅兵等辉煌时刻，在宏大的历史背景下，展示了七组普通百姓的家国情怀、奉献精神，唤起亿万中国人弥足珍贵的集体记忆。

思考与练习

1. 电影有哪些景别，它们的含义是什么？

2. 电影的声音有哪几类，分别起着什么作用？

3. 电影的声画组合关系通常有哪几种形式？

4. 为什么说电影是时空结合的艺术，请举例说明（800 字以内）。

第四章 主题与类型

第一节　电影的主题

加西亚·马尔克斯曾言："这世界上不缺好的导演，也不缺好的演员、摄影，而是缺少好的剧本。缺少好的剧本的原因是缺少思想，因为思想是一个电影的灵魂。"加西亚·马尔克斯这段话强调了电影作品主题思想的重要性，它是一部电影作品成败优劣的关键。

主题思想是文艺作品的灵魂。《黄帝内经》云："百言有本，千言有要，万言有总。"告诫人们无论是百字片牍，还是万言长卷，都必须要有鲜明的主题。

马里奥·巴尔加斯·略萨曾言："叙事艺术家的职责是给裸女着装，让她包围在一片迷人的浓雾之中；那么欣赏者的职责恰恰相反，是好色之徒剥开美女的裙装，窥视其中的真谛。"这不仅说明了叙事艺术家与受众的价值诉求问题，还包含了叙事艺术的主题与思想的辩证关系。

那么，何为主题呢？

高尔基曾言："主题是孕育在作家的体验中的一种思想，这种思想是生活暗示给作家的，它潜伏在作家的印象仓库里还未形成。当它需要用形象来体现时，它会唤起作家心中要形成这种思想的欲望。"

主题，就是主要题旨。电影的主题，就是电影作品体现的核心价值。它包括客观主题和主观主题。

客观主题，是指作品反映客观事物的全部内容，源于作者对生活的积累、认识和感悟，体现作者的世界观和价值观，凝聚作者的思想情感和艺术创造。

主观主题，是指作品的中心思想，源于作者和受众对作品内容的总结、归纳、认知、领会、诠释、理解和评价等。

电影的主题直接决定其存在价值、受众认知度与社会影响力。

下面以 2012 年角逐第 84 届奥斯卡金像奖提名的 5 部作品为例，来分析电影作品主题的价值和意义。

（1）张艺谋导演的《金陵十三钗》。其客观主题讲述了抗日战争时期南京沦陷，一教会学堂的 13 名女学生为了躲避日军的屠杀，逃到温切斯特大教堂，为了拯救这些学生，一个世俗自私的美国人约翰·米勒，冒充神父做了这些女学生的庇护者。这时，13 名秦淮河畔的妓女也逃进了这座教堂避难。然而，日军闯进教堂，打算强行将 13 名女学生抓去为日军高官的宴会献唱助兴，实际上就是去日军在南京新建的慰安所做慰安妇。13 名妓女挺身而出，代替 13 名女学生踏上了生死未卜之旅。

从中国几千年的封建礼教观念来看，妓女与女学生相比，妓女的社会地位和道德评价显然比女学生低，因此，妓女替女学生赴死，似乎是合理的事；再从情理上来说，具有一定的社会阅历和生活经验的成年女子，出于怜悯与同情自愿保护涉世未深的未成年女学生，这种舍生忘死的精神，可歌可泣。

但是奥斯卡评委对《金陵十三钗》的主题价值观不认同，认为妓女的生命和女学生的生命同等重要，生命没有贵贱之分，都应该得到尊重与呵护。

（2）中国香港导演许鞍华执导的电影《桃姐》。电影讲述了香港终身用人桃姐伺候、抚养了东家三代人，晚年一只手瘫痪，东家少爷罗杰不忘当年的抚养之恩，把桃姐视为至亲的故事。这部关于对底层人物的终极关怀的作品，是香港电影中难得、温暖、富有人情味、令人动容的佳片。

（3）中国台湾导演魏德圣执导的《赛德克·巴莱》。电影讲述了从 1895 年至 1930 年，台湾地区赛德克人民为保卫家园与日本殖民者血战到底的真实历史故事。

这是中国电影史上最具震撼力的史诗性电影作品之一。那种生生不息的民族精神，令人热血沸腾、回肠荡气。

（4）日本导演新藤兼人执导的《一封明信片》。这部作品讲述第二次世界大战晚期，强弩之末的日军向战场派兵垂死挣扎。日本青年森川定造被以抽签的方式征选，派往战况惨烈的菲律宾战场，临行前他知道此去九死一生，便将妻子寄来的一张明信片托付给留守本土的战友松山启太，希望松山启太有机会将这张明信片送到他家。后来森川定造在战争中阵亡。"二战"结束后，松山启太作为当初入伍的 100 人中幸存的 6 人之一，回到家乡，却发现妻子早已和他父亲私奔了。于是，他带着森川定造的明信片去探访森川定造的妻子友子。友子遵循当地长兄去世弟弟迎娶嫂子的风俗，嫁给了定造的弟弟三平，而三平婚后不久也被征去前线身死战场。体弱多病的公公婆婆也相继去世。友子孤苦伶仃，无依无靠。松山启太携着明信片到来，给友子带来了希望，他们相扶相携，走上一条重生之路。

这部没有残酷的杀戮场景的反战影片，其关于死亡与重生的主题令人感动与深思。

（5）伊朗导演阿斯加·法哈蒂执导的电影《纳德和西敏：一次别离》。这部影片最终夺得 2012 年第 84 届奥斯卡金像奖最佳外语片奖。影片讲述了伊朗一个中产阶级家庭的矛盾引发的故事。妻子西敏为了女儿的未来，要带女儿出国移民；而丈夫纳德却因患有老年痴呆症的父亲需要照顾，不愿离开父亲。于是夫妻发生矛盾并离婚，继而引发一系列的戏剧冲突。

这部电影涉及爱情与亲情、强者与弱者、宗教与法律、真实与谎言、信仰与文明等主题，揭示了伊朗人民在传统宗教与法制文明冲突中的困境，是一部纯朴感人的饱含家国情怀的经典影片。

接下来，我们来分析美国电影《无依之地》，该片获得包括第 93 届奥斯卡金像奖最佳影片、第 77 届威尼斯国际电影节金狮奖最佳影片在内的多个国际奖项。这部作品讲述了 2008 年金融危机期间，美国昂皮尔石膏矿业公司倒闭，弗恩夫妇随之失业了。弗恩在丈夫去世后生活无所寄托，便驾着仅有的"房车"（实为改装的小货柜车），开启了一边打工、一边西行的游历生活。弗恩一路上遇到许许多多和她一样的"游牧"一族，在广袤的天地间相携相助，实现心灵的救赎。譬如，弗恩在途中遇到一位 75 岁的老太太，左手受伤绑着夹板，弗恩帮她修补车漆，帮她打饭，老太太突然头晕，弗恩立即扶着她坐下，给她水喝。老太太对弗恩说，医生诊断她的癌细胞已经转移到大脑，只能活七八个月。"我要继续上路，再去一次阿拉斯加，留下一些美好的记忆，做一些我必须要做的事。"

之后，弗恩遇到一个做义工的老人鲍勃·威尔，他将不愿说出的隐痛告诉了弗恩。5 年前，老人 28 岁的儿子自杀了，很长一段时间他都没有走出悲痛的阴影。后来，他选择去做义工，通过帮助别人来纪念自己的儿子，从而使自己找到度过每一天的理由。

弗恩还遇到了慷慨助人的戴夫等各种"游牧人"，目睹了许多看似寻常却照见人心的事。他们一直在路上，偶尔相逢并彼此相助，尽情地享受走进大自然的自由自在的生活。《无依之地》所表达的积极乐观、友爱相助、心向远方、永不停滞的主题是被不同国家、不同民族、不同语言文化、不同宗教信仰的人认同的。

总之，主题是电影的生命和灵魂，是一部作品获得成功的基础。

第二节　主题的甄选

一、主题的产生

不同的电影作品所表达的主题思想显隐不一：有的主题鲜明，有的含蓄隐晦。例如，电影《红海行动》讲述了中国海军"蛟龙突击队"奉命前往"伊维亚共和国"解救被困侨民，阻止拦截掌握核战原材料的恐怖分子的恐怖行动时，不幸遭遇恐怖分子伏击的故事。该影片彰显了我国作为一个负责任的大国坚决打击恐怖主义、分裂主义和极端势力的决心和国际人道主义精神。印度影片《摔跤吧，爸爸》，讲述了印度一位国家摔跤冠军冲破传统的禁锢，努力培养两个女儿成为女子摔跤冠军的故事。该影片以国际化的视角表达了家国情怀、女权解放、人生梦想、儿女情长等主题。坚韧不拔、永不服输的视听语言给观众传递了有关理想、坚持、勉励、激情、超越、希望等思想内涵。这些电影的主题都是显性的。

有的电影主题存在多元化的内涵，这类电影的主题较为含蓄、深邃、多义，属于隐性的。例如《少年派的奇幻漂流》，不仅传达了人类与动物、人类与大自然和谐共存、同生共荣的主题，而且表达了人性、兽性、神性的宗教和哲学思考的主题。该片讲述了一位名叫 Pi 的印度少年，和家人以及动物园的动物一起迁往加拿大，在海上遭遇风暴发生沉船事件，除了 Pi 和那只名叫理查德·帕克的孟加拉虎在救生船上获救，其余人和动物全部罹难（最初救生船上还有一只母猩猩、一匹断了一条腿的斑马，它们先后被一条鬣狗咬死，最后鬣狗又被老虎吃了）。Pi 与老虎在海上漂流了 227 天，建立起一种相互依存的微妙关系，最终同舟共济逃出生天。

电影中老虎的名字"理查德·帕克"，来源于震惊世界的 1884 年英国"木犀草"号海难事件。在这个事件中，船长杜德利、大副斯蒂芬斯和船员布鲁克斯 3 人活活杀死并吃掉了 17 岁的见习船员。那位见习船员的名字便是理查德·帕克。

影片中，采访 Pi 的记者还将海难发生时救生船上的四种动物一一对应片中的四个人物——猩猩是 Pi 的母亲，斑马是水手，鬣狗是厨师，而老虎是 Pi。这就使影片内容与"木犀草"号海难事件的史实紧密关联，隐喻性地向观众展示了对人性、兽性、道德、信仰的深刻思考。

当然，这部影片的主题内涵不止于此。比如主人公的名字 Pi，指圆周率，是一个无限不循环的无理数。这寓意着人类的欲望就像 π 的值一样无穷无尽。

有些电影作品的主题思想具有一定的隐喻性。譬如，印度影片《调音师》。这部根据同名法国悬疑电影短片改编的电影，讲述了男主角阿卡什戴着隐形眼镜伪装成盲人琴师，给人调音或教人弹钢琴。他无意中闯进了一桩杀人案现场，目睹了女主人公西米和其警察情夫杀害了西米的丈夫的事实。从此，阿卡什遭遇了一系列匪夷所思的事。片中大量的细节赋予主题深刻的隐喻性。

该片开头"What is life? it depends on the liver"（什么是生命？这

取决于活着的人）这句话是具有双重含义的，"liver"有"活着的人""肝脏"的意思。"什么是生命，它取决于活着的人"，因为生命的内涵、价值和意义都是由活着的人决定。而"肝脏"影射了影片中犯罪分子活摘人体肝脏倒卖的人性的黑暗。

阿卡什的手杖把手是兔子头的造型，影片中兔子在某种意义上来说是阿卡什的救星。当西米把莫里医生杀害之后，她调转车头要去撞死阿卡什，但此时猎人向里程碑前的一只灰兔扣动了扳机，兔子受惊纵身一跃撞在了西米驾驶的轿车的挡风玻璃上，导致西米的车翻在田地里继而爆炸车毁人亡。这些故事都是阿卡什对分别多年的情人苏菲讲述的，不排除阿卡什讲的这些故事是缘于自己的兔头手杖而随机编造的谎言。

影片开场时，漆黑的银幕外传来男人的声音："说来话长，要喝咖啡吗？"假如仅仅将其理解为影片普通的开场白，那就错了。当剧情发展到接近尾声时，阿卡什与昔日情人苏菲分别多年后在伦敦的一家音乐厅重逢，继而两人来到一家咖啡厅，阿卡什一边喝着咖啡一边向苏菲讲述自己的惊魂往事。影片多处出现"说来话长，要喝咖啡吗？"的对话。这句台词隐含着阿卡什对现实社会道不尽的无奈与绝望。同时，这句话表明了该影片是以男主人公主观叙事的方式讲述故事的，这种娓娓道来式的叙事手法具有较强的真实性和感染力。

在伦敦街头漫步时，阿卡什用手杖精准地将一只饮料罐扫开。这除了表明他的眼睛已经复明，应该还隐含着令观众去思索的深意。

亚里士多德指出："叙事的虚构是更高的生活真实。"这不仅表达了文艺创作中生活真实与艺术真实的辩证关系，也说明了作品题材与主题的关系。编剧和导演通过个性化的叙事，编织出一个与众不同的视听艺术时空，使走进这个时空里的观众受到陶冶、启迪、鼓舞和激励，给个体生命带来希望的亮光。这就是电影主题的力量。

电影的主题从何而来？

在文艺创作中，主题产生的形式主要有两种：先有内容后有主题，即内容决定主题；先有主题后有内容，即主题决定内容。

1. 故事先行

故事先行是指在艺术创作中，先有内容后有主题。创作者先有一个故事的核心，然后围绕着这个故事来构建作品。这种方法有助于创造一个有内在逻辑和连贯性的故事，使表达的主题更加多元。然而，这可能会牺牲一些创意的独特性和新颖性，因为故事先行往往会使作品趋向传统和保守，缺乏实验性和探索性。

主题建立在个性化的故事情节和典型人物形象之上。在电影市场竞争激烈的今天，"内容至上，故事为王"已经成为人们公认的电影创作规律之一。这种"故事先行"的创作方式十分普遍。例如《处女泉》《惊魂记》《罗生门》等经典影片。

在世界经典电影作品中，故事先行的例子有很多。譬如，克里斯托弗·诺兰编剧、导演的处女作《追随》，以一种充满悬念和诱惑力的故事和独特的叙事方式，将一个具有多重隐喻的、深刻的主题展现在观众面前。

影片讲述了梦想成为作家的无业青年比尔，企图通过跟踪别人刺探隐秘生活为小说提供素材。有一天，他跟踪一位西装革履的青年男子柯布，柯布很快就发现了比尔，于是向比尔坦白他是小偷，并拉比尔入伙，比尔跟随柯布干起了梁上君子的勾当。殊不知，柯布并不是小偷，而是一位心狠手辣的黑道杀手。从此，比尔陷入了柯布和黑道老大精心设置的陷阱之中，成为一宗谋杀案中的替罪羔羊。

《追随》为什么能成为经典？主要原因在于故事情节标新立异、叙事手法独具一格，它所呈现的神奇的故事悬念、鲜明的人物个性、感人的情景情绪、吊诡的命运归宿等，蕴含深刻和多元的主题。

该片的制作成本只有约 3 500 英镑。克里斯托弗·诺兰说："这是一部在有限的条件下所完成的巅峰之作。"该片于 1998 年 9 月在美国旧金山国际电影节上映，获得最佳处女作奖。

故事先行的成功典范有很多，例如中国电影《疯狂的石头》，凭着中国式的荒诞故事、紧张爆笑的喜剧情节、实力演员的倾力演绎、先锋导演的新锐手法、黑色幽默展示小人物的故事、独特的视听语言、对《两杆大烟枪》的经典借鉴，成为当时中国低成本商业电影的一盏明灯。《疯狂的石头》总投资 350 万元，票房收入 2 350 万元，成为 2006 年度票房黑马。

2. 主题先行

主题先行，是指在创作过程中，先确定一个明确的主题或中心思想，然后围绕这个主题来构建作品。这种方法在文艺创作、新闻报道、演讲、辩论、项目计划等领域广泛应用。

在电影剧本创作中，主题先行通常是指先设想一个主题，然后根据这个主题去设定人物、构建故事。这种创作方式可能会使电影的内容显得较为生硬，缺乏自然流畅的感觉。因此，一般电影编剧会避免这种方式，要先准备好相应的素材，再根据素材编织故事、塑造人物、提炼主题。

事实上，不是所有采用主题先行的方法创作的作品都不是好作品。关键要看主题是不是来源于生活，根植于生命体验之中，作品在叙事、写人、状物、绘景等过程中是否有生活根基，主题是否从真实感人的故事中彰显出来。

日本电影《永远的 0》，从小说创作到改编成电影作品，都采用了"主题先行"的创作手法。《永远的 0》是日本作家百田尚树的第一部长篇小说。百田尚树的父亲有四兄弟参加第二次世界大战。面对父亲的病痛和叔父的去世，他感慨有过战争体验的人慢慢会消失，于是着手创作小说《永远的 0》，以表达对战争、对生命的反思。该小说在 2012 年销量突破 100 万册，日本东宝株式会社将其改编成电影，电影于 2013 年 12 月 21 日在日本上映。2014 年获第 16 届意大利乌迪内远东电影节观众票选奖，2015 年获第 38 届日本电影学院奖最佳影片奖等多个奖项。

影片讲述了太平洋战争末期，被称为"恶魔"的日军零式战斗机飞行员宫部久藏，虽有高超的飞行技术，但为了履行对妻子的诺言"无论如何，一定要活着回到家人身边"，屡次躲避死亡，被战友称为贪生怕死的"胆小鬼"。最终，宫部久藏驾着飞机撞击美军提康德罗加号航空母舰，与美军同归于尽。60年后的一天，青年佐伯健太郎，在外婆松乃的葬礼上得知外公贤一郎并非亲外公，其母亲清子是外婆与前夫宫部久藏所生。他为了还原宫部久藏"胆小鬼"的真相，寻访了宫部久藏生前的众多战友……

这是一部深刻反映战争铁蹄下小人物的命运的电影，通过呈现被摆在道德祭坛上的飞行员宫部久藏人机同毁为日本军国主义殉葬，批判战争、反思人性、透视亲情、讴歌生命。

二、主题的甄选

一部电影仅仅有一个精彩的故事，是远远不够的。这个精彩的故事是电影的客观主题；如果同时拥有一个具有一定思想深度或哲学高度的主观主题，电影就能提升到一个更高的艺术和思想相结合的境界。这就需要甄选作品的主题。

1. 经典鉴析法

经典鉴析法，就是通过对经典影片的主题进行鉴赏和分析，来提高我们对作品主题的甄别能力。

例如《辛德勒的名单》，这部根据澳大利亚作家托马斯·基尼的小说改编的电影，再现了第二次世界大战时期德国纳粹对犹太人进行种族隔离和屠杀的史实。

德国投机商人、间谍、纳粹党成员奥斯卡·辛德勒，在纳粹德国占领的波兰克拉科夫办了一家搪瓷厂，专门给德军生产军需品。他与纳粹党卫军关系较好，雇用犹太人劳动，大发战争横财。在德军疯狂屠杀犹太人之际，辛德勒目睹了惨绝人寰的杀戮现实，心灵受到冲击，他花钱贿赂纳粹军官，允许他的工厂暂时成为纳粹集中营的附属劳役营，实际上就是给犹太人设置的避难所。

1944年，纳粹军队屠杀犹太人已经近乎疯狂。辛德勒倾家荡产向德军军官开出了1 200人的名单，买下了这些犹太人的生命。德军战败，

"二战"结束,这1 200个犹太人重获新生。该片传达的人道主义精神是一般的战争、灾难主题的影片难以企及的。

《辛德勒的名单》剧照

1960年出品的英国影片《抗暴记》(又名《抗暴英烈传》),讲述了"二战"期间,意大利北部的一个集中营,关押的都是犹太儿童,这些儿童的父母都已被杀害。附近一个天主教修道院的修女通过挖地道的方式,偷偷地营救集中营里的儿童,而负责看守集中营的意大利士兵装作不知道,对此睁只眼闭只眼。随后,集中营被德军接管,看守变得严密。同时德军逐渐发现修女在暗中挖地道以解救犹太儿童。于是,德军突击搜查修道院,将有嫌疑的修女抓捕关押,迫使她们供出被救儿童的下落以及游击队员的名单。修女们守口如瓶,德军上校正要开枪杀害修道院院长和修女时,意大利士兵对着德军上校及其副手开枪了,意大利士兵和修女一道投奔了游击队。

这两部电影都是以人道主义为主题。但是,《抗暴记》里的修女是耶稣忠实而虔诚的信徒,而犹太人并不信奉耶稣。《抗暴记》里为拯救犹太儿童而流血牺牲的修女,与《辛德勒的名单》里的辛德勒,都告诉世人:人类发乎本心的悲悯与恻隐之情能使人跨越信仰、文化的藩篱。

又如《拯救大兵瑞恩》,是著名的反战主题战争片。该片讲述了1944年6月,英美盟军渡过英吉利海峡,在法国诺曼底登陆。美国101

空降师二等兵詹姆斯·瑞恩，空降到敌人后方，下落不明。他的三个哥哥都在这场战争中阵亡。为了使已经痛失三个爱子的母亲不再增加丧子之痛，从此孤苦伶仃老无所依，美国作战总指挥部立即派遣一支由八名士兵组成的特别行动小分队，冒着生命危险救援瑞恩。

美军总参谋长在给詹姆斯·瑞恩的母亲的信里写道："亲爱的瑞恩太太……我很荣幸地，以最高统帅和全军将士，以及对您充满感激之情的全国人民的名义，祝您在詹姆斯·瑞恩的陪伴下，幸福安康。任何事情，包括您的爱子归来，都无法弥补您以及千百万美国家庭在这场灾难性战争中所饱受的巨大损失……"

"以八命换一命，值不值？"这成了观众对《拯救大兵瑞恩》的一个悖论性的发问。实际上，美国作战总指挥部派出的八名士兵不仅是在营救一个普通的伞兵，也是在拯救世道人心、拯救和平正义、拯救军心国威。这就使影片的主题站在道德与人性的制高点上。

美国影片《血战钢锯岭》，同样是反战主题。影片讲述了第二次世界大战即将结束时，美军和日军在冲绳岛钢锯岭血战，美军军医戴斯蒙德·道斯（虔诚的基督徒）坚持只救死扶伤，拒绝拿起武器杀敌。在炮火硝烟中，他一个人救下了数十条生命。他不仅抢救美国兵，也抢救日本伤兵。他在这场人性的杀戮游戏中，不顾自己的安危，在枪林弹雨中奔跑，不放弃任何一条生命，安慰一个又一个奄奄一息的人，"你会没事的，我们会送你回家"。他喃喃自语"恳请上帝，让我再救一个"（Please Lord，help me get one more）。他就是死亡的战场上一丝昭示生命希望的亮光。影片颂扬了信仰的力量和人性的光辉。

每一部电影都有自己的主题。《大红灯笼高高挂》以揭露我国封建传统礼教对女性的摧残与压迫为主题，《肖申克的救赎》以信念、希望与救赎为主题，《泰坦尼克号》以爱与永恒为主题，《辛德勒的名单》以人道主义、对战争与人性的反思以及对法西斯暴行的控诉为主题，《飞越疯人院》以追求自由和人道精神为主题，《太极旗飘扬》以控诉战争对人性的扭曲为主题……

主题是电影作品的灵魂，它决定了作品的立意旨趣和思想境界。正如范晔所云："常谓情志所托，故当以意为主，以文传意。以意为主，则其旨必见；以文传意，则其词不流。然后抽其芬芳，振其金石耳。"（《狱中与诸甥侄书》）

要想使作品"抽其芬芳，振其金石"，就要善于选择和辨别主题的价值和意义。

2. 正反比较法

正反比较法，就是将两个或两个以上的经典的电影主题和不理想的电影主题案例进行比较、分析、鉴别，从而获得对主题甄选的认知和经验。

例如，根据俄裔美国作家弗拉基米尔·纳博科夫的长篇小说《洛丽塔》改编的同名电影，讲述了 12 岁女孩洛丽塔与中年继父亨伯特坠入情网，最终亨伯特杀死了拐走洛丽塔的奎尔蒂后死在监狱里，正当妙龄的洛丽塔死于难产。这是一个惊世骇俗的故事，表达了一个有悖人伦、公序良俗的主题。最初，美国以对现实社会的嘲讽为由，拒绝出版发行该书。1955 年，该书被巴黎奥林匹亚出版社首次出版。后来被改编成电影。1962 年，斯坦利·库布里克导演的《洛丽塔》（又名《一树梨花压海棠》）在美国上映。这部被广大受众斥为"小说毁人三观，电影丧心病狂"的"故意美化娈童畸恋"的作品，因其有悖伦常的主题而引起了世人的关注。

法国故事片《这个杀手不太冷》，同样讲述了 12 岁女孩与成年男子相爱的故事。一个偶然的机会，职业杀手莱昂救了全家被杀害的小女孩玛蒂尔达。为了不使自己被拖累，莱昂想甩掉玛蒂尔达这个"包袱"，甚至想趁玛蒂尔达熟睡之际对准她的脑袋开枪。可是恻隐之心使莱昂没有付诸行动。并且，这两个渴望温暖的孤独的灵魂凑在一起彼此温暖、生死与共。最后，莱昂为玛蒂尔达报仇后不幸身亡。玛蒂尔达不希望莱昂离开她，莱昂则用自己的死换来了玛蒂达的生，延续了莱昂对现实世界的美好向往。这部完全颠覆了人们对杀手的刻板印象的电影，演绎了一个有关人性由泯灭到复苏的凄美童话，彰显了关爱、奉献与救赎的主题。

而印度经典影片《小萝莉的猴神大叔》，讲述了生活在印度德里有着虔诚的宗教信仰的印度大叔帕万，是一位哈努曼神的忠实信徒，为人憨厚善良。帕万在德里大街上偶遇与父母失散的美丽天真的小萝莉——巴基斯坦哑女沙希达。此时的沙希达正在街头流浪，饥困交加。帕万请沙希达吃了一顿饱饭，沙希达便认定帕万是一位善良可靠的大叔，尽管她失语无法表达，但是她一直寸步不离跟着帕万。帕万把沙希达送到警局，警局却不愿收留这个哑巴女孩。最终，帕万经历了种种艰难险阻，通过走隧道偷渡越过巴基斯坦边境，将小女孩沙希达送回家乡与父母团聚。而帕万被巴基斯坦政府当作间谍，遭受残酷的毒打和非人的折磨，命悬一线。最后，在新闻记者视频的感召下，巴基斯坦和印度两国民众，闻讯赶到边境线上，呼喊着猴神兄弟，簇拥着帕万走进边防站，齐心协力冲破了铁门，目送着这位传递真情的英雄回国。此时此刻，在爱的感召下，有着宿怨的两国人民暂时放下了仇恨。

《小萝莉的猴神大叔》是一部广受世界各国观众喜爱的影片，以颂扬仁爱包容与世界和平为主题。

《这个杀手不太冷》《小萝莉的猴神大叔》和《洛丽塔》，虽然都讲述了小女孩和大叔相遇的故事，但其主题的境界却有着云泥之别。比较法是甄选主题的一个比较科学的方法，因为有比较才有鉴别。

第三节　主题的确立

在对主题进行甄选之后，如何确立剧本的主题呢？有以下四个要领。

一、新奇的故事

主题与故事的关系有如船与水的关系，好的主题往往依附于好的故事之上。用"水涨船高"来比喻故事和主题的关系再恰当不过了。

故事新奇是一部电影作品成功的关键之一。《忠犬八公的故事》《致命 ID》《冒牌上尉》《人咬狗》《少年派的奇幻漂流》《调音师》等影片，无一不是因故事新奇而让人难忘。

新颖奇特的故事情节永远是叙事类文艺作品的生命。史蒂文·斯皮尔伯格说：故事永远是电影的核心。他就是故事的仆人，只为故事打工。"如果一部电影要反映某种现实生活中的境遇，它必须把所有真实的故事讲得像正弦曲线一样波澜起伏，也就是说要有荒诞、有喜剧、有痛失、有强大的顽固势力对你穷追不舍，然后最终得到救赎。"

斯皮尔伯格被全球影迷公认为"最会讲故事的人"，他总是给观众带来最为新颖、独特、奇妙而又震撼的观影体验。他编导的《辛德勒的名单》，演绎了人性中最为艰难的自我救赎。《大白鲨》讲述了人与食人鲨血腥搏杀的故事。恐怖的情节、震撼的画面给观众留下了难以磨灭的印象。《侏罗纪公园》讲述了哈蒙德博士等科学家从琥珀中提取史前蚊子体内的恐龙血液及其遗传基因，培育繁殖恐龙，然而，恐龙却向人类发威。该片在全球掀起了恐龙热。《少数派报告》讲述了华盛顿一警察被预见杀死一个他还没见过面的男人的故事。这部哲学性假设前提和悬疑结构的电影，被视为向黑色电影致敬的未来派作品。

人们为什么要看电影？主要是想感受平淡的现实生活中无法企及的新奇的故事。电影的代入感使观众可以跟随剧情里的男女主人公一起谈一场惊心动魄的恋爱，或一同去体验一段非同寻常的生命之旅，或克服一个个危机从而获得生机……

所以，电影讲述的故事应当新奇，主题应当标新立异，必须给人留下难忘的印象。

下面，我们以土耳其影片《谷粒》来分析主题与新奇的故事的关系。

这部科幻影片获得第 30 届东京国际电影节最佳影片金麒麟奖。影片讲述了这样一个故事：在科技发达的未来世界里，由于环境遭到破坏，地球上的大量生命相继灭绝，粮食极度匮乏，这使人类生存环境日渐恶化。长期利用高科技研究物种的罗福斯生命集团陷入了遗传混沌危机，无法培育出完美的种子。该集团的埃罗尔教授为此感到十分困惑，但当他得知已辞职的遗传学家杰米尔·阿克曼一直致力于健康种子培育的研究时，他决定踏上寻找杰米尔的艰辛之旅。在向导的指引下，埃罗尔穿过危险的隔离带，跋山涉水，终于在大荒地和死亡之地的中间地带找到了杰米尔。在杰米尔的引领下，他们开始寻找健康的种子。他们一路上经历了磁力墙、酸雨、诈死、飞碟搜捕等种种艰险情境，并多次遭受死亡威胁。最终，他们看到了可以孕育生命的土壤。面对被饥饿和疾病折磨的人们和路边的饿殍及白骨，埃罗尔十分痛心。他和杰米尔将这些肥沃的土壤装进袋里，准备运出去培育种子。这时，向导根据注入埃罗尔体内的芯片找到了埃罗尔，声称遗传混沌危机已经利用抗淋巴细胞球蛋白的加速变异解除了，他特来接埃罗尔回集团。埃罗尔拒绝回去，他坚信在这片看似荒凉贫瘠的土地上一定存在着天然的健康的种子。杰米尔离开后，埃罗尔孑然一身。在无意中，他发现了一只迁窝的蚂蚁，并跟随这只蚂蚁终于找到了他一直寻找的种子。

该片讲述的是科技发达的未来时代的故事，超现实主义的故事架构，决定了其主题的新奇。另外，关注人类生存和未来命运这一主题，有着广泛的受众基础，目标观众的年龄区间相对较宽，这是因为其关乎人类的共同命运。埃罗尔教授寻找健康种子之旅，实际上代表了每一个个体生命的切身利益。埃罗尔教授能否克服种种艰难险阻找到杰米尔；能否找到健康的种子和适合植物生长的土壤；即便成功找到了种子，会不会被罗福斯生命集团垄断；埃罗尔教授被找到后，如不同意返回集团会不会被谋杀……这些都是人们关心的问题。

这部作品有着明显的安德烈·塔可夫斯基的风格，它将科学、生命、自然、宗教与神性紧紧扭结在一起，隐喻着人类的自我惩罚与救赎——"我们一直在梦中，死了才会醒来"。主角在文明的荒漠里寻找小麦的呼吸和生命的轮回，思考人类的终极命运。人类对谷粒的呵护与自毁，实际上就是生命与科技的互戕，物质与精神的对立，人性与神性的龃龉。这决定了作品主题的深刻性和多义性。

这部黑白影片以高饱和度的镜头凸显残垣断壁、大漠荒野等后末日时代的境况，超现实的荒诞画风给人带来独特的审美享受和观影体验，为主题的确立和升华奠定了厚实的人文和美学基础。

二、热门的话题

多数经典影片的主题富有话题性或争议性，使人难忘。这种话题性，有的体现在影片的创作背景上；有的体现在电影上映之后，公众对影片中某个问题、情景或场面的热议。

例如，种族歧视一直是世界性的热门话题。电影《乱世佳人》讲述了美国南北战争爆发前夕，南方塔拉庄园的千金小姐斯嘉丽和另一庄园主的儿子艾希礼、商人白瑞德、暴发户弗兰克之间的感情纠葛。这部把南部同盟军塑造成英雄的影片，却被称为史上最成功的反映种族歧视的电影之一，1940 年获得奥斯卡金像奖最佳影片、最佳导演、最佳女主角等奖项。1998 年，美国电影协会评选出 20 世纪 100 部最伟大的电影，其中《乱世佳人》名列第四位。

《乱世佳人》剧照

在国外，以社会热点问题为主题的电影占有相当大的市场份额。譬如美国影片《逃出绝命镇》《搏击俱乐部》《老无所依》《十二怒汉》等；印度影片《三傻大闹宝莱坞》《贫民窟的百万富翁》《我的个神啊》《摔跤吧！爸爸》《神秘巨星》《起跑线》《厕所英雄》《嗝嗝老师》等；韩国影片《熔炉》《金福南杀人事件始末》《住在隔壁的人》《杀人依赖》《素媛》《妈妈别哭》《梨泰院杀人事件》《辩护人》《杀人回忆》等；日本影片《声之形》《告白》《深夜食堂》《家族之苦》《步履不停》《奏鸣曲》等；

伊朗影片《天堂的孩子》《天堂的颜色》《灼热之夏》《未择之路》等；泰国影片《天才枪手》《喋血青春》《异梦卡拉》等。

所以，选择为大众所普遍关注的热点话题作为电影主题，往往具有良好的市场效益。这些话题之所以"热"，是因为其与百姓息息相关。这些热点话题一旦在银幕上呈现，自然拥有广泛的受众基础，在一定程度上为电影提供了票房保证。

在我国，以社会热点话题为电影主题的成功案例有很多。例如，《我不是药神》关注白血病患者群体的生存状态，《美人鱼》关注人与自然以及环境保护问题，《亲爱的》和《失孤》都反映了被拐卖儿童及其家庭的苦难命运，《一出好戏》和《西虹市首富》都讨论了实现财富梦想的话题，《搜索》则讲述了新媒体时代舆论暴力酿成的灾难……

下面，我们来分析德国影片《该死的歌德3》。该片的主题是当下青少年教育的热点问题。影片讲述了有犯罪前科的泽基，出狱后在歌德综合高中最差的班级做代课老师。而这个班里的学生普遍学习成绩差、纪律散漫，打架、霸凌、吸毒、自杀、恶作剧等样样都干。古德伦是歌德高中的校长，平时爱学生如子，对学校的发展兢兢业业。由于学校基础设施不完善、学生毕业考核不严谨等一系列问题，歌德综合高中被席勒文理高中的校长艾瑞卡投诉到教育部，歌德综合高中面临着被关停的危机。教育部负责学校督查的工作人员要求古德伦校长必须在规定时间内完成整顿，使学校达到教育部规定的办学标准。否则，学校将被迫关闭。

古德伦为了让学校能够继续开办下去，让那些世俗眼中的"差生"有一个继续学习的场所，向泽基发出最后"通牒"：他必须在教育部的要求和期限内进行彻底整改，使班级学生的综合素质达到教育部的要求，否则学校就将他有犯罪前科的事实公之于众。泽基毅然接受并迎接了一个个挑战，与那些放浪不羁的学生斗智斗勇，同时激发大家的求知欲望、开发大家的智力潜能。最终，班级的学风和学生的学习成绩有了惊人的改观。大家用优异的成绩完成了考核测评。毕业生奋发努力，有些当上了记者，有些考取了美院……歌德综合高中得以继续开办下去。

这部反映德国教育现状的喜剧影片，贯穿了为自由而抗争、追求进步的主题。片中拯救自杀学生、劝学生远离"嗑药"、反学校霸凌等情节，以及高中毕业生通过奋发努力而圆梦的情景，虽然有一定的积极意义，但是影片里有着大量不适合我国青少年观看的内容。比如变态的养兔人、学生投掷燃烧弹、给老师肛门里塞药等。

影片《该死的歌德 3》尽管以现实热点问题为主题，但由于其传播的价值观与我国传统的价值观相悖，可能给青少年带来消极的、负面的影响。可见，电影的主题和内容一旦偏离了受众长期以来遵循的公序良俗或人类共同的价值观，就会削弱其存在和传播的价值。

三、永恒的价值

经典的电影作品几乎都具有永恒的价值观。其主题涵盖仁爱、和平、自由、爱国、正义、反战、爱情、生命、苦难、死亡、生存、良知、人性、希望、救赎等。

例如，《战狼 2》讲述了这样一个故事：特战队员冷锋退伍后去非洲寻找杀害自己女友的凶手时，被卷入了一场非洲国家的叛乱中，作为军人的他在完全可以安全撤离的情况下，将自己的生死置之度外，毅然重返战乱区，营救被叛军围困的援非建设的中国同胞和异国难民，成为一名英雄。这是弘扬爱国主义的主题。

《我不是药神》讲述了卖性保健品的商贩程勇，因急需钱救治父亲和留住即将要被前妻带着出国移民的儿子，冒险走私治疗慢粒白血病的印度仿制药物"格列宁"牟取暴利。然而，当他深入接触白血病友这个群体后，被这些在生死线上挣扎的人震撼，他的良知被唤醒，决心尽最大的努力救助这些病人。这是一个关乎仁爱与生命的主题。

《无名之辈》讲述的是我国西南某小城一手机店发生了一桩持枪抢劫案，劫匪是两个梦想做江洋大盗的农村青年。他们逃跑躲藏在一个高位截瘫求死不得的女青年马嘉旗家里，却发现抢来的手机全是塑料的手机模型。坐在轮椅上的马嘉旗挖苦歹徒的荒唐无知。歹徒胡广生愤怒地用枪抵着她的脑门进行威胁，可是歹徒万万想不到马嘉旗本来就想一死了之。这使胡广生始料未及并深受震撼，渐渐地，胡广生良心发现，和马嘉旗产生了微妙的情愫。这部荒诞喜剧故事片张扬的是爱与悲悯的主题。

《忠犬八公的故事》讲述了大学教授帕克在车站偶遇了一只被弃的小秋田犬，并将它带回家，虽然教授夫人不喜欢这只小狗，并想方设法把它送给别人，但见丈夫和女儿对它呵护有加，便把它留了下来，并给它取名为"八公"。从此以后，八公每天早上送教授到车站，每天傍晚在车站接教授一起回家。在教授病逝后的九年里，八公依然每天准时去车站等候它的主人一起回家，直到八公饥寒交迫地死在车站的雪地里。这部影片突出了人性与仁爱的主题。

《肖申克的救赎》讲述了青年银行家安迪被控杀害其妻子和妻子的情人，被判终身监禁。就在安迪的冤情即将昭雪之际，腐败的典狱长将证人秘密杀害，使安迪在狱中备受摧残。二十多年来，他并没有被多舛的命运击垮，秘密挖掘地道终于逃出监狱重见天日。这部影片表现了坚守善良、自我救赎的主题。

《飞越疯人院》讲述了性格豪放、体格强壮的青年麦克默菲，为了逃避监狱劳动假装精神异常，被送进精神病院。然而，等待麦克默菲的并不是轻松和自由，而是厄运和死神。这是一部以精神禁锢与自由抗争为主题的影片。

《卡萨布兰卡》讲述了这样一个故事："二战"时期，摩洛哥卡萨布兰卡小城咖啡馆老板里克，迎来了一对特殊的客人——捷克反纳粹组织的领袖维克多和妻子伊尔莎。他们来咖啡馆是想从里克手中得到前往美国的通行证。而里克已经认出伊尔莎就是昔年自己失散的情人。面对感情和政治的复杂纠葛，里克做出抉择，在机场里克果断地击毙了阻止维克多和伊尔莎登机的德国少校，目送着自己深爱的女人奔向了自由和幸福。这部影片彰显了仁爱与责任的主题。

电影《海王》讲述了灯塔看守人汤姆·库瑞在海边救了因反抗政治婚姻，逃到陆地上来的亚特兰蒂斯女王亚特兰娜，从此两人相爱，生下了半人半神的亚瑟·库瑞。数年后，亚特兰娜被迫回到海底国家履行政治婚姻并生下儿子奥姆，奥姆后成为海洋之主奥姆王。奥姆仇恨人类，并企图一统海底世界消灭陆地上的人类。海底王国泽贝尔的公主湄拉决定阻止这场杀戮。她到陆地找到亚瑟·库瑞，让他以亚特兰娜女王长子的身份回到海底王国争回王位，并协助亚瑟·库瑞找回能统治海洋世界的法宝三叉戟。这部全球票房超过十亿美元的电影弘扬了环保、生存与爱的主题。

四、熟悉的生活

要使电影的主题深入人心，予人启迪，激人奋进，需要感人至深的故事作为载体。要想成功地确立主题，首先要写好故事。要写好故事就必须对生活有深入了解，从生活中体验人们可以感知却难以言传的故事情节和细节。

文学艺术来源于生活而高于生活。创作者要深入生活、体验生活，从生活中寻找创作的源泉和艺术的真谛。只有经过现实生活的大熔炉淬炼的文艺作品，才能感染人、激励人，使观众感同身受。

电影《为奴十二年》就是根据所罗门·诺瑟普在 1853 年所著的同名传记改编的。纽约州萨拉托加的自由黑人所罗门·诺瑟普，以做木匠兼小提琴演奏为生，与妻子和儿女过着平静的生活。有一天，他遇到两个白人男子，他们声称要介绍他加入华盛顿的马戏团做伴奏。信以为真的所罗门·诺瑟普陷入奴隶贩子的圈套。他被两个白人歹徒下了蒙汗药，绑在一艘大船上，所罗门·诺瑟普一觉醒来，发现自己已经躺在冰冷的甲板上。他被绑架送往路易斯安那州的农场做黑奴，从此开始了十二年的奴隶生涯。在此期间，他目睹了一幕幕黑奴的悲剧，从没有放弃对自由的向往、对妻儿的思念。最终，所罗门·诺瑟普在加拿大木匠贝斯的帮助下，成功寄出了写给朋友的信。他的朋友和纽约州州长来到农场将他解救，他最终重获自由。

作品中许许多多鲜为人知的黑暗残酷的奴隶生活境况，都是作者的亲身经历。这样的作品，如果让没有生活体验的作家来写，是无法达到那种真实感的。

《为奴十二年》在 2014 年获得第 86 届奥斯卡金像奖最佳影片、最佳女配角和最佳改编剧本等奖项。

值得强调的是，电影文学剧本创作有其特殊性。它是画面和声音、时间和空间、叙事和造型紧密结合的艺术。假如将不熟悉的人物和生活写进剧本，就无法用画面语言来建构人物动作、情态、对话、场景等具体的造型。如果编剧都没有一个清晰可感的叙事造型，导演就无法进行二度创作，演员也无法进行表演，更无从塑造人物形象。主题思想也就难以在观众心中树立起来。

电影剧本创作不同于小说、散文、诗歌等以文字为载体的文学类型的创作，后者可以合理化地想象、虚构或借助相关资料信息，让读者通过阅读文字产生通感、形成联想、构成审美。然而，电影却不同。电影是依靠画面和声音来传达故事情节、思想内涵和美学理想的一种艺术载体。一部好的剧本可能会被拍成一部烂片，但是一部糟糕的剧本绝对不可能拍出一部好片。这就要求编剧要对银幕上的人物形象、时空环境、故事情态、社会背景、生活细节等要素有着清晰明了的把握，否则就无法在银幕上将之准确而真切地呈现出来。

第四节　电影的类型

电影作为一种大众传播的艺术载体，具有"分众性"的特点。这意味着不是每个人都会喜欢同一部电影，正所谓"萝卜青菜，各有所爱"。所有的艺术形式，都会因受众在年龄、性别、民族、语言、地域、宗教信仰、学识修为、兴趣爱好等方面的不同，而受到不同的评价，电影也不例外。

电影的类型，就是指因作品的题材、内容、主题、风格、表现形式不同而形成的影片种类，它体现着电影艺术的某种标准化的规范。

电影的主要类型可按以下几种方式进行划分，实际上许多电影可同时属于多个类型。

一、按受众年龄分

1. 儿童片

儿童片即儿童电影（Children's Film），以儿童为主要观众群体。这类电影通常以儿童的视角展开叙事，内容健康向上，具有儿童情趣，从剧本到演员、拍摄，全部考虑到了儿童的需求和喜好。它们或反映儿童生活，或以儿童的心理、眼光去看待事物，能够满足儿童的兴趣爱好，为儿童所接受。优秀的儿童电影还能帮助儿童认识世界、开阔眼界、丰富情感、滋养心智。

例如，中国电影《神笔马良》《小兵张嘎》《飞来的仙鹤》，美国电影《木偶奇遇记》《小鬼当家》《狮子王》《寻梦环游记》《夏洛的网》，日本电影《龙猫》《千与千寻》，伊朗电影《天堂的孩子》，印度电影《地球上的星星》。

儿童电影的主要形式有美术片（包含动画片、木偶片、剪纸片等）、寓言片、科幻片、奇幻片、歌舞片，以及健康的惊险片、冒险片，具有知识性和趣味性的科教片等。这里重点介绍很受儿童喜爱的美术片。

（1）动画片。

动画片（Animated Film）是通过连续播放一系列静止的画面来创造动态影像、展示剧情、创造灵魂的影片。这类影片将人和物的动作、表情、神态等绘成逻辑连贯的若干画幅，用摄影机以每秒 24 帧画面的速度连续拍摄成一系列画面，再播放给观众看，这些连贯的画面产生动态性的视觉效果。动画片通常采用手绘、计算机生成或混合技术来制作，具有各种形式的故事情节、角色设定和视觉效果。

动画之父埃米尔·雷诺，于 1892 年 10 月 28 日在巴黎葛莱凡蜡像馆向观众成功地放映了光学影戏《可怜的比埃洛》等三部作品，从此动画片正式诞生。

动画片分为二维动画和三维动画两种形式。

二维动画，即在二维平面上创作的动画作品，又叫 2D 动画。

例如，中国动画片《铁扇公主》《大闹天宫》《三个和尚》《哪吒闹海》《麦兜的故事》,美国动画片《白雪公主》《木偶奇遇记》《灰姑娘》《睡美人》《小熊维尼历险记》《美女与野兽》《狮子王》《阿拉丁》,日本动画片《龙猫》《千与千寻》《天空之城》《花仙子》《哈尔的移动城堡》《萤火之森》《幽灵公主》《聪明的一休》《阿基拉》。

三维动画,即在虚拟的三维立体空间里创作的动画,又叫 3D 动画。

例如,中国动画片《长安三万里》《西游记之大圣归来》《熊出没》《玩具之家》《猪猪侠》《大闹西游》《秦时明月》《大护法》,美国动画片《冰川时代》《马达加斯加》《玩具总动员》《美食总动员》《超人总动员》《冰雪奇缘》《疯狂原始人》《怪物史瑞克》,日本动画片《最终幻想 7:降临之子》《铁拳:血之复仇》。

(2)木偶片。

木偶片(Puppet Film)是以木偶角色来表现剧情、塑造人物形象的影片。这类影片是通过依照剧本故事情节逐格拍摄或连续摄影制作而成的电影。它结合了传统木偶戏的表演形式和电影制作技术,创造出一种独特的艺术风格。在木偶片中,木偶角色通常由木头、石膏、橡胶、塑料、海绵等材料制成,并通过操控者的操作进行表演。

在中国电影史上,木偶片有着重要的地位。例如,中国第一部木偶电影故事片《上前线》,由万超尘编剧、导演,1939 年由中国电影制片厂出品;中国第一部立体电影木偶片《大奖章》,由洪汛涛编剧,章超群执导,曲建芳、黄素非造型、布景、设计,1960 年由上海美术电影制片厂出品;中国第一部彩色木偶长片《孔雀公主》,是由尹口羊、靳夕编剧,靳夕执导,1963 年由上海美术电影制片厂出品。中国第一部在国际获奖的木偶片《神笔》,由洪汛涛担任编剧,靳夕、尤磊执导,1955 年由上海美术电影制片厂出品。《神笔》获 1956 年意大利第八届威尼斯国际儿童电影节儿童文娱片一等奖,1956 年叙利亚第一届大马士革国际博览会电影节短片银质一等奖,1956 年南斯拉夫第一届贝尔格莱德国际儿童电影节优秀儿童片奖,1957 年波兰第二届华沙国际儿童电影节木偶片特别优秀奖。

另外,《阿凡提的故事》《铁扇公主》等木偶片都是备受观众喜爱的经典之作。

（3）剪纸片。

剪纸片（Paper-cut Animation）是采用民间剪纸艺术来造型叙事，并结合逐格拍摄技术制作而成，再连续放映的美术片。由于剪纸片表现人物和情景的原理与二维动画片相似，所以也被称作剪纸动画片。

剪纸片起源于中国的传统民间艺术——剪纸，通过将剪纸作品拍摄成连续的动作，形成动态的影像。剪纸片的特点是色彩鲜艳、造型独特、具有浓郁的民间艺术风格。

中国第一部剪纸片《猪八戒吃西瓜》，由包蕾编剧，万古蟾执导，詹同渲、谢友根美术设计，胡进庆、钱家俊、沈祖慰、车慧动作设计，1958 年由上海美术电影制片厂出品。中国第一部水墨剪纸片是《长在屋里的竹笋》，中国第一部彩色剪纸片是《猪八戒吃西瓜》。

此外，经典剪纸片还有《金色的海螺》《猴子捞月》《南郭先生》《鹬蚌相争》《老鼠嫁女》《渔童》《人参娃娃》《济公斗蟋蟀》《聪明的鸭子》等。

2. 成人片

成人片即成人电影（Adult Film），简称 A 片，指主题内容只限于 18 岁以上成年人观看的电影。其内容可能涉及情色、暴力、血腥甚至使人心理不适的内容和非主流甚至畸形价值观等。

3. 家庭片

家庭片（Family Film）是适合各种年龄的观众观赏的电影，主要以家庭生活和家庭成员之间的关系为核心内容。这类电影通常以家庭内部的互动、情感纠葛、亲情、责任、成长等为主题，展现家庭成员之间的相互影响、依赖，以及面对苦难时不离不弃、追求美好的人性之光。通过细腻的人物刻画和情感表达，触动观众的内心，引发观众对家庭、亲情和人生的思考。

例如，中国电影《亲爱的》《你好，李焕英》《小兵张嘎》《三毛流浪记》《暖春》《妈妈再爱我一次》《桃姐》《岁月神偷》，美国电影《绿野仙踪》《头脑特工队》《伴你高飞》《阿甘正传》《海边的曼彻斯特》，日本电影《如父如子》，法国电影《蝴蝶》，印度电影《摔跤吧！爸爸》《起跑线》《小萝莉的猴神大叔》，伊朗电影《白气球》。

二、按影片侧重表现的内容分

1. 爱情片

爱情片（Romance Film）是以主人公的爱情经历为主要内容的电影。通常围绕着两个或两个以上角色之间的情感纠葛展开，强调情感的真实与纯粹，展现爱情的力量与美好。爱情片通常包含各种不同的元素，如浪漫、喜剧、悲剧、悬疑等。可以现实生活中的爱情故事为背景，也可以虚构的世界为舞台来彰显爱情这一核心主题。

例如，中国电影《我的父亲母亲》《我爱你》《山楂树之恋》《甜蜜蜜》《白桦林中的哨所》《秋天的童话》，美国电影《乱世佳人》《魂断蓝桥》《罗马假日》《廊桥遗梦》《爱乐之城》《人鬼情未了》《泰坦尼克号》，日本电影《伊豆的舞女》《情迷意乱》《情书》，韩国电影《假如爱有天意》《我爱你》。

2. 童话片

童话片（Fairytale Film）是以童话故事为内容的电影作品。常用想象、幻想、夸张等表现手法，来反映生活、刻画性格、塑造形象、表达寓意。童话片多以神话、传说、寓言、动物和无生命物体的拟人化故事为情节线索，以美丽动人的画面、通俗有趣的对话，使观众在美的享受中受到教育。

例如，中国电影《马兰花》《小铃铛》《阿凡提的故事》《葫芦娃》《没头脑和不高兴》《宝莲灯》，美国电影《白雪公主和七个小矮人》《灰姑娘》《美女与野兽》《小红帽》《怪物史瑞克》《圣诞夜惊魂》《绿野仙踪》《魔法奇缘》《公主新娘》，日本电影《千与千寻》《龙猫》《哈尔的移动城堡》，法国电影《美女与野兽》《驴皮公主》等。

3. 动作片

动作片（Action Film）是以善恶正邪较量引发的武力或暴力行动为

内容，以强烈紧张的惊险动作和视听张力为核心的影片。它包括由追捕、搏斗、劫持、逃亡、历险、拯救、战斗等一系列肢体冲突引发的强大的冲击力、精彩的惊险行动和事件。

例如，中国电影《少林寺》《一代宗师》《绣春刀》《叶问》《精武英雄》《杀破狼》《我是谁》《猛龙过江》《十月围城》《东邪西毒》《卧虎藏龙》《英雄本色》，美国电影《第一滴血》《真实的谎言》《生死时速》《勇闯夺命岛》《刀锋战士》《被解救的姜戈》《星球大战》，罗马尼亚电影《神秘的黄玫瑰》，泰国电影《拳霸》《冬荫功》《曼谷重击》《刺客复仇》，印度电影《阿育王》《阿克巴大帝》《巴霍巴利王：开端》。

4. 悬疑片

悬疑片（Suspense Film）是因剧情充满悬念而使观众对事件结局和人物命运产生关切、紧张、猜测和思考的影片。悬疑片常常引人入胜，而结局又往往出人意料甚至匪夷所思。悬疑片常利用电影中人物命运的峰回路转、吉凶未卜的情节发展变化或一时难以辨清的真相，吸引观众的注意力，并能引发后续的思考和讨论。由于内容上有关联，悬疑片往往与犯罪片、推理片有交叉。

例如，中国电影《风声》《涉过愤怒的海》《暴雪将至》《心迷宫》《异度空间》，美国电影《控方证人》《穆赫兰道》《后窗》《致命ID》《七宗罪》，日本电影《罗生门》《X圣治》，韩国电影《杀人回忆》《恐怖直播》《追击者》，印度电影《调音师》《无所不能》，泰国电影《天才枪手》。

5. 惊悚片

惊悚片（Thriller Film）是以紧张、刺激、恐怖、神秘、怪诞的内容对观众的视觉和听觉造成强烈冲击的电影作品。惊悚片又称恐怖片，它通常通过紧张悬疑的情节、令人恐惧或紧张的视效和音效，使观众产生强烈的心理反应。惊悚片常常借助犯罪、心理扭曲、超自然现象、神秘事件或恐怖生物等元素，引起观众的紧张和恐惧。

例如，中国电影《绣花鞋》《京城81号》《山村老尸》《阴阳路》《见鬼》《幽灵情书》，美国电影《惊魂记》《一级恐惧》《机械师》《闪灵》《电锯惊魂》《死寂》《第六感》，英国电影《雪人》，日本电影《午夜凶铃》《咒怨》，韩国电影《金福南杀人事件始末》《娑婆诃》《哭声》，泰国电影《鬼影》《食人狂魔》。

6. 犯罪片

犯罪片（Crime Film）又称警匪片，是以犯罪事件为主要内容或以邪恶与正义的较量为主题的电影作品。犯罪片通常描写犯罪行为的实施、犯罪者的动机和心理状态，以及警方或私人侦探对犯罪的调查和追踪。犯罪片涉及谋杀、抢劫、诈骗、贩毒等各种犯罪类型，并通过故事情节、人物刻画和紧张氛围的营造，揭示犯罪给个体和社会带来的影响或灾难。

例如，中国电影《三大队》《烈日灼心》《白日焰火》《河边的错误》《暴裂无声》《无间道》，美国电影《教父》《沉默的羔羊》《低俗小说》《落水狗》《盗火线》《十二怒汉》《雌雄大盗》，巴西电影《精英部队2：大敌当前》，韩国电影《下流人生》《新世界》《辩护人》。

7. 励志片

励志片（Inspirational Film）即励志电影，是以主人公战胜种种艰难险阻最终取得成功的故事来激励观众的电影作品。励志片通常讲述的是主人公面对挑战、克服困难、追求梦想的故事，强调坚持、勇气、努力的重要性。励志片往往具有积极向上的情感基调，能够激发观众的内在动力，促使观众追求理想的人生。这类电影常以深刻的主题、真实的情感和激励人心的故事情节为特点，给观众带来视觉和听觉的享受，同时传递积极向上的价值观和人生哲理，激励观众勇往直前，追求自己的梦想。

例如，中国电影《活着》《八角笼中》《中国合伙人》《喜剧之王》《长江7号》，美国电影《肖申克的救赎》《勇敢的心》《飞越疯人院》《当幸福来敲门》《阿甘正传》，印度电影《三傻大闹宝莱坞》《嗝嗝老师》《印度合伙人》，意大利电影《美丽人生》，日本电影《千与千寻》。

8. 科幻片

科幻片（Inspirational Film）是以科学幻想、假设、虚构的元素来构建故事、展开剧情、塑造人物的影片。科幻片常常表达生命至上、正义永恒、呵护善良、珍惜人生、珍爱和平等主题，展现未来科技、外星生物、异世界或时空穿越等概念，通常探索未知的科学领域，对未来的可能性进行设想，或者以科幻元素来解释或解决现实世界中的问题。科幻片往往包含创新的科技设备、惊人的特效以及对科学、技术、政治、社会、环境等议题的深刻探讨。

例如，中国电影《流浪地球》《疯狂的外星人》《错位》《大气层消失》《霹雳贝贝》《超级学校霸王》《现代豪侠传》，美国电影《机器人总动员》《阿凡达》《银翼杀手》《回到未来》《黑客帝国》《星球大战》《黑衣人》，日本电影《奥特曼》《真心为你》《钢之炼金术师》等。

9. 推理片

推理片（Mystery Film）是以逻辑推理为核心，通过展现侦探、警察或其他角色根据种种蛛丝马迹展开推理和侦查，最终破获罪案的电影作品。这类电影通常包含复杂的情节、谜团和推理过程，观众需要跟随影片中的人物一起思考和解决案件。推理片强调情节的严密性和推理的合理性，常常给观众带来智力上的挑战和满足感。

例如，中国电影《黑楼孤魂》《午夜两点》《暗花》《神探》《意外》，美国电影《致命 ID》《禁闭岛》《东方快车谋杀案》《怪宴》，英国电影《尼罗河上的惨案》《第三人》《阳光下的罪恶》《罪恶之家》，日本电影《名侦探柯南》系列、《砂器》、《人证》、《嫌疑犯 X 的献身》，韩国电影《追击者》《新世界》《金福南杀人事件》。

10. 奇幻（玄幻、魔幻）片

奇幻（玄幻、魔幻）片（Fantasy Film），基于神话、传说、超自然元素以及幻想生物如龙、精灵、巫师、仙侠等来构建故事情节。这类电影通常创造一个完全虚构的世界，或是将现实世界与超自然世界相结合，以此来探索人性、命运、权力、善与恶等主题。

奇幻片与科幻片、恐怖片等不同，它更关注对超自然元素和神奇力量的展现，故事建立在一个不存在的世界或可能世界里。这类影片的场景、角色和情节往往不受现实世界的限制，给观众带来一种超越现实的体验。20世纪末和21世纪初，随着特效技术的进步，奇幻电影逐渐在主流电影市场中占据重要地位。

例如，中国电影《画皮》《大话西游之月光宝盒》《捉妖记》《青蛇》《西游记之大圣归来》《无极》《白蛇传说》，美国电影《指环王》系列、《哈利·波特》系列、《霍比特人》、《公主新娘》、《大魔域》、《魔幻迷宫》、《魔兽世界》，日本电影《攻壳机动队》《幽灵公主》《犬夜叉：穿越时代的思念》《最终幻想：灵魂深处》。

奇幻片逐渐细分为多种亚类型。比如都市奇幻片以现实社会生活为背景，在现代都市生活中加入某些奇幻元素，如魔法、超自然生物等，以此来打破现实生活的平衡。

11. 体育片

体育片（Sports Film）是以体育活动、竞技事件、体育人物、运动训练、体育精神等为主要内容的影片。它包含体育故事片和体育纪录片。这类电影通过电影艺术手段展现体育人物、事件和故事，通常基于真实的体育事件或人物，也可以虚构体育竞技场景为故事舞台，展示体育竞技的激情、挑战，以及运动员坚韧不拔的精神风貌。体育片既能够带给观众紧张刺激的竞技体验，也能够传递积极向上的价值观和人生哲理。

例如，中国电影《体育皇后》《女篮5号》《冰上姐妹》《八角笼中》，美国电影《洛奇》《勇士》《弱点》，印度电影《印度女孩》《摔跤吧！爸爸》等。

12. 音乐片

音乐片（Musical Film）是以音乐生活为主题，以音乐为主要表现手段，通过音乐和歌曲的演唱、演奏以及音乐与剧情的有机结合来展现故事情节和人物形象的电影。这类影片通常包含大量的音乐元素，如歌曲、舞蹈、交响乐等，音乐与剧情的紧密结合，使观众在欣赏美妙音乐的同时，也能够感受到剧情的魅力和情感的共鸣。

例如，中国电影《红色娘子军》《聂耳》《听见下雨的声音》《恋爱通告》《不能说的秘密》《天台爱情》，意大利电影《海上钢琴师》，美国电影《八月迷情》《爆裂鼓手》《再次出发之纽约遇见你》《歌剧魅影》，印度电影《神秘巨星》。

13. 歌舞片

歌舞片（Musical Film）是以歌唱和舞蹈为表现手段来讲述故事情节、展现人物内心情感活动、塑造人物形象的影片。这类影片将音乐和舞蹈有机结合。歌舞片通常包含大量的歌唱和舞蹈场面，音乐、舞蹈和剧情相互交织。欣赏优美的音乐和舞蹈以及精彩的剧情可以使观众得到审美与陶冶。

例如，中国电影《东方红》《白毛女》《江姐》《阿诗玛》《刘三姐》《如果·爱》，美国电影《雨中曲》《追梦女郎》《歌舞青春》《马戏之王》《一个美国人在巴黎》《芝加哥》，印度电影《流浪者》《印度往事》。

14. 戏曲片

戏曲片（Opera Film）是以中国传统戏曲来表达剧情内容的影片。这类影片通过运用电影的拍摄技巧和手法，将戏曲表演呈现在银幕上，让观众在欣赏电影的同时，也了解和体验中国传统戏曲艺术的魅力。

例如，我国摄制的第一部电影《定军山》，就是对京剧《定军山》舞台表演片段的记录。该影片于1905年由北京丰泰照相馆出品，谭鑫培担任主演，任庆泰执导。我国摄制的第一部彩色电影《生死恨》，也是京剧艺术片，该片于1948年由华艺影片公司出品，齐如山编剧，费穆导演，梅兰芳、姜妙香等主演。新中国摄制的第一部彩色电影《梁山伯与祝英台》属于越剧艺术片。1954年，该片由上海电影制片厂出品，徐进、桑弧编剧，桑弧、黄沙共同执导，袁雪芬、范瑞娟主演。

此外，经典戏曲片还包括《红楼梦》《天仙配》《花为媒》《追鱼》《三滴血》《碧玉簪》《白蛇传》《群英会》《锁麟囊》《三岔口》《野猪林》

《铁弓缘》《荒山泪》《群英会》《七品芝麻官》《穆桂英挂帅》《朝阳沟》《花木兰》《天仙配》《牛郎织女》《女驸马》《红鬃烈马》《四郎探母》《贵妃醉酒》《赤桑镇》《铡美案》等。

15. 纪录片

纪录片（Documentary）是采用非虚构的方式艺术地展示真实的、有价值的人和事的影片。其核心特点是真实性，即所展示的内容必须真实发生或存在，不允许虚构或篡改。纪录片的目的是通过展现真实的世界，引发观众的思考，促进人们对社会、文化、历史等方面的认识和理解。

人类早期的电影多以纪录片的形式创作，譬如卢米埃尔兄弟的《工厂大门》《火车进站》《水浇园丁》《婴儿的午餐》等电影。随着时间的推移，纪录片不断发展，涌现出许多经典之作。

三、按影片侧重展现的场景分

1. 历史片

历史片（Historical Film）即历史电影，是以历史事件或历史人物为主题，再现历史场景、人物和故事的影片。这类电影对历史事件进行艺术加工和再创作，展现历史的真实面貌，同时向观众传递历史知识和文化价值。它包括历史故事片和历史文献片。历史片（尤其是历史文献片）必须符合历史事实。而历史故事片在尊重史实的基础上，对次要情节和细节可以进行适当的艺术虚构。历史电影应具有深刻的思想性、艺术性和观赏性，能够让观众认识历史、了解历史、思考历史。

例如，中国电影《荆轲刺秦王》《鸦片战争》《甲午风云》《大决战》《重庆谈判》《赛德克·巴莱》，美国电影《勇敢的心》《斯巴达克斯》《乱世佳人》《角斗士》，苏联电影《牛虻》《夏伯阳》《战争与和平》《残酷的罗曼史》，日本电影《人间的条件》。

2. 战争片

战争片（War Film）是以战争为主题，通过电影艺术手段展现历史上重要战争或军事行动的场景、人物和故事的影片。通过再现战争事件讲述人物命运，塑造人物形象，反思战争给人类带来的灾难。这类影片通常以历史上的战争或虚构的战争为故事背景，塑造战争中的英雄，揭示战争杀戮的残酷以及复杂的人性，以此表达对战争的反思和对和平的渴望。战争片具有强烈的视觉冲击力和情感震撼力，能够让观众深刻体验到战争的残酷和痛苦。由于侧重展现的场景可能有重叠之处，历史片和战争片有时会有交叉。

例如，中国电影《狙击手》《芳华》《长津湖》《红河谷》《集结号》《金陵十三钗》，美国电影《拯救大兵瑞恩》《巴顿将军》《辛德勒的名单》《父辈的旗帜》，南斯拉夫电影《瓦尔特保卫萨拉热窝》《桥》，韩国电影《共同警备区》《太白山脉》《高地战》《太极旗飘扬》。

3. 公路片

公路片（Road Film）是以某个特定的旅程作为故事发展的主要场景的电影。其主要特点是，以公路或旅程作为故事发生的主要背景，主人公在旅途中经历各种事件和冒险，并在这一过程中完成自我发现、成长或其他目标。这种电影类型通常强调旅程的自由、未知和探险精神，同时也通过对沿途风景、人文和社会现象的描述，引发观众对社会、文化和人性的思考。

例如，中国电影《失孤》《无人区》《心花路放》《人在囧途》，美国电影《逍遥骑士》《午夜狂奔》《完美的世界》《迷幻牛郎》《出租车司机》。

思考与练习

1. 电影主题有什么价值和意义？
2. 如何甄选和确立电影的主题？
3. 电影有哪些类型？
4. 拟写一部主题鲜明的类型电影故事梗概（800 字以内）。

第五章 人物塑造

第一节　人物建构

人物是电影里推动故事发展的核心载体，是矛盾冲突的焦点，也是影片造型的主体。观看电影，实际就是看故事中的人物。人物的内核是情感。观众期望电影中的人物在完成叙事过程中，能够以有血有肉、生动活泼的形象呈现在银幕上。

一、人物设定

在电影剧本创作中，人物设定是非常关键的一环。个性鲜明、有深度的人物设定可以使故事更加引人入胜，增强观众的共鸣。以下是电影剧本创作中人物设定的一些基本原则。

（1）明确性。电影人物设定需要具有明确性，即人物的性格、背景、动机等都需要清晰明了。这样可以使观众更容易理解人物，进而投入故事中。

（2）复杂性。人物设定不应过于简单，而应具有一定的复杂性。人物的性格、行为等都应该有其内在的逻辑，这样才能使人物更加立体、生动。

（3）可信度。人物设定应该具有可信度。人物的行为、决策等都需要符合其性格和背景，不能出现突兀或不合逻辑的情况。这样才能使观众对人物产生信任感，进而投入故事中。

（4）独特性。人物设定需要具有独特性。每个人物都应该有其独特的性格、背景、动机等，这样才能使人物从故事中脱颖而出，给观众留下深刻的印象。

（5）发展性。人物设定需要具有发展性。在故事中，人物的性格、行为等都应该有所变化和发展，这样才能使故事更加有张力，观众也能从中看到人物成长弧和人物的发展轨迹。

具体而言，电影人物设定务必注意以下几个要点。

1. 鲜明的个性

个性，顾名思义就是个体的特性。"个性"这个词翻译自英文 personality，最初源自拉丁文 persona，本意是指演员的面具，后引申为角色及人物的心理特征和精神面貌。在电影中，人物首先必须具备鲜明的个性特征。编剧必须让笔下人物的思想行为具有独特的个性。

比如，美国影片《教父》中的维多·柯里昂和迈克·柯里昂父子，是两代黑手党头目，有着鲜明的个性。维多·柯里昂童年时，父亲和哥哥先后被黑手党杀害。9 岁时，他为了躲避黑手党的灭门追杀，在父亲的朋友的掩护下从西西里岛柯里昂村逃到美国。他在面包店里打工，沉默寡言、埋头苦干，18 岁时和一位意大利姑娘结婚并生子。在命运的挤压下，他铤而走险，将敲诈勒索、欺行霸市的"街霸"法努奇干掉，从此，他名声大振，深得意大利同胞的拥护。他凭着智慧、胆识和人格魅力，广交朋友、扶掖家族、乱世崛起，逐渐在纽约黑道上有一席之地，并使柯里昂家族成为当时的纽约五大家族之一。

马龙·白兰度高超的演技成功地塑造了具有独特魅力的男人——维多·柯里昂的形象。他不仅是黑手党头目，更是一位爱家护犊的慈祥的父亲。后者成为全世界无数青年观众仰慕和学习的经典范本。

第二代教父迈克·柯里昂继承父亲维多·柯里昂创下的庞大家业，冷静果敢、足智多谋，一个人赤手空拳赴会，用早已藏在厕所水箱里的手枪杀了对头索拉索以及与之沆瀣一气的恶警长麦克劳斯基；在医院里单枪匹马保护了遭遇黑社会谋杀的父亲；实现了对纽约几大黑社会家族的清洗；等等。同时，迈克·柯里昂自私残忍，只要损害他的利益，他便翻脸无情、六亲不认，甚至杀害自己的姐夫和哥哥。他的人品和社会形象远不及他的父亲。但是父子俩鲜明的人物个性都给观众留下了深刻的印象。

电影《沉默的羔羊》中，汉尼拔这个变态吃人狂魔的形象无疑是让人过目不忘的。这个被一种文质彬彬、儒雅谦和的心理学博士的皮囊包裹着的嗜血杀人狂形象，被安东尼·霍普金斯演绎得立体生动，令人毛骨悚然。年轻美丽的 FBI 见习女探员克拉丽丝，为追查杀害年轻女性并扒皮的连环杀人案凶手"野牛比尔"，不得不来到精神病院隔离病房，向资深心理学医生汉尼拔求助。这一情节使观众都为克拉丽丝捏了把冷汗。

《沉默的羔羊》大尺度地暴露人性的血腥残暴（杀人、生吃人肉），而且这一切都发生在一个高智商的心理学博士身上。极端野蛮与高度文雅的双重人格，集中在一个人物身上，这在用影像叙事的电影载体里，是前所未有的。

2. 可感的外形

外形是电影人物重要的视觉信息，是给观众留下有别于他人的独特的记忆标识。编剧在设置电影人物外形时，主要围绕着体貌、行头、服装、道具等方面进行个性化设计。电影人物的外形特点要与人物性格、行为习惯等相吻合，这样才会使人物真实自然、生动活泼。

例如，电影《佐罗》中的侠客佐罗，以其独特的形象深入人心。他身穿一件黑袍，头戴一顶黑礼帽，手执一柄宝剑，骑着一匹骏马，戴着一张半遮的黑面具；英俊潇洒，威风凛凛，神秘冷酷，疾恶如仇，行侠仗义，主持公道，弘扬正义，惩恶扬善，锄强扶弱。他用剑在奸恶之人背上划出的那个"Z"字，成为一个时代的英雄印记。

电影《佐罗》自从 1975 年公映以来，这种符号标识化的英雄形象一直影响着后来的电影的英雄造型。例如，《蝙蝠侠》《蜘蛛侠》《超人》《飞鹰》《东方三侠》《守望者》《V 字仇杀队》等，尤其是《蝙蝠侠》中蝙蝠侠这一人物设置的灵感直接来源于佐罗。蝙蝠侠的设计师鲍勃·凯恩坦言，蝙蝠侠的大斗篷、黑面罩、夜行衣，就是佐罗战袍的改良版。而在电影《东方三侠》中，由梅艳芳饰演的面具女侠东东，几乎可以被称为女版佐罗。

再如，电影《济公》中的济公活佛，戴着一顶破帽子，穿着一身破僧衣、趿着一双破僧鞋，手拿一把破蒲扇，腰里别着一只酒葫芦，脖子上挂着一串佛珠；不修边幅，貌似疯癫，好打抱不平，救苦济难，行善积德，教化世人。济颠和尚的那副行头给观众留下了深刻的印象。

又如，港产片《功夫》中的包租婆，嘴里叼着一支烟，头上绞着五颜六色的塑料卷发筒，穿着一套睡衣，张嘴就是"一个个鬼哭狼嚎什么？找死啊？我看你们都活腻了"。包租婆这种极端别致的外形和霸气的台词，令观众难以忘怀。

3. 明确的价值观

编剧要给电影中的人物设置明确的价值观，并使其做出合理的反应和选择。人物的价值观决定其在特定事件中的抉择和行动，从而推动事件向前发展。

例如，《罗拉快跑》中的罗拉，用"奔跑"来拯救男友的生命，改变自己的命运。这就是罗拉这个艺术人物的价值观。

该片讲述了德国柏林女青年罗拉，突然接到男朋友曼尼的求救电话，得知他不小心将老大走私的 10 万马克弄丢了。而 20 分钟后，老大要来取回这笔钱，如果没钱他必将被老大处死。罗拉需要在 20 分钟内奔跑筹钱，以拯救男友的生命。

德国编剧、导演汤姆·提克威采用颠覆传统的叙事方式，独创性地给《罗拉快跑》设置了三种结局，揭示了生命无常及人生命运的多变性，强调不同的选择会给人生带来不同的命运。影片中，速度、进程、目标是改变结果的重要因素，偶然与必然都在于瞬间意念的改变，这些都以蒙太奇的方式集中体现在罗拉对三种价值观的抉择上。在第一种抉择中，罗拉筹钱未遂，便和男朋友曼尼一起闯进超市打劫，死于警察的枪口之下；在第二种抉择中，罗拉逼迫父亲让其手下的银行职员打开钱柜，给她 10 万马克，可是曼尼不幸被一辆救护车撞死；在第三种抉择中，罗拉去赌场用 100 马克赢得了 10 万马克，同时曼尼找到了顺手牵羊拿走那笔钱款的乞丐，追回了那笔钱。最终，罗拉和曼尼一起过上了幸福的生活。

再如，国产故事片《悬崖之上》，讲述了这样一个故事：20 世纪 30

年代，张宪臣、王郁、王楚良、张兰四位曾在苏联接受特训的共产党特
工，回国组队执行代号为"乌特拉"的秘密行动。乌特拉是俄语"黎明"
的意思。四人小组执行的任务就是营救从日军人体实验秘密杀人基地越
狱逃出来的王子阳。他作为日军细菌实验的对象和见证人，向国际社会
揭露了日本军国主义灭绝人性的反人类的犯罪事实。由于地下党中的叛
徒谢子荣的出卖，四人特别行动组在跳伞降落到哈尔滨时，就陷入敌人
的埋伏之中。张宪臣等人经历了生死考验，最终完成了"乌特拉"秘密
行动任务。在该片中，张宪臣等四人的价值观就是完成共产党交给他们
的任务——保护证人、捍卫和平、拥抱黎明。

《悬崖之上》剧照

4. 强烈的欲望

欲望是推动人类社会发展和进步的原动力，也是叙事类文艺作品故
事发展的爆发点。故事往往围绕着人物的欲望而展开，人物强烈的欲望
和追求，直接推动着事件向前发展。在电影中，主人公主动或被动地卷
入某个事件，而这个事件往往是生死攸关的事件。主人公求生的本能或
崇高的信仰、大义使之必须做出反应或完成某个任务。而且这个任务是
充满艰难险阻甚至不可能完成的。主人公的欲望越强烈，危机越严重，
故事悬念越强，戏剧张力越大，观众的期望值也就越高。

例如，《荒野猎人》这部获得奥斯卡金像奖最佳导演等三个奖项的美
国影片，就是以主人公休·格拉斯强烈的复仇欲望支撑着全剧。休·格

拉斯是一名皮草猎人，在一次狩猎过程中，遭遇印第安人袭击被迫撤退后，他被一只大熊袭击，幸被同行的船长安德鲁·亨利救了下来。船长雇约翰·菲茨杰拉德和吉姆·布里杰来护送他走出这片雪山。利欲熏心的约翰·菲茨杰拉德，眼看着休·格拉斯已经瘫痪不能行动，需要两人抬着出山，另外还有沉重的皮草需要运出去。于是，约翰·菲茨杰拉德将休·格拉斯的儿子杀害，并把不能动弹的休·格拉斯扔在林海雪山中，卷走皮草逃亡。

休·格拉斯用火药为自己的伤口消毒，生吃动物充饥，藏身于马肚子里御寒……凭着顽强的求生意识和强烈的报杀子之仇的欲望，休·格拉斯奇迹般地活了下来。在冰天雪地里跋涉了几个月后，休·格拉斯终于找到了仇敌约翰·菲茨杰拉德，并亲手将其杀死，报仇雪恨。

电影《大鸿米店》，讲了一个长期被压抑的欲望在仇恨中爆发的故事。20 世纪 20 年代，中国陷入军阀混战、狼烟四起、弱肉强食、民不聊生的局面。枫杨树村遭遇洪灾，青年农民五龙逃荒到城里谋生。在码头上，饥饿迫使他伸手去捡狗吃剩的一块肉。可是，他的手还没拿到那块肉，就被恶霸阿保的脚踩住了。阿保逼着他叫"爸"，他不得不屈服。从此，五龙心中埋下了强烈的复仇的种子。

大鸿米店冯老板将五龙收留下来做帮工。冯老板的大女儿绮云禁欲、高冷、阴毒，极端歧视五龙并想方设法刁难五龙。冯老板的小女儿织云风骚迷人，使得五龙垂涎三尺并对她暗生恋慕。然而，织云在 14 岁时就被黑帮头领六爷包养做情妇。一天夜里，五龙窥见六爷的马仔阿保与织云通奸，强烈的复仇欲望促使他向六爷告发了阿保暗中夺爱一事。

很快，阿保被六爷装进麻袋、葬身江底。曾经使五龙受胯下之辱的阿保一死，五龙欣喜若狂。当晚，他实在无法抵御织云的诱惑，便与之通奸。随着织云肚子渐大，六爷将织云抛弃了，他怀疑织云怀上了阿保的孩子。为了颜面，米店冯老板只好让织云与五龙奉子成婚。洞房花烛夜，六爷给五龙送来一件礼物，五龙打开盒子一看，竟是阿保的生殖器。五龙唯恐自己惨遭毒手，冒死上吕府向六爷脱裤子谢罪。六爷欣赏五龙的胆识，便将五龙收留下来充当他的得力打手。万万想不到的是，五龙竟成了他的掘墓人。

五龙自从遭受胯下之辱开始，就一直在屈辱中生活着。他一进米店就被绮云百般侮辱；新婚之夜，六爷给他送来阿保的生殖器，使他感到惶恐不安并受到奇耻大辱；和织云结婚后，五龙又遭到冯老板和绮云雇的杀手暗杀……强烈的复仇欲望使得五龙踏上了血腥的不归路：就在织云临产时，他强暴了绮云；病得奄奄一息的冯老板听到自己两个女儿的惨叫声，被活活气死；吕府一声巨响，六爷和织云都成了仇恨的炮灰。最终，五龙身中枪弹，死于自己疯狂的欲望之中。

5. 人格的瑕疵

俗话说"金无足赤，人无完人"，强调人是不可能十全十美的。所以，我们在电影剧本创作中，必须赋予人物真实的元素——人格上的瑕疵或缺陷。而绝大多数编剧做不到这一点。有的编剧明知这是一条铁律，但因为太爱自己笔下的角色（正面人物）了，所以不忍心给人物的一举一动、一言一行、一颦一笑、起心动念等赋予丝毫不光彩的元素。这就使完美无缺的人物因缺乏正常人应有的七情六欲、人间烟火气而显得失真。人物一旦失去了真实感，就很难深入人心。也就是说，虚假的人物在观众心目中难以被树立起来。

比如，"文革"时期创作的样板戏《智取威虎山》中的杨子荣、《红灯记》里的李玉和、《沙家浜》里的郭建光、《红色娘子军》里的洪常青、《奇袭白虎团》里的严伟才等在"两结合""三突出"的理念下塑造的"高大全"的英雄人物形象，或者"文革"以前的国产片《平原游击队》里的李向阳、《敌后武工队》里的魏强、《地道战》里的高传宝、《地雷战》里的赵虎、《英雄儿女》里的王成、《铁道游击队》里的刘洪等"理想化""完美型"的英雄人物形象，就有些失真。

譬如我国1990年出品的电影故事片《龙年警官》，人高马大的刑警队队长傅冬从一群正在训练的年轻女警察身边路过时，女警钟小妹趁傅冬不注意，一个"背麻袋"的招式将傅冬摔在地上。待傅冬从地上爬起来，另一个女警一个"扫堂腿"把傅冬扫得倒在地上，仰面朝天。傅冬有些不服气地脱下警服上衣，却又说"以后再跟你算账"。按照传统的套路，身为正面主要人物的警队队长出场，应该是展露敏捷的身手，先声夺人，而这部作品恰恰不落窠臼。作为编剧的魏人，在 20 世纪 80 年代末、90 年代初能够做出这样的突破，实在难能可贵。

另外，当傅冬接到报警，得知稻香湖里发现一具尸体时，他的摩托车恰好没油了。于是，他便拦了一辆出租车。他坐上出租车后正要抽烟，却发现烟盒已经空了。出租车司机从后视镜察觉到这一情况后，便向他扔去一包香烟。傅冬接过烟，抽出一支烟点燃抽了起来，司机问"这烟味道还不错吧"，傅冬说"不错"。司机又将一条没开封的香烟扔给了傅冬，并说"拿去抽吧，别客气，我也有求您的时候"。

当出租车到达稻香湖边案发现场停了下来时，傅冬下车并没有带走那条香烟。司机见那条烟还在后座位上，便拿起来通过车窗扔给了傅冬。傅冬也没有扔回去给出租车司机，而是将这条烟全分给了同事和正在为警察加夜班做饭的厨师们。

按照习惯性思维来说，警察应该"不拿群众一针一线"，至多抽别人一支烟，一般不会将整条烟收下来。而刑警队队长傅冬用这条香烟来犒劳为破案加班加点的人们，确实不完美，但表现了他的一种真实。《龙年警官》1991 年获得第 11 届中国电影金鸡奖最佳故事片提名、第 14 届大众电影百花奖最佳故事片。

二、角色的类型

1. 主角

主角就是主要角色。主角一般是积极、正面的人物，或者是英雄。例如《第一滴血》中的兰博，《勇敢的心》中的威廉·华莱士，《阿甘正传》中的阿甘，《哈利·波特》中的哈利·波特，《林则徐》中的林则徐，《烈火中永生》中的江姐，《战狼 2》中的冷锋，《霸王别姬》中的程蝶衣，《上海滩》中的许文强和冯程程等。

主角是电影中事件的执行者，电影叙事的核心，负责推动剧情向前发展。所有矛盾冲突的焦点都必须集中在主角的身上。如《少年派的奇幻漂流》中的 Pi，《加勒比海盗》中的杰克·斯伯洛船长，《金刚狼》中的罗根·豪利特，《你好，李焕英》中的李焕英，《我不是药神》中的程勇。

主角是作品中整个故事的讲述对象，通常是一个值得人们关心、同情甚至怜悯的人物，观众在情感上愿意支持他、跟随他、关注他，希望他在事件中能够战胜对手（或克服障碍）、获得胜利、实现愿望。例如《绿里奇迹》中的保罗·艾治科姆，《小丑》中的亚瑟，《阿丽塔：战斗天使》中的阿丽塔，《赛德克·巴莱》中的莫那·鲁道，《桃姐》中的钟春桃，《十八洞村》中的杨英俊。

2. 配角

配角是辅助、支持主角行动的次要人物。配角往往帮助、鼓励、推动主角完成主角不能独自完成的任务；如果是反派配角，就会阻止、破坏、干扰主角去完成任务。配角起着"绿叶衬红花"的作用。例如《悬崖之上》的周乙、王郁、王楚良、张兰等，他们都是协助主角张宪臣执行秘密任务的正面配角；金志德、鲁明、小孟、谢子荣等都是帮助反派主角高彬，破坏、阻止正面主角张宪臣执行任务的反派配角。

以下是几种常见的配角类型。

（1）主角的家人。电影有时会通过家人之口道出主角的秘密。由于人物的个性和命运往往与原生家庭环境密切相关，因此，依据主角的性格特征，有目的地设置其家人为配角，可以更方便地展示矛盾冲突，同时让观众了解主角性格与命运形成的原因。

（2）主角的心腹。电影里主角的一些内心的隐秘不便于直接向观众倾诉，往往通过主角的心腹（一至两个）来叙述，以此让观众明了主角的过往以及剧情发展的可能态势。

（3）主角的导师。主角往往在反派势力的碾压下实现自己的目标。这就需要导师（老师、师父）纠正其偏差，给予其智慧、精神、技能等启迪与指引，使之逐渐成长、由弱变强，最终战胜敌人。有的电影里会存在正邪两种类型的导师。

（4）主角的竞争对手。主角的竞争对手通常是主角的同事、同学、同行、闺蜜、发小等。此类配角往往会以一种近似反派角色的言行来诋毁、排斥、阻挠主角的行动计划。这类配角通常有着比主角更为强大的能力和气场，促使主角不断磨炼自己，提升技能，实现一个个小目标，最终实现大目标。

（5）主角的下属。这类配角往往是有着某种特异技能，或个性鲜明或憨态可掬的喜剧式人物。配角出场时可以露一手，让观众眼前一亮，但是配角不能喧宾夺主。

中外电影中有着许许多多经典配角，给广大观众留下了深刻的印象。如美国演员摩根·弗里曼，被称为"好莱坞的黄金配角、最红的绿叶"。从影 50 多年，他参演了《肖申克的救赎》《七宗罪》《百万美元宝贝》《蝙蝠侠：黑暗骑士》《蝙蝠侠：侠影之谜》《冒牌天神》《不可饶恕》等 100 多部影片。虽然他演的是配角，但其精湛的演技让观众叹服。尤其是他在《肖申克的救赎》中饰演的瑞德，这个睿智、诚恳、善良、正直、忠于友情的黑人服刑者形象让观众印象深刻。摩根·弗里曼荣获第 77 届奥斯卡金像奖最佳男配角等荣誉。此外，摩根·弗里曼被誉为"不需要演技的演员"，81 岁时获得美国演员工会终身成就奖。

中国香港演员吴孟达，被誉为华语影坛片酬最高的配角演员。他从影 46 年，参演过《楚留香传奇》《执法者》《天若有情》《逃学威龙 2》《破坏之王》《九品芝麻官之白面包青天》《食神》《少林足球》《新安家族》《流浪地球》等数十部电影，获得香港电影金像奖最佳男配角、台湾电影金马奖最佳男配角等荣誉。吴孟达自从影以来，主要担任配角，"绿叶衬红花"，极少演主角。虽然以饰演市井小人物居多，但每个人物都被他演绎得栩栩如生、几可乱真。他说："做绿叶也能发光。"

中国香港演员午马，也是华语影坛最具人气的资深配角演员之一，参演过《花木兰》《咸鱼翻生》《倩女幽魂》《六指琴魔》等电影作品。他兼具表演、编剧、导演、策划才能，曾获得台湾电影金马奖最佳男配角和香港电影金像奖最佳导演提名、最佳男配角提名等荣誉。

中国香港演员元华，也是一位出色的配角演员，他饰演的"僵尸道长""包租公"等艺术形象令人难忘。他曾获得香港电影金像奖最佳男配角、香港电影金紫荆奖最佳男配角、全球华人金艺奖最佳演员等奖项。

演员张少华，共出演了数十部电影，大都是配角。她饰演的老母亲形象非常生动、真实，参演了《一九四二》《秘密》等电影作品。

刘佩琦也是一位演技出色的配角演员，参演过《离开雷锋的日子》《父与子》《归来》《秋菊打官司》等电影作品，曾获得中国电影华表奖优秀男演员、中国电影金鸡奖最佳男主角、中美电影节中国大陆杰出演员等奖项。

3. 正角

正角就是正面角色，是与反角相对立的代表正义力量的角色。正角不一定都是完美无缺的角色，他们可能在行为习惯甚至道德上存在某些瑕疵，但这丝毫不影响他们在观众心目中的正面形象。例如电视剧《亮剑》中的李云龙，尽管他冲动易怒、出言不逊、固执己见、不守规矩、争强好胜，但是瑕不掩瑜，上述"缺点"丝毫不影响他重情重义、有勇有谋、英勇无畏、视死如归的英雄气概和"亮剑"精神。

电影里的主角通常都是正面人物。因为激励人心、鼓舞大众是文艺作品的天职和使命，优秀的文艺作品要向广大受众传播仁爱、正义、积极向上的世界观。

主人公是反面人物的电影作品不多，这类作品被称为黑色电影（Film Noir），比如好莱坞侦探片中一些善恶道德观不明确甚至有悖公序良俗的作品。

4. 反角

反角就是反面角色，是与正角对立的代表非正义的、邪恶势力的角色。反角通常是阻止正角完成某个任务、达到某个目的的反派人物。反角的作用是在正反两方势力的较量与冲突过程中推进剧情发展、刻画人物个性。编剧应从人性本质的角度出发设置和塑造反角，反角未必是一无是处的。

反角的价值在于作为正角的对手，为正角设置障碍或陷阱，构成戏剧张力并推进故事发展，衬托正角的正面形象，在观众心中形成潜在的故事压力，使观众心怀悬念，对人物命运和故事结局给予关注和充满期待。尽管反角被人厌弃甚至憎恨，但没有反角就凸显不了正角的精神。

反角的设置基于塑造正角的需要。反角常有某种极端特质，这是构成对正角致命性威胁的力量来源。反角往往起初十分强大、不可一世，与正角势力悬殊。这让观众预感在这场正邪较量中，正角几乎不可能实现目标，甚至将会九死一生，从而使观众对主人公的命运产生担忧，这就形成了悬念。

（1）围绕男主角的反角设置。

①男主的同仁。男主的同仁往往以笑面虎的形象博得男主的信任。他可能是男主的隐形情敌、利益劲敌，了解男主的底细，和男主一样年轻能干，甚至天赋异禀，但性格怪异，如《荒野猎人》中的约翰·菲茨杰拉德。

②男主的女友。男主的女友可以是昔日的恋人，因个人贪欲或受男主敌对势力的操纵，她渐渐成为男主的敌人甚至掘墓人，如《了不起的盖茨比》中的黛茜。

③组织头领。这种反角往往势力强大，甚至掌握着正角的生杀大权，正角阴差阳错与其势不两立。正角的"苟延残喘"使其放松了对正角积蓄能量的警惕，最终，反角以悲惨的结局而告终，如《肖申克的救赎》中的典狱长诺顿。

④隐性反角。这类反角通常是男主的上司、同事等，和男主一样，一直以正面形象示众，背地里却与反派势力勾结，最终沦为反角；或者起初是正角，后来潜移默化变成反角，如韩国电影《新世界》中的卧底探员李子成。

⑤反派配角。反派配角是反派主角的心腹、喽啰、帮凶之类的人物，人数多，分布广，性格各异，台词不多，是帮助反派阻挠正角完成任务的势力。常见于犯罪、动作、谍战、警匪类影片，如国产片《悬崖之上》中特务科长高彬的心腹女特务小孟。

（2）围绕女主角的反角设置。

①女主的男友。这种反角通常是"渣男"或"软饭男"，对女主阳奉阴违，目的是骗取女主的钱财或达到其他不可告人的目的，如美国影片《情圣终结者》中的尼基。

②女主闺蜜。女主闺蜜作为反角，往往与女主有着发小、亲戚、同学、同事等关系。二人由于利益冲突反目成仇，最终势不两立，如《女蛹》中的戴安妮。

③女主亲人的仇家。这类反角通常是女主的父母、丈夫、男友、姐妹、亲戚等亲人的冤家对头，女主为受侵害的亲人报仇或伸张正义，与之展开较量，如《秋菊打官司》中的村长王善堂。

④女主偶遇。这类反角是女主在工作或生活中不期而遇的对手，往往是破坏、阻碍女主完成任务或实现目标的强大敌人。这种类型在电影里比较常见。但是也有一种相反的情形，女主偶遇的反派角色不但不破坏女主的行动计划，反而帮助女主完成某个重要任务，如《沉默的羔羊》中的精神病专家、变态食人魔汉尼拔博士。

（3）反角设置要领。

①反角的歹毒与疯狂必须表现在骨子里，但是有较强的伪装性和隐蔽性。反角平时未必凶神恶煞，往往道貌岸然，甚至温文尔雅。最好是不到结局观众都不知道其为反角。

②起初，反角的实力往往远远强于正角。反角实施阴谋计划时，正角必须被蒙在鼓里，但是可以让观众知道一些，使观众产生紧张情绪。正角通过艰难磨砺成长之后，渐渐变得强大，蓄势反抗，使剧情反转。

③反角在阴谋加害正角或对正角实施毁灭行动的过程中，往往自认为天衣无缝。编剧一定不要让观众提前看出破绽，使观众知道正处于危险环境中的正角最终会化险为夷，从而失去悬念和期待。

④反角可以精明过人，但必须有狂妄自负、刚愎自用之类的人格缺陷，为其最终的惨败做合理铺垫。反角的优长一定不能盖过正角。编剧要始终守住一个底线——"邪不压正"。黑色电影另当别论。

⑤反角的结局一般较惨，尤其是那些十恶不赦的反角，下场一般较

悲惨。这样，可以给爱憎分明的观众一个消气解恨的机会。

在影视作品中，有一些是以反角为主角的。如美国电影《绝命毒师》中的主角沃尔特·怀特，在得知自己身患绝症之后，为了给家人留下财产，他利用自己超凡的化学知识制造毒品，成为世界顶级毒王。

美剧《嗜血法医》中的戴克斯特·摩根，白天是迈阿密警局的法医，夜晚则追踪并诛杀那些逃脱法律制裁的穷凶极恶的罪犯。这个嗜血的变态杀手成为美国电视史上最具人格魅力的"全民情人"，美国的女性观众对其颇为喜爱。然而，其"伸张正义"，实际上是有悖于法律的犯罪行为。

中国较早剖析和抨击家庭暴力的电视连续剧《不要和陌生人说话》中，"家暴男"安嘉和就是反角，他对妻子实施恐怖家暴的形象，给观众留下了深刻印象。

国产影片《烈日灼心》中的三位男主角都是反角，协警辛小丰、警察伊谷春、出租车司机杨自道三人结拜兄弟，一起抚养一个孤女。然而，这三个"爸爸"竟然是杀害孤女全家的犯罪团伙。

尽管绝大多数观众很难对反角产生同情，但他们乖张独特甚至不可思议的言行举止，在剧情中如同一剂神秘的兴奋剂，牢牢地吸引着观众去关注故事始末。

在美国影片《完美的世界》中，主角是一位杀人越狱犯，名叫布奇。他劫持了8岁的小男孩菲利普·佩里一同逃亡。在此过程中，菲利普·佩里渐渐患上了斯德哥尔摩综合征，开始将罪犯布奇当成自己的亲人。他们之间产生了一种父子般的深厚感情。

第二节　人物语言

一、语言的作用

语言是人类沟通交流的工具，而在电影中，人物语言是构成电影的重要元素之一。它有着传达信息、交流感情、推动剧情、刻画人物、渲染环境、表现人物关系、增强故事的真实感和可信性、表达主题思想等作用。以下是人物语言在电影剧本中的主要作用。

1. 传达信息

电影需要向观众讲述故事。而电影中的人物语言承担着人与人之间传递信息、陈述事件、交代剧情、介绍背景、说明原委等功能。

例如，在《肖申克的救赎》中，典狱长诺顿对犯人说："你们被判有罪，所以被送到这来。第一条规定，不许亵渎上帝，不许有任何亵渎上帝的行为。我只相信两件事，纪律和《圣经》。你们两样都少不了，把信仰寄托给上帝，把贱命交给我，肖申克监狱欢迎各位。"这样，诺顿既向犯人宣布了监狱的严格戒律，又展现了典狱长的独裁霸气和绝对权威。

2. 交流感情

语言是展现人类情感、思想和灵魂的重要途径。台词是电影进入有声时代以来的核心要素之一。电影中的人物语言，是片中的人物与人物、人物与观众进行感情沟通和思想交流的主要载体。

例如，在《霸王别姬》中，对艺术和情感都痴迷的程蝶衣，心心念念着和师兄段小楼唱一辈子戏，相依相偎一生。于是，程蝶衣对段小楼说："说的是一辈子，差一年、一个月、一天、一个时辰，都不算一辈子！"然而，程蝶衣感人肺腑的表白与"控诉"，却被段小楼教训说："蝶衣，你可真是不疯魔不成活呀！"

《霸王别姬》剧照

3. 推动剧情

电影里的人物语言，可以表明人物的内心情感状态、基本冲突，以及人物与人物的相互关系。人物之间常常因语言引起激烈的矛盾冲突，从而推动剧情发展。

譬如，在电影《破坏之王》中，绰号为"人间凶器"的断水流大师兄说："我不是针对你，我是说在座的各位都是垃圾。"显然，这种话一旦说出口，就像点燃的导火索一样，立刻使人物之间的矛盾尖锐起来。紧接着，其他人物在这样的语言挑衅和刺激下，必定会有所反应和行动，从而推动情节向前发展。

4. 刻画人物

电影中人物语言的内容、风格、节奏，是由人物的身份、地位、修养、性格、品德、襟怀等方方面面决定的。优秀的电影作品中，人物的语言往往契合人物的个性特征。有时人物语言甚至像一面能照见人心的镜子，富有独特的魅力，使人物个性鲜明生动、形象立体丰满。

如《教父》中黑手党头目维多·柯里昂所说的"让朋友低估你的优点，让敌人高估你的缺点"，"不要憎恨你的敌人，那会影响你的判断力"，"离你的朋友近些，但离你的敌人要更近，这样你才能更了解他"，"威胁是最愚蠢的自我暴露，不假思索就释放怒火是最危险的任性表现"，"一个不花时间和家人在一起的男人，永远成不了真正的男人"……每一句都活脱脱地展现了西西里黑手党教父维多·柯里昂的形象——一个让人敬而远之、洞悉世事、顶天立地、具有大智慧大境界的人。

5. 渲染环境

电影人物语言在特定的语境和情景之中，有着渲染环境、烘托气氛的作用。

例如，在电影《教父》中，每当"教父"维多·柯里昂派他收养的儿子汤姆·黑根律师去处理某个棘手的问题时，汤姆·黑根都会提出一些困难和质疑。维多·柯里昂总是胸有成竹地说"我会提出一个令他无法拒绝的条件"。而每当这句话说出，总会有意想不到的事情发生。譬如，维多·柯里昂的演员朋友方唐想出演某部影片的男主角。可是，由于他曾骗走了导演沃尔茨精心培养的女演员，沃尔茨坚决不让他出演。于是，方唐求助于老朋友维多·柯里昂。维多·柯里昂派汤姆·黑根找沃尔茨解决这件事。可是，沃尔茨一直怀恨在心，坚决不买账。汤姆·黑根临别时对沃尔茨说："柯里昂是一个坚持要听到坏消息的人。"沃尔茨不以为然，可是次日早上，他惊恐地发现，自己花 60 万美元买下的心爱的骏马"嘎吐姆"，其鲜血淋漓的头竟被藏在了被窝里，与他共眠一床。最终，沃尔茨妥协就范。

所以，每当"教父"说出"我会提出一个令他无法拒绝的条件"这句台词时，气氛就会变得紧张起来，观众心中会预感到血腥杀戮即将开始。

人物语言会渲染环境，这在悬疑、惊悚、恐怖类电影中十分常见。例如美国惊悚悬疑片《死寂》，每当"小心来自玛丽·肖的凝视她没有孩子，只有玩偶；如果你看到她，不要尖叫，否则她会扯开你的嘴巴撕掉你的舌头"这句台词一出，观众就预感死神即将来临，那个被村民割了舌头并活活烧死的携木偶表演腹语为生的玛丽·肖，又操纵她的木偶阴魂不散地来复仇了。关键在于，这个和玛丽·肖一起被焚烧埋葬的木偶每次出现时，都有人死。这在观众心里留下了恐怖的阴影。

6. 表达主题

人物语言也是表达电影主题和情感的重要手段。电影中的对话和独白，可以传达出人物思想情感的波动以及价值观的冲突等。语言在这里可以起到情感传递和思想交流的作用。

例如电影《肖申克的救赎》，其主题之一是希望的力量和坚韧不拔的精神。在影片中，主人公安迪即使身陷囹圄，也从未放弃对自由的渴望和对生活的希望。他通过与狱友们的交流，不断地传递着拥抱希望的精神。其中最著名的台词是安迪对狱友瑞德说的："希望是件美好的事，也许是人间至善，而美好的事物永不消逝。"这句话不仅表达了安迪对希望的坚定信念，也深刻地揭示了电影的主题——即使在困境中，也要心怀希望，永不放弃对生活的热爱和追求。

又如电影《霸王别姬》，这是一部探讨命运、爱情和人生选择的经典电影。在影片中，程蝶衣的经典台词："我本是男儿郎，又不是女娇娥。"这反映了他早期对自己被迫扮演女性角色、命运被安排的不满和困惑。他原本想唱出的是"男儿郎"，但命运却让他成了舞台上的"女娇娥"，这种矛盾与挣扎体现了他对命运的无奈和反抗。

程蝶衣与好友段小楼和沈小蝶之间的情感纠葛贯穿全片。程蝶衣对段小楼有着深厚的感情，但这份感情在电影中并未得到回应。他有一句内心独白："你若是那霸王，我便是你身边的虞姬，你叫我如何能够离开你？"这一内心独白充分表达了他对感情的执着。

程蝶衣的一生几乎都在舞台上度过，他挚爱舞台艺术。他在舞台上唱出："一辈子做女娇娥，一辈子都得听男人的话。"这句话既反映了他对命运的无奈接受，也反映了他对舞台艺术的无尽热爱。

这些台词和内心独白不仅展现了程蝶衣这个角色的复杂性格和深刻情感，也体现了电影《霸王别姬》所探讨的命运、爱情和艺术等主题。

7. 表现人物关系

电影人物语言有着陈述或介绍人物关系的作用，使观众通过对白或独白，了解到人物与人物的关系。电影里经常会出现这样的台词"我向各位介绍一下，这位是我的×××"，这是直接利用人物台词介绍角色的相互关系。还有一类是通过人物的对白，委婉地表达角色的相互关系。

例如，《阿甘正传》中的阿甘对女朋友说："我不是很聪明，但我知道什么是爱情。"《断背山》中的杰克对同性恋人欧内斯特说："我希望我知道该如何戒掉你。"《简爱》里的简·爱对罗切斯特说："你以为我贫穷，相貌平平就没有感情吗？我向你发誓，如果上帝赐予我财富和美貌，我会让你难于离开我，就像我现在难于离开你一样。可是上帝没有这样安排。但我们的精神是平等的。就如你我走过坟墓，平等地站在上帝面前。"

这样的人物语言，观众一听就能明白其揭示的人物关系。

8. 增强真实感

真实是电影艺术的生命。电影源于生活却高于生活，是现实生活的艺术化呈现。这要求电影尽可能地再现生活的本真状态，让观众身临其境，产生代入感、同理、共情、共鸣。电影的人物语言如果与角色的身份、性格、年龄、职业等相吻合，观众就会觉得这个人物真实感人。否则，人物就会因为失真而被观众遗弃。比如，一个目不识丁、五大三粗的屠夫，说出话来却文绉绉的，这就是编剧将自己的语言风格套在屠夫身上了。这种张冠李戴的做法，使人物语言和角色身份极为不相称。如果让这个屠夫用方言说着符合屠夫身份的有点粗鲁的话，那么真实感和可信度就会立马增强许多。另外，电影人物如果用方言表达，那么对方言区域的观众就会有强烈的吸引力。例如：四川方言电影《抓壮丁》、西南方言电影《无名之辈》、重庆方言电影《火锅英雄》、贵州方言电影《寻枪》、凯里方言电影《路边野餐》、东北方言电影《白日焰火》、武汉方言电影《南方车站的聚会》、云南方言电影《追凶者也》、潮汕方言电影《爸，我一定行的》、汇聚多地方言电影《疯狂的石头》等，都因方言让观众产生了一定的亲切感和真实性而广受欢迎。

二、语言的类型

电影中的语言分为人物对白、独白、旁白三种类型。

1. 对白

对白就是电影中的人物对话，又称台词。对白既是电影中最基本的语言形式，也是人物之间最常见的交流方式。对白有着介绍信息内容、推动情节发展、刻画人物形象的功能。

对白是电影声音中最活跃的元素，是人与人交流思想、传递信息、表达情感的最基本的工具。对白具有陈述性、表白性、指令性、意图性、使动性、制约性等语言特性。对白促使人物做出情感或行动上的反应，甚至引起矛盾冲突，从而推动情节发展。同时，对白也能揭示人物复杂的心理活动。

电影对白的个性化体现在其必须与人物的年龄、职业、身份、素养、阅历等相吻合。对白能体现人物的性格、思想、情感、修养等。

对白的个性化特征包括性格特征、职业特征、生理特征、地域特征、时代特征等。

（1）性格特征。人的性格各异，表达方式和话语内涵也各不相同，因此在同一环境面对同一事件时，每个人会有不同的语言表达。

比如，面对不平事件，性格刚勇者可能会大吼一声，站出来主持公道；性格温婉者往往想抱不平却没有行动，总想着"多一事不如少一事"；胆小怕事者会噤若寒蝉；趋炎附势者甚至会帮着蛮横无理的一方说话……

以下影片的人物对白，形象地表现了人物的性格。

奥斯卡·辛德勒：看着，你所需要做的事情就是告诉我，它对你来说，值多少钱。你看每一个人值多少？

阿蒙·高斯：不，不，不，不。你看每个人值多少！

奥斯卡·辛德勒：我可以救出更多人的，我本可以救出更多，我不知道。如果我试试，我可以救出更多人。

伊萨克·斯特恩：奥斯卡，因为你已经有一万一千人活了下来。看看他们。

——《辛德勒的名单》

安迪：恐惧让你沦为囚犯，希望让你重获自由；坚强的人只能救赎自己，伟大的人才能拯救别人。

瑞德（赞叹安迪）：有些鸟儿是永远关不住的，因为它们的每一片羽翼上都沾满了自由的光辉！

——《肖申克的救赎》

（2）职业特征。语言表达可以体现人物的职业特征。比如某人因病去世，一般人会说"死了"，佛教徒会说"往生了"，神职人员会说"安息了"，知识分子会说"病故了""走了""去了"，说话随意的人甚至会说"挂了"。

例如：

> 戴斯蒙德·道斯：如果我不坚持自己的信仰，我不知道该如何活下去。
>
> 当整个世界执意要将自己撕得粉碎时，我觉得想把其中一点拼凑回来并不是一件坏事。
>
> 再救一个，再多救一个。
>
> 别人都在杀人，我在救人，这才是我为国参军的目的。
>
> 如果我不做我相信的事的话，我不知道还有什么能支持我活下去。
>
> ——《血战钢锯岭》
>
> 爱新觉罗·溥仪：在紫禁城内皇上依旧是皇上，到了外面就不是了。
>
> ——《末代皇帝》

（3）生理特征。人的生理状况不同，语言会有不同的特征。老人说话中气不足、节奏缓慢、常伴喘息，孩童说话幼稚简单、奶声奶气，身体健硕的人说话中气十足、语气干脆；女孩说话婉转温和，病人说话气息短促，太监说话阴柔甚至带有娘娘腔。

例如：

> 小莉莎（对德军士兵）说：叔叔，请把我埋浅一点好吗？我怕妈妈找不到我。
>
> ——《辛德勒的名单》

奥斯威辛集中营死囚牢房里，穿着红色外套的小女孩莉莎怯怯地问母亲："爸爸去哪里了？"母亲悲伤地看着莉莎没吱声。周围的人都难过地看着小女孩。大家都明白一个事实：他们迟早都要被德军拉出去处死。

一天，德军士兵把莉莎的母亲带走，母亲对莉莎说："我去找爸爸，很快就回来。"然而，母亲一去再也没回来。莉莎天天从窗口向外张望，但不见母亲的身影。那天，德军士兵把小莉莎带到一个深坑边，她看了看身边和她一起被押出来的人，他们满脸恐惧。她似乎猜到了父亲和母亲都被这样活埋了。于是，小莉莎对德军士兵说："叔叔，请把我埋浅一点好吗？我怕妈妈找不到我。"士兵哽咽了，无奈地和其他士兵面面相觑。顿时，刑场上一片抽泣声。集中营长官阿蒙·戈特对士兵怒吼着，指挥士兵把那些被执行死刑的犹太人全部推进深坑。

《辛德勒的名单》剧照

穿着红色外套的小莉莎，最终出现在运载尸体的小推车里。

（4）地域特征。我国的语言地域性非常强，不仅南方方言和北方方言的语音、语调、语汇、语法等有着不同的特征，而且即便是同一个省、市，不同地区的语言也有着很大的差异，尤其是南方。这正应了那句俗语，"十里不同音，百里不同俗"。

不同地区的人有着不同的说话习惯、风格、语气、腔调。有的地区的人说话直来直去，有的地区的人说话委婉含蓄。比如，东北方言粗声大气、干脆利落；吴侬软语软糯缠绵、婉转动听、富有乐感，苏州方言被认为即便是吵架也像在"唱歌"……

电影编剧在人物语言设置上应尽可能体现地域特色，真切地展示人物所处地区语言的风貌特征。这样会使人物形象更加生动可感。

（5）时代特征。人类语言与时代紧密相连。不同时代的语言有着独特的时代特征。电影艺术的真实性原则，要求人物的语言必须和人物所处的时代相吻合。比如，新媒体时代人们常说的网络流行用语，如果用在古代的人物语言里，显然是张冠李戴、非驴非马。而作品一旦严重失真，就会被观众唾弃。

2. 独白

独白是指电影中人物的自我表白。通常表现为以下三种情形。

（1）自言自语，即剧情中的人物和自己对话，其交流对象就是自己。例如：

93. 轿车里 内 日

顾刚驾着轿车在公路上驰骋，他不断减速，却发现减速装置失灵。

顾刚（内心独白）："也许是我想多了，这个梁秘书没这么大的胆子吧？"

——《检察长》

77. 别墅 内 夜

赵大海抱着英子失魂落魄地上二楼，上到最后一级楼梯摔了一跤，他再次抱起英子冲进1号房，把英子放在床上，将门反锁。拿起座机电话，用颤抖的手拨着110按键，可是出现一阵尖利的长音，再拨还是这种电话故障的声音。

他在口袋里掏了掏，一脸惊讶。

赵大海（自言自语）：手机呢？我的手机哪里去了……

赵大海掀开两个枕头，打开英子的小坤包查找，都不见手机。

他摆弄了一番电话线，再拨110，还是电话故障的响声。他瘫倒在地上，他的裤子破了个洞，膝盖在流血，他摸了一下膝盖，巴掌里全是血。

这时，外面刮起了狂风，风吹得门窗"咣咣"作响，赵大海警惕而惊恐地看着房门，双手紧握斧头，严阵以待。狂风将窗帘吹得飞舞起来，突然，窗户出现一个蒙面黑影。

赵大海双手紧握斧头，在窗口等待。

赵大海（内心独白）：有种，就来吧！

赵大海看到有个黑影贴着窗户，他一斧头砍过去，黑影不见了。一会儿，黑影又出现在玻璃窗外。

——《惊魂七夜》

（2）对他人语，即电影中的人物对身边的人道白。如演讲、诵经、念咒、布道、祈祷等。例如：

> 乔治六世：如果我是国王，我的权力又在哪里？我能宣战吗？我能组建政府吗？能提高税收吗？都不行！可我还是要出面坐头把交椅，就因为整个国家都相信……我的声音代表着他们。但我却说不来。
>
> ⋯⋯⋯⋯⋯⋯
>
> 在过去 25 年的风风雨雨中，国王乔治教给了我们最重要的……是领袖的风范以及对臣民兄长般的温暖，他活着的时候，是整个帝国的指路明灯。
>
> ——《国王的演讲》

（3）对观众语，即电影中的人物与画面外的观众进行交流。其交流对象不是情节中的人物，而是银幕外的观众。例如：

> 陆庆屹：大概是放了太多的想念，行李才在积雨的路上隆隆作响。看过山海流澜，城市花火，却不敢凝望，你闪烁不舍的眼。
>
> ⋯⋯⋯⋯⋯⋯
>
> 光阴的故事，何止几张匆匆泛黄的相纸。穿过这道门，又经历几次重逢和转身。日子里难解的答案，就去彼此身上找吧。试着原谅人生的平凡，轻轻把疲惫的世界放下。看夜里的星辰和交相辉映的我们。而总有一天啊，你要学会成为自己的家，再找到另个家。
>
> ——《四个春天》

3. 旁白

旁白是来自电影画面外的道白。旁白在电影画面中找不到声音源，即说话人不在画面中出现。旁白属于画外音的一种，通常以下面两种形式出现。

（1）第一人称自述，常见于以第一人称叙事的电影。这种旁白的对象不是电影画面内的人物，而是画面外的观众，有助于提示观众准确了解和领会作品。自述的内容通常包括介绍、回忆、忏悔、反思等。例如：

> 哈桑（画外音）：我梦到拉辛汗老爷身体好起来了；我梦到我的儿子长大成人，成为一个好人，一个自由的好人，还是一个重要人物呢；我梦到花儿再次在喀布尔街头盛开，音乐再次在茶屋响起，风筝再次在天空飞翔；我梦到有朝一日，你会回到喀布尔，重访这片我们儿时的土地。如果你回来，你会发现有个忠诚的老朋友在等着你。
>
> ——《追风筝的人》

> 骆玉生（我）：我的父亲一生是个热心肠，古道热肠，理想主义者；母亲应该是欣赏他的为人，然后才会有我。
>
> ——《我的父亲母亲》

（2）第三人称讲解，常见于以第三人称叙事的影片。这类旁白的对象不是影片中的人物，而是影片外的观众。多为表达作者的心声，内容范围比较广泛，可以交代背景、介绍人物、讲述故事、剖析事件、抨击时弊、抒发情感等，有助于引导观众正确、全面而深刻地了解情节以及情节背后的某些问题的来龙去脉，同时使观众产生共鸣。用第三人称进行讲解的旁白在电影和戏剧里应用得比较广泛，具有较强的客观性和真实感。例如：

> 旁白：艾米丽的父亲是退伍军医，在昂吉安莱班的一家温泉疗养所工作。
>
> 拉斐尔普兰不喜欢在别人旁边小便，他不喜欢别人嘲笑他凉鞋的目光，以及出水时泳裤贴在身上的感觉。
>
> 拉斐尔普兰喜欢大片大片地剥墙纸；喜欢把所有皮鞋摆成一排，仔细上蜡；喜欢清空他的工具箱，好好擦干净，再把工具摆好。
>
> 艾米丽的母亲是阿曼蒂娜普兰，是出身于格尼翁的小学教师，她一直是一个情绪不稳定又神经质的人。
>
> 阿曼蒂娜普兰不喜欢手指被热水澡泡皱，早上醒来时发现脸上有枕头印。
>
> ——《天使爱美丽》

旁白:这个故事发生在一九三一年,离现在已经是将近三十年的事了。这是中国人民苦难最深重的时代,帝国主义、封建势力、买办资产阶级这三座大山重压在中国人民的头上。劳动人民处身在水深火热之中……

——《林家铺子》

第三节 人物动作

电影是将运动性的画面和声音相结合的视听艺术,以人物为主体,通过行为动作、面部表情、肢体语言来表达事件过程,刻画人物形象,推动情节发展。

动作是构成电影的重要元素之一,电影里的人物动作又叫作戏剧动作。戏剧动作是剧情里的人物通过形体和表情表现出来的有动机、有目的、有意图、有明确指向的、具有一定时间延续性的行为和行动,是由人物的若干个小动作组成的有情节、有内涵、有延续性的大动作。

戏剧动作是情节发展的基础。它和寻常生活里人们的举手投足、喜怒颦笑是有着本质区别的。戏剧动作必须为剧情发展、人物塑造服务。电影编剧要用简洁明了的文字,将剧本中人物具体有形的动作形态描述下来,为导演和演员提供重要的参考。

人物动作必须和人物的年龄、性格、情感、修养等相吻合。比如蛮横粗鲁的强盗、杀人不眨眼的刽子手、温文尔雅的教书先生、天真烂漫的儿童等,他们的动作情态、幅度、轻重缓急、文野程度等都是迥然不同的。这就需要编剧对生活的积累,对不同人物的具体年龄、职业、修养、思想等进行深入的观察、分析和思考,这样才能将某个人物的具体动作描摹得恰如其分,从而使人物形象生动可感。艺术作品中的善恶美丑都是对复杂的人性的高度隐喻。

电影里的人物动作具有以下特性。

一、目的性

电影内容往往与影片的主人公为了实现某个愿望、达到某种目的而付诸行动有关。这里的行动就是本章要讨论的戏剧动作。

电影里的动作必须具有明确的目的性。

例如，伊朗电影《小鞋子》，讲述了出身于贫困家庭的阿里在帮妹妹取回修补好的鞋子时，不小心将鞋子弄丢了。为了避免父母亲的惩罚，兄妹俩相约保守秘密，两人轮换着穿一双鞋子上学。阿里还答应跟着父亲进城打工挣钱，给妹妹买一双新鞋子。可是，父亲在劳动中受伤，不能进城打工。之后，他得知市里将举办长跑比赛，季军的奖品是一双运动鞋。于是，他就向老师央求参赛，希望能获得季军，拥有一双运动鞋。尽管终于报上名参加了比赛，可是，阿里求胜心切，眼前翻飞着妹妹放学疯跑着回家和他换鞋子、他向学校飞奔的情景。他完全无暇注意自己跑在第几名，在最后的冲刺中第一个撞线了，最终还是与运动鞋擦肩而过……

这部作品里小阿里的动作目的就是想给妹妹一双小鞋子，为了得到这双鞋子，阿里采取了一系列的行动，从而展现了小阿里金子般的童心，也引起了广大观众对童年的缅怀与回忆。

例如，在影片《小人物》中，主人公哈奇为了找回女儿被入室抢劫的劫匪掠走的手链，走上了一条残酷、血腥的杀戮之路，从而揭示了隐于市井的无名小辈哈奇，曾是高级特工的身世秘密。

二、主从性

电影里的动作有主动动作、从动动作、主从转化动作。

1. 主动动作

主动动作是人物为了实现某个理想，完成某个计划，有目的、有步骤、主动地实施某个行动。这种行动具有一定的思想内涵和价值意义。

例如，在《辛德勒的名单》中，奥斯卡·辛德勒为了营救纳粹集中营中的犹太人免遭屠杀，作为德国商人，他利用自己在德军占领的波兰克拉科夫办厂，给德军生产军需品的条件，花钱贿赂德国纳粹党卫军军官，拯救了 1 200 多名犹太人的生命。

又如，《检察长》里的代理检察长龙兴华，为了侦办沧海市官商勾结腐败案，冒着生命危险与邪恶势力斗智斗勇，进行殊死较量。

这些都是电影里的主动动作。

2. 从动动作

从动动作又叫被动动作，即主人公由于社会环境、家族恩仇、个人遭遇等各种因素，被卷入某一危机事件之中。在这个事件里，主人公往往有着性命之虞、灭门之灾，甚至亡国灭种的危机。为了战胜不共戴天的仇敌，主人公（或者联合其同胞）采取抗争或反击行动。这种从动动作在电影里比较普遍。

例如，《战狼 2》中主人公冷锋因失手打死了强拆战友父母房屋的房地产公司的"打手"，而被开除军籍并锒铛入狱。他出狱后，正计划完婚的未婚妻龙小云在非洲执行任务时因公牺牲。冷锋为了找到杀害龙小云的凶手并报仇雪恨，带着那枚银色花纹子弹进入非洲。然而，他被卷入一场突如其来的非洲国家叛乱中。为了保护战乱中的中国同胞安全撤离战乱区，冷锋冒着生命危险，孤身闯入被战火包围的战乱区，上演了一场生死大营救。

3. 主从转化动作

主从转化动作，是指人物起初是为完成某个任务而主动行动，后来由于形势发生变化或某种机缘巧合，人物必须应对某个事件而被动地采取相关行动。

例如，在《悲惨世界》中，冉阿让为了姐姐的 7 个饥饿不堪的孩子去偷窃面包，而被判苦役。为了 7 个孩子，他想尽办法逃出监狱，先后实施了 3 次越狱行动，结果都被抓了回来。善良、勤劳的冉阿让被判了19 年苦役。

冉阿让出狱后，对这个逼良为贼的黑暗社会极度仇恨。他在饥困交加中遇到了米里哀主教，米里哀慷慨地给予他食物和住所。然而，冉阿让却将米里哀家的银餐具偷走了。结果，冉阿让被警察抓了回来，米里哀却说这些东西不是冉阿让偷的，央求着警察放了冉阿让，米里哀还将一对银烛台也送给了冉阿让。

米里哀对冉阿让说："请永远记住，您对我们的承诺，您说要重新做好人的。""冉阿让，我的兄弟，您已经不再是恶人了，您现在是好人。我把您的灵魂赎回，从黑暗的思想和自暴自弃的精神里把它救出来，我把它交还给上帝。"

米里哀的善举彻底震撼了冉阿让的心灵。主教的宽容、慈悲和仁爱融化了冉阿让内心的坚冰，烛台上的希望之光驱散了冉阿让眼前的迷雾，照亮了他脚下的道路，为他指出了一个光明的未来。从此，冉阿让成为一个善人，他隐瞒了自己曾是劳役犯的身份，改名马德兰，并当上了市长。可是沙威探长发现了冉阿让的秘密，冉阿让一边应对沙威的追查，一边行善感恩，比如营救为他替罪的人、搭救被困的车夫、收养女工的遗孤珂赛特……

冉阿让命运的转变，就是由最初的主动动作转化为从动动作的过程。

三、曲折性

人物动作既是戏剧的源泉，也是电影情节发展的原动力。事物的发展变幻无常，电影的故事情节应尽可能地体现世事的多变性，人物心理的复杂与谲变性，动作行为的曲折性。这就要求编剧不能让片中的人物一帆风顺地达到目的、实现愿望。编剧应该在人物行动的过程中，根据事件的发展规律合理地设置一个个艰难的困境和看似难以逾越的障碍；在人物的终极目标里设置多个小目标，使得人物为实现自己的目标而实施动作和行动；让观众难以想象下一步将会发生什么。主人公的生死成败、吉凶祸福，不到最后一刻，观众无法知晓。悬念，就是电影的魅力。

例如，电影《活着》呈现了福贵从一个纨绔阔少，到穷困潦倒亲人相继离世的孤独老人的悲凉人生。

影片从 20 世纪 40 年代开始讲述，主人公福贵作为地主的儿子，沉溺于吃喝嫖赌，将祖上留下的家产全输给了地痞恶霸龙二，其父亲被活活气死；身怀六甲的妻子家珍携着女儿凤霞回了娘家，一年后又抱着新生儿有庆回到福贵身边；福贵自觉要发奋努力，于是和村里的春生一起耍皮影戏养家糊口；在谋生的途中，福贵和春生都被国民党抓去当壮丁，继而沦为俘虏；福贵和春生为了兑现"一定要活着回去"的诺言，经历了种种艰难险阻，福贵终于回到破败的家中，惊悉母亲已经去世，女儿因发高烧成了哑巴；"大跃进"年代，春生驾车不慎将福贵的儿子撞死；后来，福贵的女儿凤霞经生产队队长介绍嫁给了瘸腿的二喜，凤霞在生下儿子馒头的时候不幸难产身亡……

较之原著，电影《活着》的结局是温暖的，福贵、家珍、女婿二喜和馒头团聚在一起。这样的结局，可以说是对原著中福贵孤独无依的悲剧人生的一种安慰。

原著中，福贵的女儿凤霞去世后三个月，福贵的妻子家珍就因患软骨病去世了；福贵的女婿二喜在工地上劳动时被水泥板夹死；福贵的外孙苦根（馒头）成了他唯一的亲人，但因吃豆子被活活撑死了。当死神将福贵的亲人一个个拽走，生命中仅有的温情一点点被剥夺之后，只剩下他和一头老牛相依为命。然而，他依然坚强地活着。看清生活的真相的福贵，面对无常的世事以及无力改变的宿命，依然勇敢地活下去。这使读者在震撼之余，开始追问与思考生命的终极意义。一如罗曼·罗兰在《米开朗琪罗传》中写的："世上只有一种英雄主义，就是在认清生活的真相后依然热爱生活。"

人物动作的曲折性在电影《活着》里得到集中体现。

四、偶然性

"无巧不成书"中的"巧"，指的是现实生活里存在着许许多多神秘的偶然事件。偶然性为文艺作品带来无限的可能与无穷的魅力。因此，电影编剧在设置人物动作时，应将偶然性所带来的可控的或者不可逆转的激励事件展示出来，使之成为某段情节的燃爆点。

例如《末路狂花》中的赛尔玛和闺蜜路易丝，因腻烦琐碎的家庭生活与乏味的侍应生工作，决定一起去旅游，看看外面的世界。然而，一个极其偶然的事件，将她们逼上了一条大开杀戒的逃亡之路。当夜幕降临，赛尔玛和路易丝来到阿肯色州一酒吧投宿，她们把车停好后在该酒吧里喝酒。路易丝提醒赛尔玛，外面情况复杂，要多留心。醉眼蒙眬的青年哈伦邀请赛尔玛跳舞。赛尔玛欣然应允，与哈伦跳舞、喝酒。随后，欲行不轨的哈伦将赛尔玛引到停车场并大动手脚。赛尔玛拒不就范，欲火中烧的哈伦正要对赛尔玛实施强暴。到处找赛尔玛的路易丝，来到停车场见此情景，立即用枪指着哈伦让他放开赛尔玛。哈伦突然对路易丝恶语相向。路易斯一怒之下开枪打死了哈伦。

这对打算出来游玩散心的闺蜜，立刻因杀人罪而成了警察追捕的对象。她们负隅顽抗，最终，两人紧握双手驾着轿车飞向了科罗拉多大峡谷。

再如《小人物》中，歹徒闯入主人公哈奇家并和哈奇的儿子布莱克在地上扭打。为了减少伤亡，哈奇虽然举起了高尔夫球杆，但最终没有打下去，这遭到了家人的不理解和邻里的嘲笑。哈奇记住了歹徒身上的一个刺青图案，决定去找歹徒要回女儿心爱的手链。他的这一行动，阴差阳错地使他卷入了俄罗斯黑帮的江湖恩怨之中；同时，出人意料地激发了他压抑已久的人性之恶以及喋血的嗜好和杀人绝技。哈奇彻底铲除了俄罗斯黑帮，并成功地救出了自己的家人。

又如，《寄生虫》中的落榜青年基宇受同学之托，给富人朴社长的女儿做家教。可是谁也想不到，基宇用假学历骗取了朴社长夫人的信任，还设法让自己的妹妹和父母亲都进入朴社长家工作。最终，欲望使他们走上了自毁之路。

这一切都在偶然之中发生。

五、画面性

人物动作包括肢体语言和心理活动。电影是一种视听艺术，所有人物动作包括心理活动都必须用可视性的画面呈现在银幕之上。而不能像小说那样，让读者通过阅读文字产生联想，构建大千世界。

电影剧本的心理活动描写与小说的心理活动描写的根本性区别，在于时空的画面性与高度集中的完整性。电影剧本对人物心理活动的动作设计和描述，必须集中在具体的时间和空间画面里。而小说创作就不受此约束，可以信马由缰地展开描绘。

例如，小说里写道："方舒阳踏上家乡熟悉的小路，不禁想起童年时和丁香兰在那山坡上放风筝的情景，他们追着风筝奔跑着、欢呼着……然而，景物依旧，丁香兰却告别了这个世界，永远留在了汶川的废墟之下。"

假如将这段文字改编成电影剧本，就必须突出具有时空概念的画面。对往事的回忆（心理活动），必须用闪回镜头来表达。

1. 乡道 外 日

方舒阳走在故乡的小路上，眼前这熟悉的情景，勾起了他对童年的回忆。

（闪回）

故乡的山坡上，童年的方舒阳和丁香兰在洒满阳光的山坡上放风筝，他们仰望风筝，手拽风筝线奔跑着、欢呼着，跑着跑着，风筝线突然断了，风筝在空中渐去渐远……

（闪回结束）

方舒阳走着走着，突然驻足，黯然神伤地凝望着远方，眼含泪水。

（闪回）

汶川某小学，丁香兰在教室里上课。突然，所有人、课桌剧烈摇晃，继而一片哭喊声。

丁香兰（高喊）：大家快跑！往外面跑……

学生被吓得惊恐万状，一窝蜂地往教室外面跑，教室门口被堵住了，孩子们哭爹叫娘。

丁香兰一边喊，一边把摔倒在门口的学生一个个抱起来推出门外，使学生得以顺畅地往外跑。

丁香兰看见教室后面一个拄着拐棍的残疾学生，摔倒在地上，跑过去抱起该学生就跑，丁香兰刚将该学生推出门外，"轰"的一声，教室倒塌了，一根沉重的水泥柱将丁香兰压在下面……

（闪回结束）

眼噙泪花的方舒阳，遥望着故乡的村舍，山风吹动着他那凌乱的头发。

方舒阳（独白）：香兰，我回家了，我们小时候在山坡上放风筝，你还记得吗？

第四节　形象塑造

人物是一切叙事类作品的核心，经典的文艺作品，往往有着真切感人的人物形象。人物是故事的中心，所有的故事讲述对象都是人。即便是动物主题，也是拟人化的表达，借物喻人。因此，塑造电影人物形象，是电影剧本创作的最高目标。人物形象塑造成功了，电影也就大功告成了。

电影的人物形象塑造有以下要领。

一、人物造型

电影人物造型，就是对电影剧情里的角色进行视觉化的形象塑造。与小说、散文等以文字进行外貌描写、肖像描写有所不同，电影是视觉和听觉相结合、保留与再现时空的艺术，观众通过眼睛和耳朵接收电影的画面和声音信息，再通过大脑进行认知、理解和再创作。

电影人物造型包括妆容、服饰和道具三大部分。

1. 妆容

电影人物造型的妆容，即根据电影中角色的年龄、性别、职业、身份、素养、个性、兴趣爱好，以及角色所处的年代、地域等具体情况，为角色设计容貌修饰效果，通过影像的方式将之呈现于银幕之上，从而展现人物的精神面貌，以达到精准地塑造人物形象的目的。

例如，《蝙蝠侠:黑暗骑士》中的小丑，以美国 DC 漫画旗下的超级人气大反派小丑为原型，那血盆大口、惨白的龅牙、蓝眼圈包围的诡异的眼神、水草般凌乱的头发等，给全世界的观众留下了深刻的印象。

再如，《罗马假日》中的安妮公主，其惊为天人的美丽成为一个时代的记忆。这里，除了扮演者奥黛丽·赫本天生丽质外，妆容也是十分重要的因素，它是影响电影的人物形象塑造的关键之一。

2. 服饰

服饰，即人物的衣服和装饰，包括衣、裤、鞋、帽、围巾、项链、领带、胸花等。它不仅可以准确地展现角色的年龄、性别、职业、身份、素养、爱好等，还可以再现特定时代的风貌与记忆。服饰能使人物形象锦上添花。

例如，《朗德海花园场景》是时长只有 2 秒钟共 24 帧画面的无声电影（准确来说就是动态影像或短视频），全部内容就是导演的儿子、岳父、岳母和朋友（阿道夫·李·普林斯、莎拉·惠特利、约瑟夫·惠特利、哈里特·哈特利）在朗德海花园转悠并做了些滑稽的动作。该电影展示了维多利亚时代男士、女士、少儿的服饰特色，以及那个时代人们的审美风尚。

电影人物服饰设计得恰到好处，能使人物形象锦上添花，令人过目不忘。例如，电影《加勒比海盗》中的杰克·斯伯洛船长，身着海盗服、化着烟熏妆、扎着多条小辫子、裹着大红头巾、夹着玉雕发卡、别着兽骨发簪……与众不同的服饰与他的冒险精神高度契合。

《加勒比海盗》人物服饰

3. 道具

戏剧中的道具是对舞台布景中可以移动的物件以及剧情中有着特殊意义和重要功能的物件的统称，比如玉佩、发簪、马鞭、船桨等。

电影人物的道具，往往有助于人物外在形象和内心情感的塑造。电影人物的道具有着连缀故事情节、推动剧情发展、代表人物意志、关联人物命运、塑造人物形象、隐喻主题思想等作用。

例如，电影《精武门》里的中华功夫之王李小龙的武器双节棍，《阿甘正传》中象征阿甘戏剧性人生的那片随风飘荡的羽毛，《哈利·波特》系列中少年哈利·波特骑着满天飞的神奇的飞天扫帚，《勇敢的心》中苏格兰起义领袖威廉·华莱士的自由之剑，《夺宝奇兵》中考古学家印第安纳·琼斯的鞭子，《佐罗》中蒙面义侠佐罗的面具，等等。

二、个性语言

采用个性化的语言来塑造人物形象，是较为直接有效的方式。语言是心灵的镜子，是人物内在品格的自然流露和外化表现。它可以将人物的所想所思、喜怒爱恨、善恶美丑不同程度地折射出来。

例如，在韩国电影《熔炉》中，从首尔来的哑语美术老师姜仁浩说："我们一路奋战，不是为了改变世界，而是不让世界改变我们。"这就凸显了主人公姜仁浩面对人性的黑暗永不服输、抗争到底的形象。

现实中，姜仁浩这个角色的原型早已在接受警方调查的过程中被害死。电影《熔炉》公映后，社会一片哗然。迫于舆论压力，韩国政府于该片公映一个多月后，通过了《性暴力犯罪处罚特别法部分修订法律案》（即《熔炉法》）。

《古惑仔之人在江湖》中的黑帮洪兴堂堂主靓坤说："出来混要讲信用，说过让他全家死光光，就一定要死光光的。"这句台词，将一个心狠手辣、见利忘义的冷血黑帮头目的形象展露无遗。

《秋菊打官司》中的秋菊说："俺就是想要个说法。"这句台词，充分体现了农村妇女秋菊顽强不屈、坚信法律、渴求公平、维护尊严的意志品质。为了给被村长踢伤裆部的丈夫讨公道，秋菊挺着大肚子顶风冒雪、饥寒交迫，艰难地跋涉在漫长的维权之路上，用法律武器来捍卫自己的合法权益和尊严。

三、心理刻画

呈现人物内心世界，是塑造人物最直接有效的方式之一。作为用画面和声音来展示故事情节、表达人物思想感情的电影，它常常通过内心独白、闪回再现等方式来刻画人物心理。

1. 内心独白

内心独白指电影人物将特定情境下的心理活动、潜意识思维用第一人称自我表白或自言自语的方式表达出来。比如，对往事的追忆、对良知的拷问、对梦境的质疑、某一瞬间的闪念、对事物态度的自我表达等。

如《阿甘正传》的片尾阿甘在妻子珍妮墓前的独白："你星期六早上走了，我就把你埋在了我们俩的树下。我还把你爸爸的破房子全给推倒了。妈妈……常说死是人生的一个部分，我真希望人生没有死。小佛瑞斯……他一切都好，他又快开学了。我每天给他做早饭、中饭和晚饭。我让他天天梳头、天天刷牙，还教他打乒乓球，他还真行。我们常常钓鱼。每天晚上我们都读书，他真聪明，你会为他骄傲的，我很骄傲。他给你写了封信，他不让我看，既然不让看，那就把信给你放这。珍妮……我不知道是妈妈说得对还是戴安中尉……他说得对，我不知道，我们每个人的命是不是注定的，或者我们都像风一样飘着，不知道会飘到哪。可我……我觉得也许两者都对，也许这两者会同时存在。我想你，珍妮！你要什么就说，我不会走远的。"

又如《茶花女》中玛格丽特的独白："这样说，无论他怎么做，一个堕落的生灵是永远不得翻身的啊！上帝也许还肯原谅他，但是社会对他是毫不容情的！事实上，你有什么权力，可以到人家家庭里去占一个位置呢？家庭里的位置是只有有德行的人才能够占的呀……你爱吗？那又算什么？那成什么理由！你在你的爱情上无论举出什么证据来，人家只是不相信。按说这也是可以理解的！谁还肯来向我们说什么爱情，说什么将来！这是多么新鲜的名词！你倒也瞧瞧你以往的污秽啊！有什么男人愿意叫你做妻子！有什么孩子肯叫你做母亲呢！"

2. 闪回再现

闪回是电影用来展示人物的心理活动、情感变化、精神状态的一种艺术手法。它有着交代人物的思想感情、推动故事向前发展、介绍人物的背景信息等作用。

"美国电影之父"大卫·格里菲斯，于 1908 年在其电影《道利冒险记》中，第一次创造性地使用了"闪回"的手法。

闪回在电影里常常用来表达人物的回忆、梦境、预感、遐想、幻觉等。其既是对人物心理刻画的有效方式，也是塑造人物形象的重要手法。它使观众直接走进人物的心灵世界，洞悉人物的所想所思、善恶美丑。

克里斯托弗·诺兰和乔纳森·诺兰，在《记忆碎片》中就采用闪回的方式讲述一个患有短暂失忆症的男人想要找到杀害他妻子的人并复仇的故事。该影片获得第 74 届奥斯卡金像奖最佳原创剧本提名、最佳电影剪辑提名。

日本导演高畑勋在其作品《岁月的童话》《萤火虫之墓》中，巧妙地运用了闪回的手法，使这种技巧得到了淋漓尽致的展现。传统意义上的"闪回"往往再现过往情景或内心世界，而他能够通过闪回蒙太奇，让观众走进一个时空界限模糊的故事情境中，与过去的人物交流，一起感受人性的冷暖和生活的况味。

例如，在《萤火虫之墓》的结局部分，和哥哥清太相依为命住在山洞的小女孩节子被活活饿死后，出现战后家人团聚的温馨画面，久违的留声机唱片播放着苏格兰民歌《甜蜜的家》，兄妹俩居住的山洞空空荡荡，洞口歪倒着木桶、破烂的雨伞等，昔日节子荡的秋千也断了一根绳子，节子生前未能吃到的西瓜已爬满了蚂蚁……然而，画面中忽然回荡起节子欢快的笑声，继而浮现节子雀跃着追逐蝴蝶的身影，她在完好的秋千架上荡秋千，并呼唤着"我们回家吧"。画面中还出现了节子扫地、吃着用泥巴做的糖葫芦串，以及用针线缝衣服时手指被扎出血等一系列情景。其实，这一系列的闪回，都是为了唤起观众对节子生前情景的回忆和对她的深切怀念之情。

四、环境渲染

电影常通过对某个特定环境的光影营造、气氛渲染，来表达人物的思想情感和精神品质。电影中，情节和环境的变化，往往带来人物的体态、精神状态、心理情绪等的变化。这就需要通过环境渲染来呈现。

1. 自然环境

电影中常见的大漠古道、飞沙走石、冰天雪地、雷电交加等都是由自然环境构成的。在"风声鹤唳、草木皆兵"的严峻的环境里与"风萧萧兮易水寒，壮士一去兮不复还"的悲壮形象相联系，阳光明媚、春暖花开、莺飞草长的自然环境则与悲壮的人物形象有距离。

以《荒野猎人》为例，整部电影的自然环境都是冰天雪地的林海雪山。主人公皮草猎人休·格拉斯在遭遇印第安人袭击后，又被一只大熊袭击，重伤瘫痪。在担架上，他亲眼看见自己的儿子被见利忘义的菲茨杰拉德杀害，他则被遗弃在雪山深谷里。休·格拉斯顽强地活了下来，追寻着菲茨杰拉德的足迹，最终报了杀子之仇。这一系列事件都是在冰天雪地的自然环境中发生的，这种特定的自然环境对休·格拉斯人物形象的塑造起到了锦上添花的作用。

实现自然环境的渲染和营造，需要借助灯光、化妆、服装、道具、音效、特殊镜头和拍摄技法等，以形成情节所需要的时空光影、人物情态等，使环境中的人物际遇、命运沉浮通过银幕传递给观众，使观众产生审美体验和共情。

2. 社会环境

真实地再现典型环境中的典型人物，是现实主义文艺创作的要旨，深刻地揭示了典型人物与典型环境之间的辩证关系：典型人物生活在典型环境之中，离开典型环境，典型人物便无法成立；缺乏典型环境的典型人物是不真实的，失去生命力的；典型环境对典型人物的性格和命运有着影响、制约甚至决定性作用。

人生活在具体的社会环境、时代背景里。人生百态各有其形：或叱咤风云，或奔走呼号，或劳碌奔波，或养尊处优，或长袖善舞，或蝇营狗苟……人们都在特定的社会环境中生活。

许多经典电影，讲述了宏大的社会环境下小人物的命运。

例如电影《为奴十二年》，是一部揭示美国黑奴制度的残酷的影片。黑人木匠兼小提琴手所罗门·诺瑟普，被两位白人花言巧语骗到了华盛顿卖给农场主，做了十二年黑奴。所罗门·诺瑟普的悲剧是在黑奴制度没有废除的典型社会环境下酿成的。如果没有这个特定的典型环境，所罗门·诺瑟普的悲剧就不会发生。

又如电影《祝福》里祥林嫂的悲剧，是被旧社会封建礼教压榨的中国妇女悲剧的缩影。如果将社会环境改为新中国的任何一个时期，祥林嫂的悲剧都无法成立。

再如电影《赵氏孤儿》的故事。春秋时期，晋国卿大夫赵盾一家三百多人被佞臣屠岸贾全部杀害，只剩下刚出生的婴儿赵武（赵氏孤儿）。婴儿的母亲将婴儿托付给郎中程婴，程婴将婴儿藏于药匣中带出赵府，逃过一劫。

屠岸贾立即下令封城，将全城出生一个月到半岁之间的婴儿全部囚禁起来，威胁说如果不交出赵氏孤儿，便将这些孩子全部杀光。程婴找到已退隐的晋国老臣公孙杵臼，将自己的孩子冒充赵氏孤儿，藏在公孙杵臼家。随后，程婴故意向官府告发公孙杵臼窝藏赵氏孤儿。屠岸贾带人到公孙杵臼家，果然搜出了假的赵氏孤儿。屠岸贾挥剑杀了假赵氏孤儿（程婴之子），公孙杵臼当即撞阶身亡。程婴忍辱负重抚养赵氏孤儿，因举报公孙杵臼私救赵氏孤儿，受到屠岸贾信任，屠岸贾还将赵氏孤儿赵武收为义子。二十年后，长大成人的赵武得知了赵家灭门真相，为报仇雪恨，杀死了屠岸贾。

这就是最为经典的典型环境中的典型人物。在这场悲剧里，为了赵氏血脉能够赓续，程婴不惜以自己儿子的生命来换取赵氏孤儿的生命，公孙杵臼舍命背负窝藏赵氏孤儿的罪名。这在今天的人们看来，是匪夷所思的，人们可能会疑问：程婴为什么要牺牲自己爱子的生命来成全别人家的香火传续？公孙杵臼为什么要承担私藏赵氏孤儿的罪责，蒙冤赴死？

这种"舍生取义"的精神是中国文人、士大夫心中最高的道德标准和精神追求之一，是在特定的社会环境下产生的。

电影的人物形象塑造是电影创作中至关重要的一环，它需要创作者深入探究人物的性格、情感、动机等各个方面，并通过剧本、表演、摄影等多种手段将其生动地呈现在观众面前。

电影的人物形象塑造务必注意以下几点：

（1）明确人物性格。人物性格是塑造人物形象的基础。编剧需要明确人物的性格特点，包括他们的个性、脾气、喜好、习惯、价值观等，以便在剧本创作中准确地刻画人物性格。

（2）深入探究人物背景。人物背景是人物形象的重要组成部分。编剧需要了解人物的成长经历、家庭环境、社会地位等背景信息，以便更好地理解人物的行为和决策，并在剧本中呈现出更加真实、立体的人物形象。

（3）设计独特的造型和服装。人物的造型和服装是塑造人物形象的重要手段。独特的造型和服装，可以突出人物的性格特点和身份特征，使人物形象更加鲜明、生动，使人记忆深刻。

（4）注重人物的语言和行为。人物的语言和行为是塑造人物形象的关键。编剧需要通过精心设计的对话和行为来展现人物的性格、情感和动机，使人物形象更加丰满、立体。

总之，电影的人物形象塑造需要编剧从多个方面入手，深入挖掘人物性格、背景、情感等，并运用多种表现手法将其生动地呈现在观众面前。这样才能塑造出深入人心、令人难忘的人物形象。

思考与练习 ～～～～～～～～～～～～～～～～～～～～～～～～～～～～～～～～～～

1. 如何构建电影人物？请模拟设置一个电影人物。

2. 电影的人物语言有什么作用？有哪几种类型？请分别举例说明。

3. 电影的人物动作有哪些特性？

4. 电影的人物形象塑造有哪些要领？

第六章　故事策略

第一节　故事

一、讲好中国故事

电影为什么要讲好故事？故事在电影里能起到什么作用？

这两个问题，可以用一个较为形象的比喻来回答：电影故事就好比一艘神秘的欲望之船，它载着观众抵达期望的彼岸。

观众看电影就是为了了解故事，寻找日常生活中没有的那份精神寄托与渴望，满足"雾里看花，水中望月"的情感需求和心灵体验。好的电影往往使观众产生较强的代入感，让观众将自己视为影片中的某个人物，伴随着故事情节的起承转合，经历一次心灵的旅行和精神的游历。电影剧本的创作主体、叙事对象、消费目标都是人。所以，只要把人的故事讲好了，就大功告成了。

电影故事好坏直接影响着观众的观影体验。经典影片的故事往往像一块磁铁，牢牢地吸引着观众走进扑朔迷离的情节、错综复杂的矛盾冲突之中，使观众跟随着主人公或克服一个又一个意想不到的困难，或化解一个又一个致命的危机，或战胜一个又一个几乎不可能战胜的强大的敌人。最终，随着危机的化解、激励事件的分晓、戏剧情绪的释放，悬念尘埃落定，观众的期望得以实现，审美需求也得到满足。

大凡经典电影作品，都有一个引人入胜的故事。比如，国产片《我不是药神》《西虹市首富》《无名之辈》，印度电影《调音师》《一个母亲的复仇》《印度合伙人》，美国电影《惊魂记》《盗梦空间》《逃出绝命镇》，韩国电影《熔炉》《釜山行》《追击者》，等等，都有一个与众不同的故事。

编剧如何讲好故事，这是人们普遍关注的问题。而电影如何讲好中国故事，是每一位中国编剧和电影人必须高度重视的问题。将源远流长的中华文化更好地传播给全世界人民，电影是很好的媒介，它是最具世界性的文化输出的载体之一。

我们可以通过《卖花姑娘》《金姬和银姬的命运》《无名英雄》《看不见的战线》等电影作品了解朝鲜；通过《阿福》等影片了解越南；通过《多瑙河之波》《神秘的黄玫瑰》《最后一颗子弹》等电影了解罗马尼亚；通过《桥》《瓦尔特保卫萨拉热窝》《跟踪》《黎明前到达》等影片了解南斯拉夫；通过《宁死不屈》《第八个是铜像》《战斗的早晨》《脚印》《地下游击队》《山姑娘》《勇敢的人们》等电影了解阿尔巴尼亚；通过《列宁在十月》《莫斯科不相信眼泪》《这里的黎明静悄悄》《乡村女教师》等影片来了解苏联；通过《流浪者》《大篷车》等影片了解印度；通过《罗生门》《七武士》《望乡》《追捕》《啊！野麦岭》《远山的呼唤》《幸福的黄手帕》等影片了解日本；通过《乱世佳人》《第一滴血》《谜中谜》《斯巴达克斯》《罗马假日》《温柔的怜悯》《铁面人》等影片来了解美国；通过《阳光下的罪恶》《三十九级台阶》《第三人》等电影来了解英国；通过《基督山伯爵》《国家利益》《总统轶事》《罪行始末》等电影作品来了解法国；通过《冰与火》《从海底出击》《英俊少年》等影片来了解德国；通过《太极旗飘扬》《7号房的礼物》《杀人回忆》《素媛》《熔炉》《辩护人》等影片来了解韩国；通过《小鞋子》《白气球》等电影了解伊朗……

近年来，我国也涌现了两类电影。一类是《长津湖》《悬崖之上》《我和我的父辈》《革命者》等弘扬时代精神、彰显主流价值的电影作品；另一类是讲述小人物故事的"平民抒怀"类电影，如《十八洞村》《你好，李焕英》等。两类电影有情怀、有担当、有责任、有使命，目的都是讲好中国故事。

电影人要扎根于本民族文化沃土之中，吸收和借鉴世界先进文化的精华，创作出深入人心、催人奋进的作品。如此，才无愧于时代和人民。

经典电影的故事往往别出心裁而且具有传奇性，其故事走向通常扑朔迷离，结局出人意料，人物命运跌宕起伏，内涵深邃高远。比如《七宗罪》《海上钢琴师》《圣安娜奇迹》《飓风营救》《被解救的姜戈》《勇敢的心》《血战钢锯岭》等电影作品无不如此。

在全球化的时代，电影剧本创作要在世界文化视域下构建故事的走向、叙事的方式、话语的表达。我们的故事，应尽可能在具有一定高度和广度的语境下，获得不同国家、讲不同语言、有不同宗教信仰的人的认知和认同。使中国电影进一步走向世界，讲好中国故事，传播好中国声音，阐发中国精神，展现中国风貌。

二、设置故事的基本要领

1. 明确故事主题

创作电影剧本，编剧应明确要讲述的故事，故事所要表达的主题或核心观点，这有助于确定故事的核心冲突和情节发展。

2. 构建故事框架

一个好的故事通常包括开端、发展、高潮和结局四个部分。编剧应构思好每个部分的内容，并确保它们之间的逻辑连贯性。

3. 塑造立体人物

人物是故事的核心，编剧需要为每个人物设计独特的性格特征、背景故事和人生发展轨迹，使得人物更加立体地呈现于观众面前，并被接受和认同。

4. 设置情节冲突

冲突既是推动故事发展的动力，也是塑造人物的手段。编剧需要设置一系列合理且引人入胜的冲突，让人物在解决冲突的过程中成长和变化。

5. 注重细节描写

细节描写可以增强故事的真实感和观众的代入感。编剧需要关注人物的情感和心理变化、环境氛围的营造以及情节的细微之处，并对其进行细致入微的描绘。

6. 把控故事节奏

节奏是故事的生命线。编剧需要合理安排情节的发展速度，始终保持故事的悬念和紧张感，以维持观众的持续期待心理。

7. 挖掘人性深度

电影作为一种视听艺术形式，具有探讨人性和社会的功能。编剧需要在故事中挖掘人性深度，展现人性的复杂性和多样性。

8. 注重情感表达

情感是故事的灵魂。编剧需要通过人物的情感变化，感染和触动观众，并使之产生共鸣，对故事产生深刻的情感体验。

9. 锐意创新突破

编剧在遵循传统的故事创作基本规律的同时，也要勇于创新和突破。尝试新的结构故事的手法、叙事方式或主题表达，为观众带来全新的观影体验。

10. 不断优化完善

电影剧本创作是一个不断修改和打磨的过程。编剧在完成初稿后，需要反复阅读、修改、补充、优化以及完善情节和人物，确保它在主题、情感、逻辑和表达上都达到最佳状态。

第二节　情节

何为情节？

情节，是叙事类文艺作品中以人物为中心的一系列相互关联的事件的发展过程。

电影中的情节，是指人物与人物、人物与环境在一系列具体事件中产生的矛盾冲突，依照某种逻辑关系而发生、发展、高潮、结局的全过程。

一、情节的作用

情节是刻画人物的主要手段，是人物性格形成和发展的基础。情节能够推动故事的发展，塑造人物形象。情节能够吸引观众，是维持观众耐心、满足观众期待的要素。

故事情节精彩的作品，人物形象也鲜明可感；相反，故事情节薄弱的作品，人物形象也会显得模糊苍白。

一部电影故事就好比自行车的链条，那一节节链子就像组成故事的一个个情节。一个完整的电影故事是由许多情节组合而成的。这些情节依照内在逻辑关系进行排列组合，构成人物的矛盾冲突，展现人物个性，塑造人物形象，演绎人物命运。一个个情节组合成一部电影的完整的故事情节链。它以故事的发生、发展、高潮、结局（起、承、转、合）四个阶段组成。

电影观众往往期望走进电影院，暂时忘却现实生活中的纷扰，跟随电影中的主人公去经历一次冒险行动或开启一趟梦幻般的情感之旅。电影编剧必须了解和掌握观众这种情感需求，去构建故事、设置情节。

真实感人的电影情节，常常能唤起人们对自身生活和经验的联想和共鸣。情节的好坏决定着电影故事的成败。往往一部电影因一两个经典情节而使人津津乐道甚至难以忘怀。

譬如：《看不见的客人》中，死者丹尼尔的母亲，乔装成大律师诱使艾德里安说出将丹尼尔和轿车沉入湖底的真相；《血迷宫》中，私人侦探威斯用酒吧老板马迪的妻子艾比的手枪杀害马迪，雷伊活埋马迪；《调音师》中，杀害丈夫的女主人公来到假装盲人钢琴师的阿卡什家，为了测试阿卡什到底是不是真的失明，她戴上魔鬼面具吓唬他以及给他咖啡里下药；《当幸福来敲门》中，无家可归的克里斯带着儿子住在厕所里，儿子问为什么住在这个地方，克里斯没有对儿子说出生活的困窘，而是讲了一个美丽的童话故事，激励儿子积极乐观地面对现实生活；《西西里的美丽传说》中，父亲带着儿子去妓院，以及众多男士为了接近美丽惊艳的玛莲娜，争相给玛莲娜点烟……

一部时长为90～120分钟的电影，通常需要有多少个情节点？十个或数十个不等，这要视具体故事而定。多个情节点组成情节段落，若干个情节段落组成完整的电影故事。

那么，什么是情节点呢？

情节点，就是故事情节发展的某个节点。它是电影故事情节的基本单位，包含着事件或事态发展的决定性或重要性时刻，故事情节的某个看点和亮点。情节点作为故事情节链中的某个环节，缩短或者延长了现实中的时间和空间，形成电影艺术时空，并依照内在的逻辑关系推动着故事向前发展，其关联着故事矛盾冲突的前因后果，强烈地吸引着观众关注人物命运，期盼故事结局。

情节点的设计需要考虑到故事的整体结构和角色的性格特点。一个好的情节点应该既符合逻辑，又出乎意料，让观众在享受故事情节的同时，也能感受到角色的情感变化和成长。

情节点与情节的区别在于，情节点作为情节发展的某个节点，必须呈现出一定的看点和亮点（相对而言）；而情节就不一定要具备看点和亮点。

情节段落，是指电影故事中相对完整的阶段性的情节单位。它记录着一段相对完整的时间和空间里所发生的事件，依照情节链的走向，环环相扣地展开故事。

下面以《处女泉》为例，分别对情节点、情节段落进行分析。

瑞典影片《处女泉》，是由乌拉·伊萨克森编剧，英格玛·伯格曼导演的剧情片。1960年获第13届戛纳国际电影节金棕榈奖提名，1961年获第33届奥斯卡金像奖最佳外语片奖。这是一部人性与神性、道德与宗教完美结合的伟大作品。

该片讲述了虔诚的基督教徒陶尔夫妇安排女儿凯琳给教堂送蜡烛，凯琳半途遭遇牧羊人强暴并被杀害，牧羊人投宿到陶尔家，并兜售从凯琳身上扒下来的衣服，陶尔将三个牧羊人杀死为女儿报仇。

《处女泉》的主要情节点如下：养女英格丽将癞蛤蟆塞进凯琳要带着去教堂的面包里；在山林里，凯琳和一个熟悉的男子搭讪，英格丽问凯琳"你是不是想以身相许请求帮忙"，凯琳气愤地扇了英格丽一个耳光；在山中路过涧溪时，英格丽从老猎人怀中挣脱逃跑；凯琳骑着马在山里行走，被三个牧羊人盯梢；凯琳给牧羊人吃面包，发现面包里的癞蛤蟆；

凯琳遭牧羊人猥亵、强暴、杀害;凯琳被牧羊人扒走衣服;三个牧羊人投宿到凯琳家;凯琳的父亲让三个牧羊人一起用餐,小牧羊人呕吐打翻盛着牛奶的碗;牧羊人老二教训小牧羊人;牧羊人老大拿出从凯琳身上扒下的裙子要卖给凯琳的母亲;悲愤的凯琳母亲把住着三个牧羊人的屋子的门插牢,然后去告诉丈夫;凯琳的父亲陶尔从箱子里拿出钢刀;陶尔沐浴,依照宗教仪式用树枝抽打自己的身体;凯琳的父亲吩咐养女英格丽"把切肉的刀拿来";凯琳的父亲拿着切肉刀悄悄摸进住着三个牧羊人的屋里,趁牧羊人熟睡,从其包袱里翻出了女儿凯琳的遗物;陶尔将三个牧羊人杀死;凯琳的母亲抱着被失手误杀的小牧羊人难过;陶尔家人去寻找凯琳的遗体;凯琳的父母抱着凯琳的遗体悲恸哭泣;陶尔向上帝忏悔与祈祷;凯琳的父母抱起凯琳的遗体之后,其身下涌出了一泓泉水;英格丽掬起清冽的泉水洗脸;凯琳的母亲掬起圣洁的处女泉给女儿洗脸并吻别女儿;所有人跪地向主祈祷。

本片的情节段落如下:从英格丽偷偷往凯琳的面包里塞癞蛤蟆,到凯琳给牧羊人吃面包发现面包里的癞蛤蟆,是一个情节段落;从英格丽向邪神奥丁神诅咒凯琳,到凯琳被强暴,是一个情节段落;牧羊人从凯琳的遗体上扒下衣服,到向凯琳的母亲兜售衣服,是一个情节段落;从英格丽远远偷窥凯琳被强暴,到用凯琳身后涌出的泉水洗脸,是一个情节段落;从牧羊人蹂躏并杀害凯琳,到陶尔杀死牧羊人为女儿报仇,是一个情节段落。

二、情节与人物性格

情节是展示人物性格的基础,性格是推动情节发展的内在因素。

人物性格决定事件的产生,影响故事的进程,推动情节的发展,主导最终的结局。

性格是情节的基础,它影响或制约情节的发生和发展,而情节会对性格产生一定的影响和反作用。

例如第 91 届奥斯卡金像奖最佳影片《绿皮书》讲述了这样一个故事:意裔美国白人保镖托尼,骨子里歧视黑人,甚至在家中看到黑人工

人喝过水的杯子都会扔进垃圾桶。然而，在他失业的时候，却被聘为黑人钢琴家唐纳德的司机······

面试时，托尼看到雇主唐纳德是黑人，便摆出一副趾高气扬的架势，显露出白人与生俱来的优越感。

——性格决定情节。

途经"日落镇"时，警察发现车里坐着黑人唐纳德，于是将托尼和唐纳德关押起来。唐纳德给美国时任司法部部长罗伯特·肯尼迪（约翰·肯尼迪总统之弟）打了电话，才得以释放。这使托尼彻底改变了对唐纳德的态度。

——情节对性格的影响。

《绿皮书》剧照

唐纳德一次次精彩的演奏，博得在场白人贵族的掌声和赞赏。托尼深感与有荣焉。

——情节对性格的影响。

唐纳德指导托尼尝试用风趣雅致的语言给妻子写信，托尼得到妻子的赞赏。这使托尼更加敬重唐纳德。

——情节对性格的影响。

圣诞风雪夜，托尼和唐纳德赶回纽约，托尼由过去从骨子里歧视黑人，到将唐纳德请进家中和家人一起欢度圣诞。此后，两人成为终生挚友。

——性格影响或制约情节的发展。

又如《秋菊打官司》，秋菊的丈夫万庆来在地里劳动时与村长王善堂发生争执，村长踢中了万庆来的要害，万庆来卧床，不能下地干活。怀

《绿皮书》剧照

有身孕的秋菊去找村长说理，村长拒不认错。秋菊坚决要为丈夫讨说法。

秋菊挺着大肚子去乡派出所找到李公安，李公安到村里批评了村长并责成他赔偿万庆来的医疗费、误工费 200 元。村长当场答应赔偿经济损失。

但当秋菊来拿钱时，村长把 20 张面值 10 元的纸币丢在地上，说："这钱不是那么好拿的，我是给李公安一个面子。地下的钱，一共 20 张，拾一张给我低一回头。低 20 下头这事也就完了。"

《秋菊打官司》剧照

遭到羞辱的秋菊不仅没有捡钱，而且转身就离开了。她把家里的辣椒卖掉以筹集路费，踏上漫漫诉讼之路。她先后告到县公安局、市公安局和市中级人民法院，以维持原调解和裁决而告终。秋菊这一系列的告状行为，均是由秋菊倔强不屈的性格决定的。

——性格决定情节。

除夕之夜，秋菊难产，万庆来向村长求助，村长立即和村民一道连夜冒着风雪送秋菊上医院，使她顺利产下了一名男婴。秋菊一家对村长非常感激，再也不提官司的事了。

——性格影响或制约情节的发展。

当秋菊的孩子满月摆酒时，秋菊一家恭候村长，却一直不见村长人影。李公安告诉秋菊，万庆来的法医鉴定结果是肋骨骨折，属于轻伤，村长因伤害罪刚刚被警察带走了。秋菊听到后急忙追赶警车，眼看着远去的警车茫然若失……

——情节对性格的影响。

秋菊难产时村长不计前嫌及时相助，彻底感动了她，使她铁定心肠讨公道的倔强性格有所改变。

——情节对性格产生影响和反作用。

《秋菊打官司》剧照

三、情节的结构

1. 三段式

三段式，是将情节分为开头、中间、结尾（即"凤头、猪肚、豹尾")三部分。元末明初文学家、史学家陶宗仪在其《南村辍耕录》卷八中写道："乔孟符吉博学多能，以乐府称。尝云：'作乐府亦有法，曰'凤头、猪肚、豹尾'六字是也。大概起要美丽，中要浩荡，结要响亮，尤贵在首尾贯穿，意思清新。苟能若是，斯可以言乐府矣。'"

这个被称为"六字文法"的要旨，就是文章要有一个像凤头一样精彩耀眼、先声夺人的开头，要有像猪肚一样充实、厚重而又丰富的主体内容；要有像豹尾一样刚劲有力甚至振聋发聩的结尾。

以美国影片《绿里奇迹》为例，影片开头是挺拔硬朗的 108 岁老人保罗·艾治科姆，在养老院和其他老人一起观看黑白电影《雨打鸳鸯》（又名《礼帽》），影片中的青年男女主角深情对视、翩翩起舞，男主角唱道："我在天堂，心跳加速，无法言语……纠缠我的烦恼，转眼消失，好比赌徒赢得大奖一般……"保罗突然老泪纵横、失声哭泣，随后起身离场，这一幕惊动了在场的所有老人。影片一开始就向观众抛出一个疑问：老人保罗为何哭泣？——这就是影片的"凤头"。

接下来，保罗向老伴讲述了 60 年前，美国经济大萧条时期，他在冷山监狱死囚区（E 区）担任队长时，亲身经历的一桩冤案：一个背着杀害了一对小姐妹的罪名的死囚约翰·科菲，以天使般的心灵拯救苦难中的人们。

该监狱的狱吏之间、死囚之间、狱吏与死囚之间的故事，都在从死囚监舍到刑场的那条铺着绿色油毡的通道中上演。大个子黑人约翰·科菲因被误判来到死牢后，首先以其神奇的魔力治好了保罗的尿道炎，让被恶狱卒珀西·韦特莫尔踩死的小老鼠"金格斯先生"复活，还治好了典狱长哈尔·摩尔的妻子梅琳达的癌症。他将梅琳达的癌细胞吸入自己体内，再将这些细胞吐进恶狱卒珀西的体内，使得珀西疾病发作，疯狂地枪杀了沃顿。而沃顿就是杀害那对小姐妹的真凶，他杀害小姐妹之后，接着拦路抢劫杀害了四人，其中一人是孕妇……这就是该片的"猪肚"。

影片本来可以有一个完美的结局：冷山监狱鉴于约翰·科菲天使般的善举，决定谎称约翰·科菲越狱，使约翰·科菲不用走过那条绿道进而走上电椅受死。可是，约翰·科菲断然拒绝，决定赴死，只是要求在执行死刑前观看电影《雨打鸳鸯》。最后，他就像耶稣为大众受难被钉死在十字架上一样，坐上了行刑的电椅，在人们的误解、诅咒、唾骂、谴责中步入天堂……

这就是《绿里奇迹》的"豹尾"，而这样的结尾有着震撼心灵、意蕴深长的效果。

在《诗学》中，亚里士多德指出："悲剧是对于一个完整而具有一定长度的行动的摹仿（一件事件可能完整而缺乏长度）。所谓'完整'，指事之有头，有身，有尾。所谓'头'，指事之不必然上承他事，但自然引起他事发生者；所谓'尾'，恰与此相反，指事之按照必然律或常规自然的上承某事者，但无他事继其后；所谓'身'，指事之承前启后者。"[①]

中国的"凤头、猪肚、豹尾"和亚里士多德的"有头，有身，有尾"理论，都强调故事的完整性和独立性。其中"不必然上承他事""无他事继其后"之观点仅仅针对当时的古希腊悲剧艺术而言，如果用现在的文体学观点来衡量，无疑存在一定的局限性和片面性。

2. 四段式

四段式，是将情节分为开端、发展、高潮、结局（起、承、转、合）四大部分。这是在三段式的基础上将主体部分"猪肚（身）"细分为"发展"和"高潮"两部分。

以《为奴十二年》为例进行分析。

（1）开端。

木匠兼小提琴手、自由黑人所罗门·诺瑟普，与妻儿生活在纽约州。1841年，两名白人以提供在马戏团伴奏表演的机会为由，将所罗门骗至华盛顿并将其卖为黑奴。自此，所罗门的名字被改为"普拉特"，而普拉特是一个从佐治亚州逃跑的黑奴。这是电影的开端。

（2）发展。

所罗门被卖给了种植园主福特，由于所罗门受过教育，会拉小提琴，

---

① 亚里士多德．诗学．罗念生，译．北京：人民文学出版社，2022：17.

他与福特相处融洽。所罗门建议利用水的浮力运输木材，这大大提高了种植园伐木工的工作效率，福特奖励了他一把小提琴。这引起了白人木匠约翰·提毕兹的妒忌，他对所罗门加以报复。所罗门被打晕并吊在一棵树下，福特将所罗门救了下来。为了所罗门的人身安全，福特将其转卖给白人农场主艾普斯。

被称为"黑人终结者"的艾普斯残忍无情，有虐待奴隶的嗜好。他坚信《圣经》是允许奴隶主虐待奴隶的，因此，成为他的奴隶无异于坠入地狱。他强迫每个奴隶每天必须采摘 200 磅棉花，否则便会遭到鞭刑毒打。黑奴姑娘帕特茜每天能采摘超过 500 磅的棉花，艾普斯经常表扬她，却又对她多次实施强奸。艾普斯夫人对帕特茜非常嫉恨，一有机会就要残暴地虐待她。

痛不欲生的帕特茜请求所罗门了结她的生命，以求解脱。但是所罗门拒绝了。一场棉花虫灾降临，艾普斯认为新来的奴隶带来了棉花蠕虫，便将这些奴隶租给了邻近的糖料种植园园主。糖料种植园主人很喜欢所罗门，还邀请所罗门在其结婚周年纪念典礼上演奏提琴，并给所罗门酬金。回到庄园后，所罗门用这点酬金请一位白人帮他代寄一封信给远在纽约的朋友，该白人表面上答应并收了他的钱，却在私下里告密。

艾普斯审讯时，所罗门矢口否认，艾普斯勉强相信了他。这是电影的发展部分。

（3）高潮。

有一天，艾普斯因到处都找不到帕特茜而暴怒。等她回来以后，艾普斯命令所罗门把帕特茜绑起来，并逼迫所罗门用皮鞭抽打帕特茜。所罗门万般无奈之下只能服从，但他实在下不了狠心抽打。艾普斯愤怒地夺过所罗门手中的鞭子疯狂地挥舞，直到帕特茜皮开肉绽……

之后，所罗门和来自加拿大的白人木匠巴斯一起建造露台。巴斯心里一直反对奴隶制，所罗门很信任他并向他求助，希望他能帮着寄一封信给纽约州的一位朋友。善良的巴斯犹豫再三，最终答应了所罗门的请求。这是电影的高潮部分。

（4）结局。

纽约州州长和随从来到所罗门服劳役的艾普斯庄园，直接点名要找所罗门。州长向所罗门询问了一些有关他以前生活在纽约州的问题。所罗门认出州长的随从就是他认识的萨拉托加的店主，而这个人就是来解救他的。艾普斯起初对纽约州州长的来访持怀疑态度，并粗暴地加以阻拦。所罗门离开之前和帕特茜做最后的拥抱。被迫做了十二年奴隶的所罗门终于重获自由，回到了自己的家与妻儿团聚。这是电影的结局部分。

四、反情节

反情节是西方现代派文学的创作倾向，即在文学创作中不主张有故事情节，有意识消解情节，无视情节的作用；或者淡化情节，使情节表现得碎片化、非线性、不连贯、无因果、意识流、模糊化或多元性。

反情节文艺思潮直接影响着电影创作。其中以 20 世纪 20 年代法国兴起的先锋派电影为典型。1924 年上映的无声电影《机器的舞蹈》（又译为《机械芭蕾》），由立体派画家、先锋派电影导演费尔南·莱谢尔和杜德莱·茂费拍摄。整个电影毫无故事情节，只是把机器零件、模特的肢体、小日用品、报纸标题、宣传画等在立体派画家眼里能够构成电影元素的物体拼凑在一起，通过电影手法将其拍摄成活动的影像，形成一种舞蹈的节奏，在银幕上呈现机器的芭蕾。片中唯一的人物是一位洗衣女，她在一条长长的楼梯上反复爬了十五次。她在影片中仅仅是一个物的代表。这部电影被认为是第一部以实物为拍摄对象的抽象电影。

意大利新现实主义电影导演米开朗基罗·安东尼奥尼，获得第 67 届奥斯卡金像奖荣誉奖，他被公认为在电影美学上最有影响力的导演之一。

1960 年，他导演的《情事》一反传统的叙事手法，将一系列表面上无关联的事件搬上银幕，这部毫无情节的作品使他蜚声国际影坛。虽然该片在戛纳影展毁誉参半，但在全世界的艺术电影院却大受欢迎。1962 年，英国的《视与听》杂志将《情事》列为电影史上十大佳片第二名。

后来，他导演的《夜》《蚀》与《情事》风格类似，并称为"疏离（爱情）三部曲"。这些作品都是探讨人类在现代社会里的异化现象，表现现代人因缺乏有效沟通而苦闷、孤独，转而寻求爱情以寄托心灵。然而往往不能如愿，因心灵之墙的阻隔再度陷入孤独与绝望中。这些作品几乎都没有情节，从而被认为荒诞不经，被赋予多重释义。

1972 年，安东尼奥尼受中国政府邀请，访问中国，拍摄了纪录片《中国》。2004 年 11 月 25 日，北京电影学院举办纪念安东尼奥尼贡献影展，该纪录片第一次在中国放映。

由法国作家阿兰·罗伯·格里耶编剧，阿仑·雷乃导演的影片《去年在马里昂巴德》近乎痴狂地沉湎于回忆与忘却的主题里。在一个剧场里，男人 X 与女人 A 相遇。X 对 A 说：他们一年前曾在这里相见，A 曾经承诺一年后，他们将在这里重逢，并将与 X 一起出走。A 起初不信，可是 X 不停地出现在她面前，并不断描述一年前他们相见的种种情景和细节。于是，A 开始怀疑自己的记忆了，她开始相信，或许真的在去年发生过这样的事情。

《去年在马里昂巴德》剧照

叙述和追忆构成了《去年在马里昂巴德》的主题，这就形成了该片独特而又鲜明的风格，一种近乎痴迷的回忆。往事与现实的纠葛，从难以置信到若有所悟，似乎是镜中之镜，叠现出日常中迷失的自己。编剧罗伯·格里耶是"新小说派"的代表作家，其有悖于传统的叙事手法，构建出人物内心世界特有的时间和空间。影片中大胆地使用大量闪回，如一道道切入人物心灵世界的 X 光。记忆有时只是一种表象，如果不去发现、不去提醒，或许会失去真实的内心想法。回忆既是不可能的，又是必需的。

影片中的"去年"和"现在"同在，真相与错觉相伴，人物与影像共舞，亦真亦幻，见仁见智。该片被称为迄今为止最令人费解的一部影片。阿仑·雷乃说，这是一部可以用 25 种蒙太奇方式进行处理的影片。该片获得了威尼斯国际电影节金狮奖。

意大利导演费德里科·费里尼，善于揭示物质文明背后人的精神变异现象，他执导的电影《八部半》，根据弗洛伊德的精神分析学原理，将镜头直接对准人的精神世界，通过幻觉、联想、回忆等不同的意识活动，折射出现实生活给人物心灵留下的烙印。

电影中的主人公古依多是一名电影导演，在完成一部影片之后，他前往一温泉疗养地休息，开始构思下一部电影。因噩梦的困扰，他精神不振，失去灵感。于是，他让情妇卡拉来疗养地陪伴他，可是卡拉的到来反而给他增添了许多烦恼。此时，美若天使的少女克劳迪娅的出现，给古依多压抑的生活添了许多色彩。然而，随着女明星的经纪人、电影界人士、古依多妻子路易莎的到来，他感到不得安宁。他不堪忍受个人感情生活的混乱与电影拍摄的双重压力，精神日渐崩溃，梦境与幻觉缠绕着他的生活。

《八部半》剧照

在《八部半》里，大量的人物回忆、幻觉、想象以及梦境与现实的片段，以闪回的方式穿插、交织在一起，展现了一个"处于混乱中的灵魂"。《八部半》以其独特的时空跳跃，成为"意识流"风格的经典范本，广受世人仿效，甚至成为心理片的代名词。

费里尼在接受记者采访时说："在《八部半》里，人就像涉足记忆、梦境、感情的迷宫里，在这迷宫里，忽然自己都不知道自己是谁，过去是怎样的人，未来要走向何处。换言之，人生只是一段没有感情、悠长但却不入眠的睡眠而已。"

影片中的主人公古依多，驾着车在车流中缓慢地移动，他望着窗外顿生幻觉：他的躯体就像一片羽毛飘出车外，向天空飞翔……在温泉疗养地，魔术师莫里斯做"传心术"表演，古依多被莫里斯带回了童年在乡村别墅度过的时光……卡拉病了，古依多赶去看她，只见她躺在床上半裸着身子，他深情地抚摸她，随即回想起少年时期的一桩往事。一次，有人提议去看一个名叫莎拉吉娜的流浪女人，他和小伙伴们来到一座古堡前，一个男孩放下钱，莎拉吉娜拾起钱点了点数，然后把裙子撩到腰际背朝着孩子们撅起臀部……

《八部半》获得第 36 届奥斯卡金像奖最佳服装设计奖。

又如，由瑞典导演英格玛·伯格曼编导的情感电影《野草莓》，是由五个梦组成的。影片讲述了年近八十的医学教授伊萨克·波尔格，在儿媳玛丽安的陪伴下返回母校，接受荣誉学位。伊萨克故地重游，勾起了他对往事的回忆——伊萨克和堂妹萨拉曾有过一段美好的初恋，却因他性格孤僻冷漠，其兄弟乘虚而入。伊萨克的妻子无法忍受冰冷的婚姻，寻求外遇。伊萨克的儿子不愿生小孩，与儿媳关系决裂。尽管伊萨克获得了荣誉学位，但是他仍然沉浸在对过往沉重的自省中。在阳光朗照的草坪上，伊萨克回忆起年少时的情景，眼前浮现出萨拉白衣飘飘的美丽模样。这位风烛残年的老人，开启了一段心灵救赎之旅。电影《野草莓》获得第 8 届柏林国际电影节金熊奖。

在我国，反情节电影相对较少。

2016 年上映的国产片《路边野餐》，就是一部较为典型的反情节电影。非线性叙事的时空交错、人物身份模糊不清并具有多重指向性、荒

《野草莓》剧照

诞事件的穿插与巧合、跳跃恍惚的非连贯现实等，都体现了反情节电影的基本特征。

五、情节设置的基本要领

1. 紧扣主题

电影剧本的情节设置，应该紧密围绕故事的主题展开，确保每个情节都为主题服务，有助于深化主题的表达。

2. 明确目标

情节设置必须为主角设定一个明确的行动目标，并设置一系列的障碍和挑战，使主角在实现目标的过程中不断面对困难和障碍，并得以成长。

3. 制造冲突

电影情节应该制造矛盾冲突和紧张感，以推动故事向前发展，更好地刻画人物个性，同时吸引观众的注意力。这可以通过设置悬念、误会、危机、转折等方式来实现。

4. 合理安排节奏

电影情节的节奏应该张弛有度，注意轻重缓急。既要保持观众的紧张感，又要避免使观众因持续紧张而感到疲劳。通过合理安排高潮和低谷，使故事更加引人入胜。

5. 塑造立体人物

情节设置应该与人物塑造紧密结合，通过人物的行为和互动来推动情节的发展，展示人物的性格特点和成长轨迹。

6. 注重情感表达

电影情节中应该融入情感元素，通过人物的情感变化和人物间的矛盾、冲突、碰撞来触动观众的情感并使观众产生共鸣，从而增强情节张力和故事的感染力。

7. 注意逻辑连贯

情节设置应该符合逻辑和现实，避免出现突兀或有悖逻辑的情况。同时，情节之间应该保持连贯性，确保故事的流畅性和完整性。

8. 注重细节描写

通过细腻的描写和刻画，使情节更加生动、真实、引人入胜。这包括对环境场景、人物动作、心理变化等方面的细致描绘。

9. 力求创新突破

在遵循电影剧本创作基本规律的同时，也要勇于创新，突破传统的情节设置方式。尝试新的叙事手法、结构方式或情节安排，创作出精彩的电影故事情节，为观众带来全新的观影体验。

10. 反复修改完善

在创作过程中，编剧需要反复修改和完善剧本的情节设置，确保情节在情感、逻辑和表达上都达到最佳状态。通过不断打磨、调整和优化，使故事情节更加精彩、新颖、迷人。

思考与练习

拟写一部电影剧本的故事大纲（500 字左右），突出本章所讲述的故事构建、情节设置。

第七章　冲突、悬念与误会

第一节　冲突

冲突是两种或两种以上的势力、关系、意志、力量的博弈和较量。在叙事类作品中，冲突表现为人与人之间由于三观不合、利益相悖、立场不同而产生的矛盾和斗争。

冲突常常表现为人物与人物的冲突，人物与环境的冲突，人物与自身的冲突这三种形态。

冲突是构成作品的基础、推动和发展故事情节的动力，也是刻画人物个性、塑造人物形象的重要手段。

18 世纪法国启蒙运动领袖、戏剧理论家狄德罗在其《论戏剧诗》中指出："情境要有力地激动人心，并使之与人物的性格发生冲突，同时使人物的利害互相冲突……使一个人不破坏别人的意图就不能达到自己的目的；或者使大家关心同一件事，然而每个人希望这件事按照他的打算进展。"狄德罗认为："真正的对比是人物性格和情境之间的对比，是不同的利害之间的对比。人置身于社会，这种反映社会现实的市民剧，就是以环境为主题来展开小人物的悲喜故事，人物性格与环境的冲突尤为重要。"[①]

19 世纪德国哲学家、美学家黑格尔的悲剧"冲突论"，运用矛盾发展学说的理论揭示了戏剧是以冲突为艺术特性的叙事模式。黑格尔认为悲剧不是个人的偶然原因造成的，那只是表面现象，悲剧冲突的根源和基础是"两种实体性伦理力量"的冲突。冲突双方所代表的伦理力量都是合理的，但相对于绝对正确的"永恒正义"来说，都有道德上的片面性。在冲突当中，各自坚持自己的片面性，而损害对方的合理性，这两

---

① 狄德罗. 狄德罗美学论文选. 北京：人民文学出版社，1984：179.

种善的斗争，必然引起悲剧性的冲突。

一、冲突的形态

1. 人物与人物的冲突

没有冲突就没有戏剧，同样，没有冲突就没有电影。冲突是故事的动力和灵魂。人与人之间的矛盾冲突是电影作品的原动力。

人物与人物，由于切身利益、立场观点、价值取向、宗教信仰等不同，而产生分歧并引发冲突。

例如：《为奴十二年》里所罗门·诺瑟普与棉花农场主艾普斯之间的冲突，《荒野猎人》中皮草猎人休·格拉斯被熊击伤之后与被船长雇用照顾他的约翰·菲茨杰拉德之间的冲突，《绿里奇迹》中死囚与死囚之间、狱吏与死囚之间、狱吏与狱吏之间的冲突，《暴裂无声》中哑巴矿工张保民与煤老板昌万年、律师徐文杰与煤老板昌万年之间的冲突。

人与人之间的冲突，是所有冲突中最普遍的一种形式，这种冲突容易设置情节，刻画人物性格。这种冲突通常有以下几种情形。

（1）群体中的某一个人与群体的冲突。虽然个人隶属于群体，但是由于个人的思想、利益、目标、境界等条件不同，个人与群体容易产生冲突。例如，《杀手悲歌》中的越狱囚犯阿苏尔与仇家莫可之间、流浪吉他手与莫可之间、吉他手与阿苏尔之间的冲突。

（2）群体之外的某一个人与群体的冲突。即个人不隶属于某一群体，与该群体产生的冲突。例如，《暴裂无声》中的哑巴矿工张保民与煤老板昌万年手下一群打手的冲突。

（3）群体与群体的冲突。群体与群体的冲突表现为不同民族、不同阶级、不同派别、不同利益团体的力量角逐和较量。

例如：《赛德克·巴莱》中三百多名中国台湾赛德克勇士与三千多名日本侵略者的冲突；《斯巴达克斯》中古罗马斯巴达克斯率领的奴隶起义军与古罗马奴隶主阶级的冲突。

2. 人物与环境的冲突

（1）人物与自然环境的冲突。

人类的历史就是人类不断地征服自然、改造自然的历史。大禹治水、愚公移山、精卫填海、后羿射日等神话传说，都是人物与自然环境冲突的典范。

例如，电影《流浪地球》是一部科幻电影，讲述了人类面临太阳即将毁灭的危机，决定开启"流浪地球"计划，试图带着地球一起逃离太阳系，寻找人类新家园。在影片中，人类与环境的冲突主要体现在人类与极端自然环境的斗争。面对严寒、冰雪、风暴等恶劣天气条件，人类不得不竭尽全力抗争，以求在极端环境中生存下来。这种冲突不仅展现了人类面对自然灾害时的无助与坚韧，也凸显了人类为了生存而不断挑战自我的精神。

又如，电影《攀登者》以 1960 年中国登山队完成人类首次北坡登顶珠穆朗玛峰为背景，讲述了方五洲、曲松林等中国攀登者怀揣着最纯粹的梦想，集结成中国最强攀登阵容，肩负时代重任，克服万难，挑战人类极限。在电影中，攀登者们面对的是严寒、缺氧、雪崩等极端自然环境，每一次攀登都是对生命的挑战。他们不仅要与自然环境相抗争，还要克服内心的恐惧和不安。这种人与自然环境的冲突，既体现了攀登者们的勇气和毅力，也展现了人类对挑战和超越的渴望。

（2）人物与社会环境的冲突。

社会环境是人类在改造自然环境的基础上积累和创造的文化、政治、经济、法律、道德、伦理等的总和。人物与社会环境的冲突，在电影里普遍存在。

例如，电影《活着》，讲述了福贵历经磨难却坚韧不拔地生活的故事。影片以福贵及其家人与社会环境的冲突贯穿始终。他们不仅要面对战争、政治运动等变革时代中的外部环境的挑战，还要应对家庭内部的种种矛盾。这种冲突不仅展现了人物在逆境中的坚韧不屈，也揭示了环境对个体命运的巨大影响。

又如，《为奴十二年》里所罗门·诺瑟普与不平等的奴隶制度的冲突。

3. 人物与自身的冲突

人物与自身的冲突，就是人物内心的矛盾冲突，反映人内心的斗争、情感挣扎和成长过程。它是人物与人物的冲突、人物与环境的冲突所产生的心理投射。

例如，电影《天上的恋人》中的失聪青年王家宽，内心充满了自卑和孤独，却偏偏爱上了村里最漂亮的姑娘朱灵，这份爱情让他既幸福又惶恐。他渴望得到朱灵的爱，但又担心自己的残疾会让她嫌弃。这种矛盾的心理使得他在面对朱灵时既勇敢又退缩，既热情又冷淡。

随着剧情的发展，王家宽的内心冲突进一步加剧。当他得知朱灵怀孕后，他无法接受这个事实，因为他知道这个孩子并不是他的。这种打击让他感到绝望和无助，他开始怀疑自己的存在价值和意义。同时，他也对朱灵产生了深深的怨恨和不解，他不明白为什么朱灵要这样对待他。然而，在经历了一系列的波折后，王家宽开始逐渐明白自己的内心。他意识到，爱情并不是生活的全部，也不是他唯一的价值所在。他开始尝试接受自己的残疾，并努力寻找属于自己的生活意义。

在这个过程中，王家宽的内心冲突得到了充分的展示和解决。他通过面对自己的残疾和爱情挫折，逐渐成长为一个更加成熟和坚强的人。这种人物与自身的冲突不仅使得电影更加引人入胜，也让观众对角色有了更深入的理解和共鸣。

又如，《我不是药神》讲述了程勇从一个交不起房租的男性保健品商贩，一跃成为印度仿制药"格列宁"中国独家代理商的故事。在这个过程中，他经历了从唯利是图到自我救赎的转变。程勇的内心冲突主要体现在他在金钱和道德之间的抉择。一开始，他选择走私药品是为了赚钱治病，但随着他接触到越来越多的白血病患者，他的内心开始受到良心的谴责。他既想赚钱改善生活，又想帮助那些无助的患者，这种矛盾心理在他内心不断交织，使他陷入了深深的挣扎。最终，程勇选择了道德和人性，牺牲了自己的利益去帮助他人，完成了自我救赎。

二、冲突的特征

不同的故事，不同的社会、历史、人文环境，不同的个体命运及生存状态，所产生的戏剧冲突是千差万别的。但是，冲突的形态有如下几种特征。

1. 激烈

如果矛盾双方的冲突发展到不可调和的程度，那么故事情节会变得紧张激烈、震撼人心。

例如，《暴裂无声》中哑巴矿工张保民从煤老板昌万年的马仔口中得知，其失踪的儿子在昌万年手上。于是，张保民闯进昌万年的公司找昌万年要回儿子，与昌万年手下的打手们发生激烈的冲突，势力悬殊的两方进行了一场殊死搏斗。

2. 紧张

矛盾冲突通常在力量悬殊、环境险恶、形势危急的情况下展开，使观众处于高度紧张的状态，产生急于了解结局的迫切心理。

例如，《这个杀手不太冷》中的职业杀手莱昂救出遭遇恶警史丹菲尔灭门的小女孩玛蒂尔达后，玛蒂尔达偷偷跟踪史丹菲尔，试图为死去的亲人报仇，结果被史丹菲尔抓住。此后，莱昂几次冒死从恶警史丹菲尔手中救出玛蒂尔达。这个过程让观众感到紧张。

3. 集中

电影和戏剧一样，如果要在特定的时间和空间里展现矛盾冲突，就必须将事件和人物高度集中在一起。

例如，《惊魂七夜》里的原房东乔装成"活鬼"，与四位被雇来此凶宅守宅的年轻人恶战，高度体现了冲突的集中特征。

4. 变幻莫测

冲突应该设置得变幻莫测，让观众觉得出乎意料甚至匪夷所思。这是戏剧冲突的最高境界。

例如，电影短片《车四十四》中的男主人公，是唯一挺身而出搭救女司机的人，恰恰被女司机"无情"地赶下车。可是，结局却出人意料。女司机驾着 44 路公共汽车，与车上所有麻木不仁的乘客同归于尽。被女司机赶下车的男乘客，竟成了该车唯一的一位幸存者。

5. 张弛有度

好的文艺作品，其矛盾冲突应该有张有弛。假如电影一直展现高度紧张激烈的冲突，观众会因紧张过度而感到疲劳，享受不到艺术的美感。冲突的最佳原则是："平衡→不平衡→新的平衡→新的不平衡→解决冲突"。

例如，《逃出绝命镇》中的男主角克里斯去见女友的父母，遭遇了一系列的黑暗血腥之旅，其间是张弛有度的。

三、冲突的构建

编剧在设置人物之间的矛盾冲突时，首先要考虑人物之间是否具备产生冲突的条件。这就要求我们对人物关系、个性特征以及社会和自然环境做出精心的安排。

电影冲突构建的基础如下。

1. 人物动机与欲望

人物在电影中的动机和欲望是冲突产生的基石。当人物有着强烈的愿望或目标时，他们可能会采取各种行动去实现，但这些行动往往与其他人物的愿望或外部环境的限制产生冲突。

2. 不同的价值观

人物可能因持有不同的价值观、道德观或信仰而产生冲突。这种冲突不仅体现在言语和行为上，还可能体现在他们对同一事件采取不同的看法、决策和行动。

3. 外部环境与限制

自然环境、社会规则、经济条件等外部因素，都可能成为人物实现目标的障碍，从而产生冲突。例如，恶劣的天气条件、严格的法律限制、混乱的社会局势或贫困的经济状况等都可能迫使人物做出艰难的选择。

4. 人物关系与互动

人物之间的亲情、友情、爱情或敌对关系，都可能成为冲突的来源。这些关系中的误解、嫉妒、背叛等情感纠葛常常导致冲突升级。

5. 情节发展与转折

故事情节的发展和转折，往往为冲突提供新的动力。意外的事件、突然的变故、秘密的揭示、计划的败露等都可能打破原有的平衡，引发新的冲突。

6. 内部矛盾与挣扎

人物内心的矛盾与挣扎也是冲突的重要来源。他们可能面临道德困境、自我怀疑或心理创伤等问题，这些内心冲突往往与外部冲突相互交织，使故事更加复杂和引人入胜。

7. 社会与文化背景

社会与文化背景也会对冲突的构建产生影响。不同的社会习俗、宗教信仰、文化观念和历史背景都可能成为人物冲突产生的原因。

冲突的构建应符合下面几个条件：

（1）冲突必须合情合理，真实可信。

（2）冲突应有着内在的依据和逻辑关系。

（3）冲突必须有着前提和铺垫。

（4）冲突应有主动和被动之分。

（5）冲突讲究有张有弛、张弛有度。

（6）冲突必须不断激化、不断升级。

（7）冲突必须有结果，有始有终。

四、冲突举例

1. 角色之间的矛盾

角色之间的矛盾是电影作品矛盾冲突中最为常见的一种类型，就是在影片角色之间构建冲突，设置势不两立的矛盾斗争。

比如，A男的女朋友C被歹徒囚禁在某个地方，身上被绑上定时炸弹。A决定独自去解救女友，可是他不懂拆弹技术，即使去了也不可能成功解救；而B是退伍的特种兵并精通拆弹技术，他主动要求帮助A去解救C，可是A不答应，因为A一直将B视为情敌，怀疑B的动机是想英雄救美……

这就构成了角色间的冲突。

可是，定时炸弹倒计时的声音一声比一声尖锐，观众的紧张感越来越强烈。观众都盼望A和B尽快解决矛盾、达成共识、争分夺秒地解救人质。

如果，编剧不有意地设置冲突，而是让B直接上前将C身上的炸弹拆除了，电影就一没悬念，二没紧张，最终也就没了观众。

这就是冲突的魅力。

例如，《绿皮书》中的白人司机托尼一直以来是歧视黑人的，可是恰恰在他失业的时候，他当了黑人钢琴家唐纳德的司机。两人由最初的格格不入，到后来的相互理解、接纳、信任和钦佩，最终成为终生挚友。

2. 难以完成的任务

有的影片会根据故事发展需求，一开始就给主角设置一个必须完成却难以完成的任务，这种冲突实际上给观众抛出了一个使其持续关注情节发展的悬念。

例如，《盗梦空间》中的多姆·柯布和他的团队，被雇用执行一项几乎不可能完成的任务——在目标人物的潜意识中植入一个想法，并且让这个想法在现实中成为现实，同时确保他们在任务完成后能够安全返回现实世界。

3. 挫折和失败

影片人物在完成任务的过程中不能一帆风顺，需要经历一些意想不到甚至匪夷所思的挫折和失败。这些挫折和失败实际上就是给人物制造演绎矛盾冲突的载体。否则，影片的戏剧冲突就无法展现。同时，也会因为故事过于平淡而失去看点。通常，经典影片会让主人公历经磨难甚至遭遇灭顶之灾，在几乎要付出生命的挫败中，主人公顽强地生存下来，并渐渐变得强大。

例如，《飞越疯人院》中的麦克默菲在疯人院中被严格控制和监视，遭受肉体和精神上的折磨。他试图打破这种压迫，但每次都遭到护士长和管理制度的阻挠。企图带着病友们逃出疯人院的麦克默菲，最终被切除了部分大脑成了白痴，并被病友"善意"地用枕头终止了呼吸。

4. 意外危机事件

人们面对突如其来的危机事件，必然会做出反应。不同性格的人对突然的变故会有不同的反应，这种反应会在相关当事人之间引发矛盾冲突。如《泰坦尼克号》中，在撞冰山事件发生后，随着这艘号称"永不沉没"的客轮逐渐沉没，船上发生骚乱，人与人之间的关系发生惊人的变化。尽管乐队的乐师们继续演奏着乐曲，以稳定大家的情绪，但是依然有人在疯狂寻找生机。当船长喊"让女人和孩子先上救生船"时，还是有男性乘客往救生船上冲去。一位船员为了遏制失控的局面，开枪击中了一名挤上救生船的男子，然后将枪口对准自己，饮弹自尽。

露丝的未婚夫卡尔用钱贿赂船员企图乘救生船逃生，可是船员将钱币撒在船板上说："你的钱救不了你，也救不了我。"

当这艘客轮乘风破浪时，人们在歌舞升平中表现出绅士风度、淑女情态；然而，当灾难突降，人们将伪善的面具撕碎，展露出人性本真的面目。

5. 巧合与偶遇

戏剧性的巧合与偶遇。巧合与偶遇的双方缺乏了解，每个人的修养、道德、性格、动机等各不相同，相聚在一起自然会产生龃龉和分歧，一些积累的对立情绪就会渐渐演化成矛盾。在这种情形下，如果矛盾得不到合理的解决并日益激化，最终爆发为冲突。

例如，《苦月亮》中男女主人公的悲剧就始于一次偶然的巧遇。作家奥斯卡在巴黎的公共汽车上，一边看报纸，一边瞟着身边貌美如花的青年舞蹈演员咪咪。他被咪咪吸引。此时乘务员在查票，但咪咪没有买车票，奥斯卡立即将自己的车票偷偷递给了她。奥斯卡被乘务员带下车补票时，望着公共汽车上的咪咪渐行渐远，感到无比失落，他走遍了整个巴黎都没再见到咪咪。一天傍晚，他和朋友聚餐时，偶然发现站在他身旁的女招待就是咪咪。从此，两人深陷爱河。然而，最终激情燃尽，因爱成恨，奥斯卡枪杀了睡梦中的咪咪，继而对准自己的脑门扣动了扳机。

6. 误会与矛盾

误会是人们因性格、气质、处境以及掌握的信息不对称，而产生认知上的差异。对同一事件、同一情景产生截然不同的认知和理解，由此形成动作与反动作的冲突。

电影《刮痧》的核心内容就是因中西文化差异而产生误会，进而引发矛盾冲突。该片讲述了移民到美国圣路易斯市的北京人许大同，在美国创业 8 年，事业家庭双丰收。有一天，其 5 岁的儿子丹尼斯突然感冒发烧、拉肚子。爷爷因不认识药瓶上写的英语说明文字，情急之下，便采用传统中医刮痧疗法给丹尼斯刮痧。丹尼斯身上那被刮得青一块紫一块的皮下淤血，成为爷爷虐待孙子的证据，爷爷被推上被告席。这使许大同陷入深深的困境。刮痧疗法在西医的理论领域是找不到科学依据的。这种文化认知上的差异成为对簿公堂时辩论的焦点。从此，这个原本幸福美满的家庭妻离子散，家庭成员各奔东西、亲人反目、失业逃亡……最终，爱与理解使许大同一家破镜重圆。

7. 人物性格反差

人物性格千差万别，在同样的情境和事态面前，不同的行为反应也会产生矛盾冲突。

例如，西班牙电影《看不见的客人》中的青年企业家艾德里安和情人劳拉，就是因为性格上的反差而酿成了悲剧。艾德里安在事业上顺风顺水，靠的是其妻子；在情感上如鱼得水，有赖于女摄影师劳拉。这个"靠着女人"的男人，头脑简单，缺乏主心骨，办事唯唯诺诺。他和劳拉在别墅约会之后，驾车抄近道开快车匆匆离去。这时，一只鹿横穿马路，导致他急打方向盘，与对面的来车相撞，来车的青年司机丹尼尔被撞得不省人事。艾德里安当即掏出手机准备报警，却被劳拉阻止了，因为一旦报警，他们的婚外情就会暴露，双方的家庭面临着破裂。

艾德里安迁就了劳拉，并驾驶着丹尼尔的小轿车来到湖边，将小轿车连同装在后备箱里不省人事的丹尼尔一起推进了湖里，使一起普通的交通肇事事件演变成了交通肇事故意杀人案。之后，艾德里安又想将罪责嫁祸于劳拉，并且如实地将犯罪真相告诉了自己请的"大牌律师"。殊不知，这名"律师"竟是受害者丹尼尔的母亲乔装改扮的，艾德里安的陈述成为自己交通肇事故意杀人罪的铁证。这起悲剧就是由艾德里安和劳拉的性格反差酿成的。

五、反冲突

反冲突，是西方现代派文学创作的一种倾向。它一反传统的文学创作理论，主张文学作品不要有矛盾冲突，要消解冲突，完全忽略冲突在文学创作中的作用；或者在文学创作中淡化冲突，使冲突变得模糊不清。反冲突创作思潮和反情节一样，后来在电影创作中逐渐呈现。例如：1928 年由路易斯·布努艾尔、萨尔瓦多·达利编导的法国先锋派超现实主义电影代表作《一条安达鲁狗》，就是一部没有任何情节更没有任何冲突的电影，只有一些毫无逻辑和理性的镜头组接在一起，还有一些奇特怪诞形象的不协调拼凑。譬如：女人在大街上用棍子拨弄地上断肢的手，一群士兵在围观；男人想去拥抱他渴望的女人，却被绑南瓜的绳子绊住；男人的手掌心里蠕动着一群蚂蚁；男人用绳子拉着一台钢琴往前走，绳子上绑着两个西装革履的男人，钢琴上摆着一头血淋淋的死驴；大街上的男人无聊地踢着小提琴……

没有冲突，就没有戏剧。同样，没有冲突，就没有电影。冲突理论自从 18 世纪由狄德罗提出以来，已经成为戏剧以及后来的电影文学创作的基本法则。但事实上，有些电影不一定有着明显的矛盾冲突。例如，国产影片《那山那人那狗》《黄土地》等，就很难说主人公和谁有矛盾冲突。《那山那人那狗》讲述了这样一个故事：20 世纪 80 年代，老邮递员的儿子高考落榜后回到湘西南山村的家乡，正要退休的老邮递员领着第一天接班做邮递员的儿子，沿着他走了大半辈子的邮路，在苍茫侗族山寨跋山涉水走了三天两夜。在风景旖旎的大山深处，父子俩一路上真情交流，消解了彼此心中的芥蒂和隔阂，改变了原来微妙的父子关系，彼此的心灵都经历了一次洗礼。在这部电影里，很难界定谁是反派人物，也找不到任何矛盾冲突。但是，该影片是一部感人肺腑、温暖人心的作品。个体生命看似平淡无奇的日常，却演绎出令人意想不到的美感和力量。该片在中国电影金鸡奖、蒙特利尔国际电影节、印度国际电影节中获得多项大奖。

《黄土地》中的陕北农村姑娘翠巧及其父亲与延安八路军文艺工作者顾青，同甘共苦、亲如一家。顾青在那片贫瘠的黄土地上犁地、放羊、采集信天游等民间艺术资源。翠巧从小就被父亲做主、与人定下了娃娃亲。她对自己的命运只能顺从，常以"信天游"释怀。她勤劳、善良、乖顺而又腼腆，孝敬父亲，安贫乐道。她对自己的未来充满热望。顾青的到来，使她渐渐产生微妙的情愫。直到最后，翠巧为了自己心中的梦想，"做个公家人"，划着小船向着黄河对岸驶去，不幸被激流浊浪吞噬……

《黄土地》中人物与人物之间，自始至终都没有任何矛盾冲突，以一种宁静的苍凉展示了广袤的黄土地上顽强的生命内涵。

世界各国都有反冲突的电影作品，例如《为戴西小姐开车》（美国）、《谈谈情，跳跳舞》（日本）、《两个人的车站》（苏联）等电影都是不展现冲突、淡化冲突，或者着力展现矛盾冲突的化解，而淡化矛盾冲突的激化过程。

六、冲突设置的基本要领

在电影剧本创作中，冲突设置的基本要领包括以下几个方面。

1. 明确冲突核心

编剧首先要明确电影要表达的主题或探讨的观点，确定故事的核心冲突，这将为冲突设置提供基础，确保冲突与主题紧密相连。这是整个剧本的基石。电影的冲突应该具有广泛的社会心理基础，能够引起观众的广泛共鸣。

2. 分析人物需求

编剧要深入挖掘和了解每个人物内心的欲望、诉求、恐惧和矛盾。不同人物的不同需求和期望往往构成冲突的基础，这为冲突提供坚实的心理依据。

3. 构建外部冲突

编剧需要在人物内心冲突的基础上，构建外部冲突，如人与人之间的斗争、社会压力、自然环境等。外部冲突应与内心冲突相互呼应，共同推动故事发展。

4. 冲突升级与紧张感

冲突应随着故事的发展而逐步升级，以维持观众的紧张感。同时，要注意冲突的紧张度与节奏，避免过于拖沓或突兀。

5. 创造多维度冲突

冲突不仅限于人物之间，还可以涉及人物与内心的思想、观念、价值观等多方面的矛盾。这样的多维度冲突能够使故事更加丰富和立体。

6. 冲突解决的合理性

编剧应使冲突解决的方式具有一定的合理性，符合逻辑和现实。同时，解决冲突的过程应充满戏剧性，从而为观众带来惊喜和满足感。

7. 突出人物成长

冲突的设置应有助于人物的成长和变化。人物通过解决冲突，应该有所收获，实现自我提升。

8. 紧密关联主题

冲突应与故事的主题紧密相连，共同表达核心观念，确保冲突不仅制造紧张感，还与故事的主题紧密相连。冲突应有助于深化主题的表达，通过冲突的展开和解决，深化主题。

9. 识别主要矛盾

从角色需求出发，识别故事中的主要矛盾或对立面。这些矛盾可以是人与人之间的斗争、不同观念之间的冲突，或是角色内心的挣扎。

10. 简化矛盾冲突

将复杂的矛盾冲突简化为一个或几个核心点。这有助于观众更容易地理解故事的主要冲突，并保持故事的精练和紧凑性。

11. 构建冲突升级

编剧要设计冲突使之有一个逐步升级的过程，使故事充满紧张感和悬念。这可以通过增加新的障碍、挑战或转折来实现。

12. 考虑观众感受

在明确冲突核心时，要考虑到观众的观影体验。确保冲突具有广泛的吸引力，能够引起观众的情感投入和思想共鸣。

13. 避免过度依赖冲突

虽然冲突是推动故事发展的关键之一，但过度依赖冲突可能导致故事变得过于紧张和复杂。因此，要合理安排冲突的节点和频率，保持故事的平衡和自然。

第二节　悬念

电影中的悬念，就是观众对故事情节发展和人物命运变化以及不可知的结局产生好奇、紧张、焦虑而持续关注的一种期待心理。

悬念作为文艺创作的表现手法，最早见于亚里士多德的《诗学》悲剧理论中。

中国戏曲理论中，将悬念称为"结扣子""卖关子"。它能够使观众的注意力高度集中于作品的情节发展和人物命运的结局，提高作品的艺术感染力，使作品的结构紧凑，朝着谜底的方向发展，能够更好地塑造人物形象、阐述主题思想。

一、悬念存在的前提

1. 人物生死未卜

当电影中的主要人物在生死存亡的关头，观众往往会产生较强的紧张感和不确定性。这种情形常见于动作片、战争片或灾难片中。

例如《速度与激情》系列中的高速追逐和爆炸场面，或者《泰坦尼克号》中的沉船事件。观众会关心人物是否能够摆脱危险，或者会面临什么样的后果。

2. 未知的命运转折

有时，电影中的人物会面临重要的抉择，而这些抉择将直接影响他们的命运。观众在不知道结果的情况下，会对人物的选择产生浓厚的兴趣和好奇心。这种情况常见于剧情片或心理片中。

例如《教父》中的家族权力斗争，或者《蝴蝶效应》中的时间旅行和决策改变。

3. 隐藏的信息和秘密

当电影中的人物或情节隐藏着某些重要的信息或秘密时，观众会想要揭开这些谜团。这种情形常见于悬疑片或侦探片中。

例如《盗梦空间》中的梦境解密，或者《致命魔术》中的魔术背后的真相。观众会跟随主角一起探索真相，体验揭秘的乐趣。

4. 突如其来的反转

电影中的情节有时会在观众预料之外发生突如其来的反转，这种反转往往使观众感到意外甚至惊喜，因为打破了他们的预期。这种情形常见于惊悚片或恐怖片中。

例如《第六感》中的结局反转，或者《搏击俱乐部》中的身份揭露。这些反转不仅增加了故事的悬念，也给观众带来了震撼和惊喜。

二、悬念常见的类型

1. 公开式

公开式悬念，就是将影片中事件的结果、导致这种结果的原因等相关信息事先告知观众，既不隐瞒，也不怕剧透。但是，这并不意味着观众对此就没有了悬念，观众会关注围绕着事件的结果一步步探寻真相的过程，以及事件中主人公命运的最终结局。这种悬念之所以被称作公开式悬念，是因为故事的原委对观众来说不再是秘密，观众获知的信息远比影片中人物知道得多。尤其是当主人公的危机来临之前，观众已经知道了某些危险甚至是致命的信息，而主人公却毫无所知。这就使观众对危机的结局给予关注，希望通过跌宕起伏的故事情节来详细了解导致结局的来龙去脉。

例如《误杀》中，所有观众都知道督察长拉韫的儿子素察因为强暴李维杰的女儿平平，而被平平在情急之下误杀了。但是督察长拉韫夫妇、恶警察桑坤、店主颂恩等以及李维杰的家人、朋友、熟人都不知道这一事实。由于桑坤亲眼看见素察的小轿车在李维杰家门前出现过，并且看见李维杰将素察的小轿车开走了，但又拿不出任何证据，因此，拉韫夫妇和恶警察桑坤只能怀疑素察的死与李维杰一家有关。

可是，素察被平平误杀的过程已经被观众看得清清楚楚。观众为什么还要继续关注呢？那是因为，李维杰一家如何逃过警察局的刑讯逼供，如何统一口供编造谎言糊弄警察蒙混过关，成为所有观众心中的"悬念"。尽管督察长儿子的死咎由自取，但是杀人必须偿命。李维杰一家能不能躲过法律的制裁，这是观众最关心的问题。

《致命 ID》《禁闭岛》《嫌疑人 X 的献身》等影片的故事都采用了公开式悬念。

2. 封闭式

封闭式悬念，就是剧情发展的信息对观众和片中人物都进行保密。观众和片中人物一样，随着剧情的开端、发展、高潮、结局循序渐进，起初对事件的真相、未来发展状况以及结局毫无所知，这使观众产生强烈的好奇心。这类悬念在电影甚至所有叙事类文艺作品中都较为普遍，在惊悚片、恐怖片中较多见。

例如美国影片《活埋》，一开始就是一分多钟的静场黑色画面，继而隐约有一两声响动，接着是打火机打火的声音。火光照亮了一只疑惑的眼睛和一张男人的惊恐的面容，男子的嘴巴上绑着一条布带，发出"呜呜"的呼救声……所有的观众（包括影片中的主人公）都不知道发生了什么事，只是隐约感觉画面中的男子被人绑架了。该男子名叫保罗·康罗伊，是一名在伊拉克的美国卡车司机。因卷入意外事件，被伊拉克反美武装组织装进棺材里活埋，以勒索赎金。随着有限的空间里的氧气一点点耗尽，死亡也一步步逼近保罗·康罗伊。保罗·康罗伊最终能不能利用身上的手机、打火机、手电筒、小刀等有限的工具逃出生天，这对所有观众以及保罗·康罗伊自己来说都是一个谜。因此，《活埋》是一部典型的采用封闭式悬念叙事的电影作品。

又如美国影片《电锯惊魂》，当亚当和劳伦斯醒来的时候，他们都发现自己被关在一个废弃的屋子里，一只脚被镣铐锁住。两人中间有一具尸体伏卧在血泊中，尸体一只手拿着一台袖珍式卡式录音机，一只手握着一把手枪。亚当和劳伦斯都为自己置身于这样一个地方感到匪夷所思，压根不知道自己是怎么来到这里的。接着，两人先后从自己的口袋里找到了一盒磁带，求生的本能使两人都想用死者手中的录音机来听一听自己手中的磁带。可是两人因铁链拴住了脚，都无法拿到死者手中的录音机。于是，他们借助衣服和铁器把录音机勾了过来，将磁带装进录音机里播放。磁带中一个男子勒令劳伦斯必须在 8 小时内杀掉亚当，否则两人都将死掉，而且劳伦斯的妻子和女儿也将被杀。

所有观众都不知道亚当和劳伦斯为什么会陷入这种境地，这两个人终将谁杀死谁，他们能不能逃出这个死亡之地，事件的幕后黑手到底是谁，罪犯最终下场如何……这一系列的问题都成为观众心中的悬念。这就是典型的封闭式悬念。

3. 显隐式

显隐式悬念，是介乎公开式悬念和封闭式悬念之间的一种半公开半封闭的悬念类型。观众了解影片中的部分信息，但一些关键的信息依然不知道。观众迫切希望知道得更多或更详尽一些。

例如西班牙影片《看不见的客人》中，青年企业家艾德里安有着幸福的家庭和骄人的事业。有一天，他和情人劳拉在郊外的一所僻静的酒店幽会之后，两人驾车匆匆离去，与迎面驶来的一辆小轿车相撞，导致小轿车青年驾驶员丹尼尔当场晕厥。为了婚外情不被他人知晓，艾德里安驾着丹尼尔的车来到山区一个湖边，将小轿车连同藏在后备箱里处于昏迷状态的丹尼尔一起推进湖里⋯⋯

电视里播出丹尼尔失踪的新闻，艾德里安看到后焦虑不安，唯恐事件败露。当初车祸发生时，他拿到丹尼尔钱包里的银行卡，他给银行卡里转款，伪造丹尼尔携公款潜逃的假象。

车祸发生后，劳拉一直寝食不安，患了焦虑症。因承受不了道德和良知的谴责，她决定向丹尼尔的父母坦白真相，并给他们一笔补偿金。于是，她以一位车祸现场目击者的名义写了一封勒索信，勒令艾德里安携带 10 万欧元作为封口费，和劳拉一起前往旅馆 715 房私了。来到旅馆后，艾德里安才发现这一切都是劳拉精心设计的骗局。劳拉要求艾德里安和她一起去警察局自首，同时将这 10 万欧元作为抚慰金给丹尼尔的父母。

恼羞成怒的艾德里安，当场杀害了劳拉。隔壁房客听见异响便报了警。警察赶到现场时，艾德里安编造了歹徒入室杀害劳拉并袭击他的谎言，因而被保释出来。他聘请了 30 年无一败诉案例的金牌大律师"弗吉尼亚"为其辩护脱罪。

直到最后"弗吉尼亚"撕下面具、摘下假发那一刻，观众才知道这位金牌大律师原来就是丹尼尔的母亲。为了给儿子申冤，她冒充律师弗吉尼亚，提前 3 小时来到会面地点，诱使艾德里安吐露案件实情。她通过钢笔窃听器记录这些信息并传送给她老伴托马斯，最终让艾德里安认罪伏法。

在这之前，观众只知道丹尼尔的父母亲一直在为自己失踪的儿子讨公道，但是由于缺乏有力的证据，而未被执法机关重视。而丹尼尔的母亲冒充弗吉尼亚律师，请君入瓮，让艾德里安坦陈自己犯罪事实的过程，一直是对观众和片中角色隐瞒的信息。直到最后真相大白，谜底才被揭晓。

4. 希区柯克式

希区柯克式悬念，是将某种危机信息让观众知道，而对陷入危机和险境中的片中人物保密，令其蒙在鼓里。但危机的根源以及最终导致的危害和结局，观众一时无从知晓。这促使观众怀着紧张的心情去揣测和想象，为片中人物的安全担忧，渴望片中人物能尽快发现险情并解除危机，从而持续关注情节的发展和人物命运的结局。

著名电影艺术家阿尔弗雷德·希区柯克，如此阐述悬念："我们在火车上聊天，桌子下面可能有枚炸弹。我们的谈话很平常，没发生什么特别的事。突然，炸弹'砰'的一声爆炸了。观众大为震惊，但在爆炸之前，观众所看到的不过是一个极其平常的、毫无兴趣的聊天场面。现在我们来看悬念。桌子下面确实有枚炸弹，而且观众也知道，这可能是因为观众在前面已看到有个无政府主义者把炸弹放在桌下。观众知道炸弹在一点将要爆炸，而现在只剩下一刻钟的时间了——布景内要有一个时钟。原先无关紧要的谈话，突然一下子饶有趣味，因为观众参与了这场戏。观众急着想告诉银幕上的谈话者，'别只顾聊天了，桌下有炸弹，很快就要爆炸'。上述第一种情况，观众只有在爆炸的 15 秒钟内体验到惊栗；而第二种情况，我们给观众足足 15 分钟的悬念。"[①]

在希区柯克导演的《迷魂记》里，因恐高症被迫退役的警探约翰·弗格森，被同学造船商盖文·埃尔斯特请去帮忙跟踪其妻子玛德琳，并称玛德琳被已故的曾祖母鬼魂附体、邪灵缠身、精神失常。约翰接受了盖文的委托，并在餐厅看见了那位被盖文称为玛德琳的美丽的女子，发现其行为举止确实反常，于是悄悄尾随盯梢。约翰发现她驾着绿色的轿车出门，买了一束玫瑰花来到墓园，在卡洛塔·巴尔德斯的墓碑前驻足流连，去博物馆久久凝眸卡洛塔的肖像，肖像画里卡洛塔的发型和项链都和玛德琳的相似。玛德琳驾车来到旧金山海湾边跳海轻生，被尾随其后的约翰救起。此后，两人产生了感情并且相爱。玛德琳越来越精神恍惚，梦

---

① 贝斯. 跟希区柯克学悬疑电影. 杨筱艳，译. 北京：文汇出版社，2020：41.

幻连连。当约翰和玛德琳来到与玛德琳梦中情景相似的一个教区，玛德琳突然兀自向着教堂的塔顶疯跑。约翰紧追而上，快到塔顶的时候，因约翰有恐高症，不敢再追上去。可是悲剧发生了，一声惨叫，玛德琳坠塔身亡了。

在此之前，无论是片中的主人公约翰还是观众，都难以想象这是盖文·埃尔斯特蓄谋已久的谋杀案。约翰因深深的内疚和自责而精神忧郁，住院一段时间，出院后，约翰邂逅了一位和玛德琳长得一模一样的女子朱迪，这使约翰十分惊讶。出于好奇，他一直跟踪朱迪到其住所，十分真诚地将他和玛德琳相识及玛德琳自杀的不幸遭遇告诉了朱迪，并恳切邀请朱迪共进晚餐。朱迪答应了约翰，并让约翰在车上等她，她 1 小时后就出来。

约翰出门，朱迪就给约翰写了一封信，计划偷偷溜走逃避约翰，信中写道："……你是盖文·埃尔斯特谋杀他太太计划的受害者；他选择我扮演她，是因为我长得像，他还让我打扮得像她……他选择你变成自杀事件的目击者。卡洛塔的故事一部分是真实的，一部分是捏造的，是为了让你证明玛德琳自杀。他知道你有恐高症，不可能爬上高塔的楼梯，他设计得太好了，毫无差错。但我犯了错，我坠入了爱河，这不是计划中的，但我是真的爱着你，我也希望你爱我……"写完这封信后，由于朱迪真心爱约翰，便把信撕了。随着朱迪写信时的内心独白（读信），观众知晓了真相。但是，直到这里，约翰仍然不知道盖文·埃尔斯特雇朱迪冒充玛德琳，掩盖他亲手谋杀妻子的事实。直到迫切希望了解真相的约翰拉着朱迪再次来到教堂塔顶，朱迪和约翰还原那场谋杀案的对话，躲在一旁窃听的修女突然出现，朱迪在惊吓之中跳下了高塔……

希区柯克式悬念对世界电影影响深远。直到今天，许多悬疑类、惊悚类电影都在自觉和不自觉地借鉴、沿袭甚至仿效这种艺术风格。

5. 道具式

道具式悬念，是指影片中某个特定的道具与事件的发展和主人公的命运紧密相连，因其有着鲜为人知的秘密或非同寻常的来历，而被赋予悬念。

例如：《战狼》中冷锋佩戴的项链上的子弹头，《这个杀手不太冷》中那株一直陪伴杀手莱昂的盆栽，《恐怖游轮》中那只被撞死的海鸟，《杀手悲歌》中的吉他盒，《盗梦空间》中的那只旋转的陀螺，《死神来了》中频繁出现的黑衣死神，《电锯惊魂》中的钢锯、粉碎头颅的装置、藏在人胃里的钥匙，《逃出绝命镇》中用来施展催眠法术的神秘的咖啡杯和汤匙，《为何不去死》中青年马提夫企图杀死准岳父替女友复仇的那把铁锤……

三、悬念的表现形态

1. 多头悬念

多头悬念是指电影故事里设置两头或两头以上同时进行的悬念。这是中国传统说书人常说的"花开两朵，各表一枝"的叙事手法。这种"多头悬念"一直存在于中国民间话本小说的叙事中。

《罗拉快跑》就有多头悬念。德国柏林女青年罗拉的男朋友曼尼，是个游手好闲、不务正业的黑社会小喽啰。有一次，他在执行任务时不小心丢失了10万马克。曼尼打电话给自己的女友罗拉求救，请求罗拉在20分钟之内带着10万马克来营救他。否则，曼尼就会被黑社会老大处死。

《罗拉快跑》剧照

这里面给观众留下了至少 3 个悬念：一是罗拉在 20 分钟之内能凑齐 10 万马克吗？二是罗拉就算能凑齐 10 万马克，能在 20 分钟之内赶到把钱交给黑社会老大吗？三是黑社会老大收到罗拉送来的赎命钱，会不会变卦，将曼尼"撕票"？

所以《罗拉快跑》采用了 3 个 20 分钟时段来呈现这种多头悬念，分别表达罗拉奔跑、借钱、救曼尼的过程和 3 种截然不同的结局。第一次，罗拉奔跑着去向银行家父亲借钱，而父亲因罗拉不是自己亲生的，同时得知自己的情人已经怀孕，决定和情人重组新的家庭，打算抛弃罗拉和她的母亲，没有借钱给罗拉。随后，罗拉在街上奔跑，看见曼尼在超市打劫，便来帮助曼尼。结果，警察的枪走火，将罗拉击毙。第二次，罗拉奔跑着来向父亲借钱却被拒绝，罗拉从保安的手中夺过枪胁迫父亲，抢到了银行的钱，就要和曼尼会合时，曼尼被救护车撞击身亡。第三次，罗拉奔跑着来到银行时，父亲已经与好友出去了。之后，罗拉奔跑在街上，偶遇一家赌场，赢了一大笔钱。同时，曼尼也找到了丢失的 10 万马克，还给了黑社会老大。从此，曼尼和罗拉过上了富足的生活。

2. 局部悬念

局部悬念是指电影故事中出现的一些暂时让观众匪夷所思、不得其解的情节或细节，使观众产生好奇，形成悬念。

例如《为何不去死》中青年马提夫受女友奥莉娅之托，拿着铁锤闯入准岳父家，欲杀死准岳父替女友复仇。可是，马提夫的行动败露，被身为警察的准岳父捆绑起来百般折磨。就在马提夫的生死关头，奥莉娅手持尖刀来到父亲和男友马提夫跟前。此刻，观众以为奥莉娅会救下马提夫。可是，奥莉娅一刀刺进了马提夫的腹部。马提夫是来为奥莉娅报仇的，奥莉娅怎么会对马提夫白刃相向呢？这就是典型的局部悬念。

3. 性格悬念

影视作品中人物独特的性格，与身边的人物尤其是敌对势力所构成

《为何不去死》剧照

的矛盾，可以给观众带来悬念。例如，《老无所依》中的变态冷血杀人狂安东·齐格与越战老兵猎人莫斯的较量，就是建立在两种截然不同的性格基

《老无所依》剧照

础上的博弈和绞杀。安东·齐格不苟言笑、阴冷残酷、藐视一切、毫无法律道德概念。只要被他盯上，无一能逃脱死亡；而莫斯热爱生活、依恋年轻漂亮的妻子、智勇双全、身手不凡，他对奄奄一息的毒贩怀有怜悯之心，为了从天而降的 200 万美金，他与安东·齐格机智周旋。最终，贪欲使他和妻子死于非命。

4. 心理悬念

电影中的心理悬念，是一种特殊的叙事手法，它通过角色心理、视听语言等手段，在观众心中营造对未知情节的强烈好奇和期待，从而引发深层的情感共鸣和观影体验。这种悬念并不依赖于外部事件的冲突或高潮，而是更多地聚焦于角色的内心世界和情感变化。

例如，电影《心迷宫》通过三线并行的叙事结构，巧妙地利用人物的感情变化，牢牢掌握观众的情绪。影片不仅揭示了深层的社会问题，更在观众心中埋下了重重心理悬念。随着情节的展开，观众会不断猜测各个人物之间的关系和事件的真相，直到最后才恍然大悟。

又如，《催眠大师》通过展现主角与病人之间的心理较量，营造了一种紧张而充满悬念的氛围。观众在观影过程中，会不断猜测病人的真实身份和背后的秘密，同时也会为主角的安危和能否成功解开谜团而担忧。

四、悬念设置的方法

1. 设置神秘人物

在电影中设置一个神秘人物，观众通过仅有的信息了解到该神秘人物的思想言行，但很难将其与决定故事结局的人物相联系。或者该神秘人物的言谈举止与其已经示众的身份大相径庭，从而使观众对人物真实的身份产生怀疑、纠结、猜测。直到故事结局，一切才水落石出、真相大白。

例如美国影片《惊魂记》讲述的是，亚利桑纳州凤凰城某房地产公司年轻漂亮的女职员玛莉莲，携带 4 万元公款驾车潜逃，准备前往加利福尼亚州与自己的情侣山姆结婚，共同开始新的生活。然而，途中遭遇暴雨，于是她决定在路边的贝茨旅馆过夜。旅馆老板是个名叫诺曼·贝茨的年轻人，他对玛莉莲十分殷勤，他邀请玛莉莲去他家里共进晚餐，但被严厉的母亲阻止，于是他将晚餐端至旅馆客厅，与玛莉莲一边吃一边聊天。晚饭后，玛莉莲回到自己的房里洗澡时，被一个神秘的老妇人杀害在浴缸里。

实际上，这个神秘的老妇人——诺曼·贝茨的母亲是不存在的。诺曼·贝茨从小失去父亲，与母亲相依为命，其母亲个性偏执，致使诺曼·贝茨有着严重的恋母情结，并渐渐精神失常。8 年前，他亲手将自己的母亲和情人杀死，精神遭受重创而罹患精神分裂症。因对母亲的情感依赖，他将母亲的尸体一直存放在家里，模仿母亲的声音说话，穿上母亲的衣服，模仿母亲生前的行为。从此，诺曼·贝茨本人的人格和母亲的人格在他身上交替呈现。当美丽的玛莉莲出现在诺曼·贝茨面前时，诺曼·贝茨母亲的人格出现并占据了主导地位。出于女性的妒忌、自私，诺曼·贝茨以母亲的人格将玛莉莲杀害了。

又如影片《这个杀手不太冷》，缉毒警察史丹菲尔，仅仅因为隐瞒了一包毒品，就将玛蒂尔达一家杀光。这个神经兮兮、正邪难辨的警察使观众感到匪夷所思，人们自然会怀疑这个缉毒警察极有可能就是黑社会贩毒团伙的成员。

如果电影里神秘人物设置得好，就容易在观众心中构成悬念。

2. 塑造独特个性

设置人物的独特个性是电影故事悬念设置的重要手段之一。它有助于增强角色的深度和复杂性，使观众对角色的命运和故事发展产生浓厚的兴趣。当角色具有鲜明的个性和独特的动机时，他们的行为和决策往往出人意料，从而引发观众的好奇心和猜测欲。这种不确定性正是悬念产生的关键。

例如，《封神第一部：朝歌风云》中，每个角色都有鲜明的个性和独特的动机。比如，殷寿作为商王，他既有雄心壮志，又充满权谋和野心，这使得他的行为常常让人难以捉摸。观众在猜测他的真实意图和下一步行动时，心中自然会产生悬念。姜子牙、妲己等角色也都有着独特的个性和复杂的内心世界，他们的行为和决策都为故事增添了更多的不确定性。

又如，电影《热烈》塑造了一群充满个性和热情的舞者。主角陈烁在追求街舞梦想的过程中，遇到了性格各异的舞者和导师。他们每个人都有自己的故事和追求，这使整个故事充满了不确定性和悬念。观众在欣赏精彩的舞蹈表演的同时，也会被这些角色的独特个性吸引，对他们的命运和故事发展产生浓厚的兴趣。

3. 透露核心内容

影片一开始就向观众有意识地透露核心内容，是电影故事悬念设置的策略之一。因为它能引发观众对人物命运和事件结局的好奇心和探索欲。适当透露故事的核心内容或关键信息，或最为精彩甚至匪夷所思的片段，可以引起观众对事件的前因后果的好奇、猜测、期待，使观众持续关注故事走向。观众在一个引人入胜、充满悬念的世界里游走，不断猜测故事的发展。这种设置方法常用于犯罪类、惊悚类和悬疑类电影。

例如，电影《秘密访客》通过透露一个神秘的家庭和一位不速之客的关系，为观众设置了一个充满悬念的情境。观众在了解这一核心关系后，会对家庭成员的真实身份、不速之客的目的以及他们之间的复杂纠葛产生浓厚的兴趣。电影通过精心设计的情节和人物关系，使观众在猜测和推断中不断接近真相，同时也不断感受到悬念带来的紧张和刺激。

又如，日本电影《罗生门》一开场就交代了日本平安朝代平安京破败的正南门——罗生门被滂沱大雨笼罩，樵夫、行脚僧、杂工三个中年男子在此避雨。樵夫向杂工讲述了他被传唤到纠察使署堂上做证人，目睹武士金泽武弘被人杀害在山林里的经过（恰巧，行脚僧三天前在山道上看见武士金泽武弘牵着马从他身边走过，马上坐着武士的妻子真砂。所以，他作为证人也被传唤到纠察使署堂上，因而也知道堂审的情况）。

该片一开始就通过樵夫的回忆向观众交代了事件的核心内容——武士在山里被人杀害，武士的妻子遭人强暴。接下来，樵夫讲述了他三天前来山里打柴，目睹武士被强盗多襄丸杀害的情景。之后，樵夫和行脚僧一道回忆纠察使署堂上多襄丸、真砂、女巫（施用法术，召回死者武士的魂灵上堂）对命案发生经过的描述。三个目击者以及被女巫招魂回来的死者，都为了自己的私心与虚荣而趋利避害、篡改事实，使得在堂上呈现的事实"真相"出现了四个不同的版本。

4. 制造信息差异

所谓信息差异，即观众对情节发展的相关信息的了解要先于和多于片中人物。也就是说，有些信息观众已经知道了，可是片中人物一直被蒙在鼓里。比如，一对情侣正在幽会，沉浸在幸福之中，但没有发现身后树丛中有两名蒙面歹徒正手持尖刀向他们悄悄逼近。观众与片中人物获知信息的差异，使观众产生紧张、焦虑和期待等复杂的情绪，这就构成了悬念。

在角色之间或角色与观众之间制造信息不对称，可以引发观众的好奇心和探索欲。这种差异使得观众渴望了解未知的信息，进而对故事的发展产生浓厚的兴趣。

例如，在电影《暴裂无声》中，失语矿工张保民从矿区赶回家，疯狂地寻找失踪的儿子张磊。对张保民来说，他的儿子到底去哪里了、儿子是死是活，他一概不知。但是，通过为富不仁的矿主昌万年与其马仔以及徐律师等人的对话和相关镜头的暗示，观众早就知道张磊已经遇害了。尤其是，屠夫的儿子画了一幅画：一个人用弓箭瞄准一个戴眼镜的人，戴眼镜的人举手投降，地上躺着一个胸膛插着一支箭的小孩。这幅画说明屠夫的儿子亲眼看见张磊被昌万年杀害的全过程，并且把它画了下来。可是，当屠夫的儿子指着这幅画给张保民看，提示张保民其儿子遭遇不幸时，张保民却一头雾水，根本没有把画里那个中箭倒地的小孩与自己的儿子联系起来。这就是因信息差异而产生的悬念。

5. 利用情感倾向

利用观众本能的情感倾向（同情、怜悯、喜爱、厌恶、憎恨等）和对与生活息息相关的事物的关注（如财富、小孩、老人等）来设置悬念，是电影故事悬念设置中非常有效的方法之一。这一方法通过调动观众的情感，使他们对角色或事件产生强烈的共鸣和关注，从而增强故事的吸引力和悬念。

例如，印度影片《小萝莉的猴神大叔》中，一位巴基斯坦母亲带着六岁的哑女沙希达，来到印度德里的大清真寺朝圣，祈愿真主保佑其女儿能开口说话。然而，在返回巴基斯坦的途中，沙希达在火车临时停车时下了车。待火车继续前行，母亲在睡梦中醒来时已不见女儿沙希达。信仰印度教猴神哈奴曼神的青年教徒帕万，机缘巧合与沙希达相遇，帕万决定把她送回其父母的怀抱。由于印巴两国外交关系紧张，帕万在办理出境手续过程中困难重重：遭遇领事馆冲突；被旅游局欺骗；从妓院救出沙希达时遭到围殴；跟随偷渡"蛇头"钻地道带着沙希达越境到巴基斯坦，却遭到巴基斯坦军警的毒打和囚禁……最终，在帕万的帮助下，沙希达与父母团聚。

这就是利用观众同情天真烂漫的沙希达的情感倾向而设置的悬念。观众都为有着语言障碍的小女孩沙希达能不能回到父母身边而悬着心，而这成为让观众持续关注这部影片的动力。这就是悬念的魅力所在。

《小萝莉的猴神大叔》剧照

6. 巧置画面暗示

电影是一种视听艺术，可以巧妙地设置一些带有暗示性或者具有某种隐喻意义的画面，让观众产生悬念。这样能够引导观众进行深入思考和推测，从而增强故事的复杂性和吸引力。这样的画面不仅为故事增添了层次，还为观众提供了解读故事的多重角度，使观众在观影过程中不断产生好奇心和探究欲。

例如，《隐入尘烟》这部影片通过一系列具有隐喻意义的画面，为观众构建了一个充满悬念的故事世界。电影中多次出现的尘土飞扬的场景，不仅暗示着主人公生活的艰辛和环境的恶劣，还隐喻着他们命运的起伏不定。观众在欣赏这些画面的同时，也在不断地猜测主人公的命运走向和故事的最终结局。

又如，《拨云见日》通过一系列暗示性的画面，营造了一个充满紧张和悬念的氛围。影片中的暗色调和光影变化，都暗示着角色内心的挣扎和外界环境的险恶。观众在观察这些画面的同时，也会感受到故事中的紧张氛围和不确定性，从而更加关注角色的命运和故事的发展。

再如，在《暴裂无声》中，矿主昌万年在自己奢华的客厅里吃羊肉火锅，身边的羊肉切片机在切着羊肉。突然，切片机被羊骨头卡住了，接着，机器的电源短路了。这种具有暗示意义的画面，在观众心中自然会产生悬念。

第三节 误会

误会，就是错误的领会，是人们因认知思维的局限，或因彼此个性、境遇的差异，以及信息的不对称，而对某一客观事物产生错误的认知、判断和理解。

电影中的误会是指片中一方对另一方的行为或意图产生错误的理解，从而引发矛盾冲突，甚至使冲突激化、逆转。矛盾冲突解决了，误会也随之消除了。

在文艺作品中设置误会，可以增强剧情的矛盾冲突，使作品充满悬念和戏剧张力，使人物形象更加饱满、鲜明，同时揭示社会生活的复杂性、社会矛盾的尖锐性。

电影剧本创作常用到误会法。误会法是叙事文学创作中常见的一种手法，在电影剧本创作中尤为普遍。误会法通过设置角色之间的误解或观众对情节的误解来推动故事发展，增加情节的戏剧性和悬念。这种方法能够让观众在故事中体验到角色的困惑、挣扎、冲突，在最终真相大白时受到震撼。

在剧本创作中，误会法常常被用来构建整个故事的核心冲突。误会推动了情节的发展，增加了故事的紧张感和戏剧性。同时，误会也揭示了人物之间的深层次情感。当真相最终被揭示时，观众不仅获得了满足感，也对人物和故事有了更深的理解。

一、常见的误会类型

在电影创作中，误会法是常用的一种叙事技巧，其通过制造角色之间的误解或观众对情节的误解来产生悬念和戏剧性。以下是几种常见的误会类型。

1. 单方误会

缘于种种机缘巧合或错综复杂的矛盾纠葛，涉事的一方对另一方产生误会，从而使矛盾激化，甚至双方反目成仇、不共戴天。

德国电影《阴谋与爱情》就是一个单方误会的故事。影片讲述了宰相瓦尔特的儿子斐迪南少校，爱上了平民提琴师米勒的女儿露伊丝。在 18 世纪等级森严的德国社会，这段爱情注定以悲剧告终。

《阴谋与爱情》剧照

瓦尔特为了讨好公爵，强迫自己的儿子斐迪南与公爵的情妇结婚，以便公爵迎娶新的夫人。然而，斐迪南誓死不从。瓦尔特的秘书伍尔牧向露伊丝求婚遭拒后怀恨于心，他认为排除情敌的时机到了，于是向瓦尔特献计，将米勒抓进牢房，再利用露伊丝爱父情深的弱点，迫使露伊丝答应救其父亲出狱的条件：瓦尔特授意她给"第三者"写一封情书，并且发誓永远不透露写情书的真相。斐迪南看信之后信以为真，对露伊丝产生误会并彻底绝望，最终狠心报复露伊丝并将其毒死。露伊丝死前将"情书"真相告诉斐迪南。斐迪南悔恨交加，生无别恋，于是喝下毒药，与露伊丝共赴黄泉。

这种"王子和灰姑娘"式的故事套路，在古今中外的文艺作品中屡见不鲜。但是，作者用单方误会的手法，将 18 世纪德国符腾堡公国尔虞我诈的宫廷斗争，以及贵族阶级和小市民阶级的矛盾冲突刻画得淋漓尽致。

2. 双方误会

双方误会是指涉事双方彼此都产生了误会，从而做出不客观或非理性甚至错误的判断、决策或行动，导致事件朝着非常态、非自然甚至完全相反的方向发展。双方误会，在文艺创作中很常见。

例如，古罗马剧作家普劳图斯的喜剧《一坛黄金》，就是一个典型的因误会而建构的喜剧故事。故事讲述了生性吝啬而贫穷的老人欧克利奥，偶然得到一坛黄金，不舍得花掉，就把它藏了起来。他整日提心吊胆、疑神疑鬼，唯恐黄金被人偷走。在他眼里，不管是老实本分的女仆，还是到处觅食的公鸡，都在觊觎他那一坛金子。他变得越来越悭吝，他看到家里的烟囱往屋外冒烟感到十分可惜，甚至连自己嘴巴往外呼气也心痛不已，于是晚上睡觉用布塞住嘴巴。

欧克利奥有个女儿名叫菲特拉，正待字闺中。欧克利奥的邻居富商梅加多为人慷慨，他爱上了菲特拉，并向她求婚。欧克利奥怀疑梅加多是冲着那坛金子才来攀亲的，于是不答应这门婚事。而菲特拉早已与梅加多的侄子卢科尼德斯暗中相好并怀有身孕。

欧克利奥担心那坛金子埋在家里不安全。于是，他把金子挖了出来，抱在怀里。然而，整天抱着那坛金子也不容易，于是他又把这坛金子埋在神庙里。卢科尼德斯的奴仆恰巧窥见，并把金子偷走了。失去金子的欧克利奥大声悲呼，卢科尼德斯闻声赶来，以为欧克利奥为女儿未婚先孕而痛苦不已。于是承认菲特拉腹中的孩子是自己的。心里只有金子的欧克利奥，惊讶地问：“什么，是你？”卢科尼德斯说：“是我，真的是我。”其实，欧克利奥和卢科尼德斯两人所说的根本不是同一回事，欧克利奥说的是那坛金子被人偷了。而卢科尼德斯承认的是他与菲特拉暗中相爱并使之怀孕的事情。这个戏剧性的误会直到剧终才解开。这里的“双方误会”构成了喜剧《一坛黄金》的核心元素。

3. 正反误会

正反误会是指涉事双方都将对方的好人或好事误会成坏人或坏事。这种错误认知导致的悲剧、喜剧或闹剧，在古今中外的文艺作品里不胜枚举。

根据莎士比亚的悲剧《奥赛罗》（*Othello*）改编的电影，就是运用正反误会创作的。摩尔人奥赛罗是威尼斯公国的一个雇佣将军，身为黑人而遭受种族歧视的奥赛罗，爱上了威尼斯城邦贵族元老院元老勃罗班修的女儿苔丝狄蒙娜。苔丝狄蒙娜美丽聪颖，她背着父母和奥赛罗私订终身。奥赛罗手下有个叫伊阿古的旗官，他表面忠诚内心却阴险歹毒，他痛恨奥赛罗没有重用他，同时对苔丝狄蒙娜的美貌垂涎欲滴，他一直想除掉奥赛罗这根眼中钉。于是他向元老告密，想不到反而促成奥赛罗的婚姻大事。伊阿古接着制造卡西奥和苔丝狄蒙娜私通的假象，使奥赛罗误以为真，将对他忠心耿耿的妻子苔丝狄蒙娜活活掐死在床上。当一切阴谋

《奥赛罗》剧照

与骗局真相大白时，奥赛罗痛悔不已，拔剑自尽。

二、误会常见的形态

1. 信息不对称

利用人物之间信息传递的不完整或不准确来制造误会。可以是某一方隐瞒了信息，或者信息在传递过程中被误解或断章取义。

2. 语言误会

利用语言的多义性或者不同文化、背景之间的语言差异来制造误会。比如，同一个词、一句话、一个符号或某件事，可能被不同的人以不同的方式理解，从而导致故事中的误会。

3. 身份误会

人物之间可能存在身份上的误解，比如，一个人被误认为另一个人；或者人物的真实身份被长时间隐瞒，导致其他人物对其产生误会。

4. 时空错位

通过模糊故事中的时间线或场景联系，制造观众和人物之间的误会。比如，人物可能在不同时间点经历了相似的事件，导致他们误以为这些事件是同时发生的。

5. 情感误会

人物的情感状态可能会影响他们对事实的理解和解释。有时候，人物可能会因为情绪上的扭曲而误会他人的意图或行为。

6. 视觉误导

通过视觉元素或剪辑手法误导观众，使他们误解人物的行为或情节的发展。比如，通过剪辑手法使观众误以为某个人物做了某事，而实际上并没有做。

7. 推理错误

人物可能基于错误的假设或不准确的推理得出结论，进而造成误会。这些错误的假设和推理可以是信息不足、偏见或其他原因导致的。

8. 文化差异

在跨文化背景下，文化差异导致的沟通障碍和误会也是常见的误会类型。不同文化背景下的人物可能对同一行为或符号有不同的解读。

三、误会设置的要点

编剧要想在电影中成功设置误会，首先要明白误会构成的前提。通常误会建立在彼此相识甚至过从甚密的基础上。由于双方在某个问题上没有及时做好沟通，或者以往的积怨没有得到及时化解，双方在内心产生不客观甚至错误的认知、理解和判断，从而导致悲剧、喜剧或闹剧的发生。

在电影剧本创作中设置误会，需要注意以下几个要点。

1. 利用矛盾

矛盾往往是导致误会的导火索。大多数误会是由双方的矛盾、双方与身边人之间的矛盾造成的。

例如电影《检察长》设置了以沧海市副市长王喜为首的贪腐集团，该集团利用沧海市人民检察院代检察长龙兴华和副检察长顾刚互相排挤、不和、交恶等矛盾关系，挖空心思将顾刚拉下水，让他在查处沧海大桥贪腐案的过程中设置障碍，阻挠案件的侦审。实际上，这种矛盾关系只是龙兴华为了方便顾刚以老同学的身份接近王喜，收集王喜的犯罪证据而营造的假象。而对王喜来说，龙兴华和顾刚的"矛盾"关系，正是他产生误会的直接原因。

《检察长》剧照

2. 巧设假象

假象是导致误会的一个重要原因。由于彼此缺乏应有的及时沟通，往往一些虚假的或机缘巧合的事物表象，影响或诱导了当事人的错误认知和判断，从而使其采取有悖客观事实的非理性的行动，导致与事物发展规律截然相反的结局。

电影《悬崖之上》里的许多误会就是人为的种种假象造成的。比如，打入敌人内部、担任"伪满洲国"哈尔滨特务科股长的地下党特工周乙，为了营救身陷囹圄的我党秘密行动特工小组组长张宪臣，故意将特务科特务金志德的车钥匙交给张宪臣，让他驾驶金志德的车逃跑，从而造成特务金志德私通共产党的假象，最终周乙借特务科科长高彬之手除掉了金志德；周乙为了处死背叛党组织并出卖革命同志的叛徒谢子荣，设计了一个车祸假象，使高彬信以为真。该片人为制造假象而导致误会的情节不限于此，这里就不一一列举了。

《悬崖之上》剧照

3. 安排巧合

在电影剧本创作中，安排巧合是构建误会的一种有效方法。

因巧合构成的误会，在喜剧电影里最为常见。通常是男女双方因某种机缘巧合，彼此产生误会，矛盾激化甚至反目成仇。最终，误会化解，双方冰释前嫌、皆大欢喜。

例如，英国影片《两杆大烟枪》《葬礼上的死亡》，法国影片《飞行员的妻子》，中国电影《疯狂的石头》《疯狂的赛车》等，都是因巧合产生误会而构建的喜剧。

另外，巧合性的误会在悬疑类、推理类、侦探类电影里也常常出现。往往生活里某些看似符合逻辑的假象，巧合地与案情有着密切的关系，使观众跟着片中的主人公进行侦查，顺藤摸瓜，最终水落石出、真相大白，观众发现原来是一场误会。随后，他们不得不重新寻找案情的蛛丝马迹。

例如美国影片《消失的爱人》《死神来了》，中国的悬疑犯罪片《心迷宫》，中国台湾悬疑影片《目击者之追凶》等，都是因巧合而构建了故事。

四、误会设置的方法和注意事项

在电影剧本创作中，设置误会是构建故事情节和增加戏剧性的重要手段。以下是一些设置误会的基本方法和注意事项。

1. 误会设置的方法

（1）人物信息不对等。

确保某些人物拥有其他人物不知道的信息。这种信息不对等会导致人物之间的误解和冲突。

（2）语言和沟通障碍。

利用语言差异、方言、口音或沟通中的误解来制造误会。

（3）外表和身份的混淆。

通过相似的外貌、名字或身份特征来制造混淆，导致人物之间产生误解。

（4）隐瞒或误导性信息。

通过人物的谎言、隐瞒或误导性信息，故意让其他人物产生误解。

（5）时间和空间的错位。

改变事件的时间顺序或场景联系，使人物对事件的理解产生偏差。

（6）文化和背景差异。

利用不同文化或背景的差异，使人物在解释和理解对方行为时产生误会。

2. 误会设置的注意事项

（1）确保合理性。

确保误会的设置是合理和可信的，与故事背景和人物性格相符。

（2）服务于故事。

误会应该是推动故事发展的关键元素，而不是单纯的娱乐或噱头。

（3）逐步揭示。

随着故事的进展，逐步揭示误会的真相，保持观众的好奇心和紧张感。

（4）情感共鸣。

让人物因误会而产生的情感反应真实可信，以便观众能够产生共情甚至共鸣。

（5）避免过度使用。

虽然误会可以增加戏剧性，但过度使用可能会使故事显得牵强和不真实。

（6）与主题相关。

确保误会与故事的主题和核心信息相关，增强故事的深度和吸引力。

在设置误会时，创作者需要综合考虑故事的情节、人物和整体结构，确保误会的设置既有戏剧性，又能服务于故事的真实性和可信度。

思考与练习 ～～～～～～～～～～～～～～～～～～～～～～～～～～～

创作一个电影剧本的精彩段落（1 000 字左右），其中包括本章所述的冲突、悬念与误会的构建和设置等内容。

第八章　危机与反转

第一节 危机

电影故事里的危机，是指个人或团体遭遇严重威胁、危害、凶险甚至灭顶之灾的事件。危机是故事情节中的关键时刻或转折点，它标志着故事发展到达了一个紧张、至关重要的阶段，往往涉及主角或整个故事中的核心人物所面临的问题、冲突或挑战。危机是情节发展的重要组成部分，它增加了故事的紧张度，推动人物去面对和解决之前未曾预料到的困境。

一、危机事件的元素

1. 决策

主角在面对激励事件或危险状态时必须做出一个或多个决策，这些决策可能会影响他们的命运或整个故事的发展。

2. 紧张感

故事进入危急时刻，观众会感到紧张和不安，因为不知道接下来会发生什么，或者担心主角是否能够成功应对危机。

3. 冲突升级

危机通常会导致故事中的冲突达到高潮，可能是主角与外部力量的冲突，也可能是主角内心的矛盾与挣扎。

4. 揭示信息

危机往往是故事信息的集中展现，观众在这个时刻可能会获得关于故事或人物的关键信息，这些信息可能会改变他们对故事的理解。

5. 人物转变

危机是人物成长和转变的催化剂，它可能会让主角在情感、价值观、信念或行动上有所改变，并做出相应的决策。

在电影剧本创作中，危机通常被用来精心设计和构建故事的亮点和看点，确保观众能够体验到紧张、兴奋和情感上的共鸣。危机的设置是为了推动情节发展，增加故事的紧张感和观众的参与度。危机的处理方式和解决方式往往决定了故事的成败。

例如，电影《中国机长》，根据 2018 年 5 月 14 日四川航空 3U8633 航班机组成功处置特情真实事件改编。在万米高空强风、低温、座舱释压的多重考验下，机组成员凭借过硬的专业素养和临危不乱的勇气，最终确保了机上全体人员的安全，创造了世界民航史上的奇迹。电影通过展现这次危机事件，颂扬了机组人员的专业精神和高尚品质，同时也向观众传递了面对危机时应有的冷静和果敢。

又如，电影《烈火英雄》，故事源于"7·16"大连输油管道爆炸事故这一真实事件，讲述了沿海油罐区发生火灾，消防救援人员冒着生命危险救火，以生命守护国家和人民财产安全的故事。影片通过展现消防员在危机面前的英勇无畏和无私奉献，向观众传递了强烈的爱国情感和奉献精神。

二、危机事件的特征

电影中的危机事件通常具备以下几个特征。

1. 意外性

意外性指的是在电影故事情节中突然出现的、观众未曾预料到的转折或突发事件，其时间、规模、态势都常常让人始料未及。这些事件打破了故事的常规发展，增加了故事的悬念和紧张感，增强了情节的复杂性和不确定性，使观众无法预测接下来将会发生什么。意外性通常与危机事件紧密相连，因它在危机发生时会给主角和观众带来突如其来的冲击和转折，而使故事更加扣人心弦。

在电影中，意外性不仅能够给观众带来紧张刺激的感觉，还能够增强故事的吸引力和观赏性。通过意外性，电影编剧可以在故事中引入新的冲突和悬念，推动情节向前发展，并为观众提供出人意料的转折和惊喜。

意外性通常与主角的决策、行动或外部因素的突然变化相关。它可能出现在故事的任何阶段，但通常与危机事件相结合，使故事达到高潮。例如，在电影中，主角可能面临一个看似无法解决的困境，但突然之间，一个意想不到的解决方案或援手出现，为故事带来了新的转机。

例如，电影《阳光普照》讲述了一个看似平凡的家庭，在面临一系列意外危机时的挣扎与成长。原本和睦的家庭因一次突如其来的交通事故而陷入困境，家庭成员之间的关系也因此变得紧张起来。然而，在危机的冲击下，他们逐渐发现彼此之间的情感联结变得更加牢固，也学会了如何面对生活的种种不如意。影片通过细腻的人物刻画和情感表达，展现了危机的意外性对人性的考验和磨砺。

又如，在《侏罗纪公园》中，危机事件的意外性体现在恐龙摆脱人类的控制并开始攻击人类。尽管观众在电影开始时就知道恐龙是故事的主要威胁，但恐龙具体何时、何地以及以何种方式摆脱控制并给人类带来何种灾难，却是未知的。在该片的高潮部分，恐龙突然袭击了主角们所在的建筑物，这种突如其来的攻击让观众倍感紧张，增加了故事的悬念。

2. 聚焦性

电影危机事件中的聚焦性指的是在危机发生时，故事情节和观众的注意力都高度集中在主角和核心冲突上。这种聚焦性使危机事件成为整个故事的核心，所有的情节、人物和行动都围绕这一事件展开。

在危机事件中，聚焦性能够将观众的注意力集中在一个具体的点上，增强故事的紧张感和戏剧性。当危机事件发生时，观众会全神贯注地关注主角如何应对挑战、解决问题，以及危机如何影响整个故事的发展。

例如，在电影《星际穿越》中，危机事件的聚焦性体现在地球面临资源枯竭、人类生存岌岌可危的情境中。为了拯救人类，主角库珀和其他队员展开了一次跨越星际的探索任务。整个故事都围绕着这一危机事件展开，观众紧随库珀的脚步，关注着他们如何在太空遭遇种种挑战，以及如何找到拯救地球的希望。这种聚焦性让观众感受到了危机的严重性，也增强了观众对故事的情感共鸣。

电影通过聚焦核心冲突和主角的行动，使观众的注意力集中在故事情节的关键点上，增强了故事的紧张感和戏剧性。同时，聚焦性也使观众更加深入地了解角色的行为动机和情感世界，增强了观众的观影体验。

3. 紧迫性

电影危机事件中的紧迫性指的是危机事件发生时，主角和其他角色面临着紧迫的时间限制和严峻的后果，必须迅速做出解除或拯救危机的决策和行动。每个个体都面临着分秒必争的局面，需要在有限的时间内做出最佳决策，以避免或减少损失。紧迫性为故事增添了紧张感和戏剧性，使观众能够身临其境地感受到挑战和博弈所造成的压力，也为观众带来了紧张刺激的观影体验。

在电影中，紧迫性通常与危机事件的后果紧密相关，如生命垂危、时间有限、资源匮乏等。主角和其他角色需要在这种压力下迅速做出选择，并采取有效的行动来解决危机。紧迫性不仅考验着角色的智慧和勇气，也考验着他们的应变能力和决策能力。

例如，电影《危机航线》聚焦灾难救援，通过紧张刺激的情节，展现了人们在危机面前的无私奉献和英勇拼搏，展示了中国力量，深刻体现了危机的紧迫性。

又如，《惊天救援》也是以灾难为背景，通过消防员们的勇敢行动，展现了危机的紧迫性和人们面对困难时的坚韧不拔。

再如，在电影《独立日》中，紧迫性体现在外星人入侵地球并摧毁全球各地的城市上。主角飞行员史蒂夫必须在有限的时间内找到击败外星人的方法，并阻止他们继续破坏地球。随着外星人的攻击越来越猛烈，时间的紧迫性越来越强，主角必须迅速做出决策并采取有效的行动来保护地球和人类。

4. 突发性

危机事件往往是突发的、无常的、不为当事人的意志所左右的。电影危机事件中的突发性，是指危机事件的发生是出乎意料的、突然的，没有明显的预兆或预警。这种突发性给片中人物和观众都带来了紧张感和不确定性，因为人们往往无法预测或做好准备应对这种突如其来的变化。

突发性是危机事件的核心特征之一，它打破了故事的常规发展，使情节变得更加扣人心弦。由于危机事件的突然发生，主角和其他角色需要迅速做出决策和行动，以应对眼前的紧急状况。

例如，国产影片《疯狂的石头》开场时，观众可能会以为这只是一部关于盗窃的喜剧片。然而，随着情节的发展，各种突发事件和转折接连发生，如宝石的失踪、角色的身份混淆等。这些危机事件都是突然发生的，没有明确的征兆，给观众带来了紧张和惊喜。

又如，《泰坦尼克号》中，航行在大西洋上的豪华游轮"泰坦尼克号"突然撞上了冰山，就在那一刻，船上的人们有的沉浸在美妙的音乐之中，有的昏昏欲睡，毫无征兆地坠入巨大的灾难中。

5. 渐进性

电影危机事件中的渐进性，指有的危机事件不是突然爆发，而是在故事中逐渐升级和加剧的。这种渐进性通常表现为一系列小危机或冲突逐渐累积，最终导致一个更大的危机爆发。逐步升级的过程增加了故事的紧张感和悬念，让观众随着情节的发展而逐渐感受到危机严重性所带来的压力。

危机的渐进性在电影中通常与主角的困境或挑战紧密相关。随着故事的发展，主角面临的问题逐渐变得更加复杂和严峻，这迫使他们不断面对新的挑战和危机。危机逐渐升级，最终导致一个高潮点，使故事达到最紧张和最激动人心的时刻。

例如，电影《无限深度》讲述的是一场史无前例的地质灾害在云江县城突发，居住其中的 16 万人即将被吞没，危急时刻，以小洪和老洪父子为代表的基建人挺身而出，展开生死救援。影片通过展现从地壳逐渐变动、裂缝扩大到最终山体滑坡的过程，以及片中人物在面对危机时逐渐从惊慌失措到冷静应对，生动地展示了危机的渐进性、人们在危机中的成长与变化，以及面对危机时的勇敢与坚韧。

又如，电影《搜救》讲述了一家三口自驾游，因父亲阿德的过失，8岁的儿子走失。阿德夫妇向当地相关部门求助，并雇了搜救队展开搜救行动。然而，24小时过去了，儿子仍然生死未卜。阿德的妻子感到绝望，而阿德则决定孤注一掷，独自踏上寻找儿子的征程。电影通过展现搜救行动的逐渐展开和危机的逐步升级，体现了危机的渐进性，同时也展现了亲情与责任的力量。

再如，在美国影片《推动摇篮的手》中，青年夫妇迈克尔和克莱尔，两情相悦，生活美满，育有一女。克莱尔又怀孕了，在进行妊娠检查时，克莱尔发现男性产科医生莫顿对她有不雅之举，于是对其提起控告。在新闻媒体强大的压力下，声名狼藉的莫顿最终选择了逃避人世纷扰，在家饮弹自杀。而莫顿太太因丧夫之痛及社会舆论的压力而流产。

半年之后，克莱尔诞下了儿子乔伊。克莱尔夫妇决定雇一个保姆来照顾乔伊，一位名叫佩顿的女子应聘进了克莱尔家做保姆。待到电影结局血案发生，保姆佩顿的身份才被知晓——佩顿是已自杀的莫顿医生的妻子，她来克莱尔家做保姆，目的就是要完成她的复仇计划。

6. 毁灭性

电影危机事件中的毁灭性指的是危机事件给主角、其他角色或整个故事世界带来的实质性损害或负面影响。这种毁灭性不仅体现在物质层面，如财产损失或环境破坏，还体现在精神层面，如人物关系的破裂、心理创伤或道德困境等。毁灭性展示了危机事件的严重性和紧迫性，也增强了电影故事的戏剧张力和震撼性。

毁灭性是危机事件的核心特征之一，它为故事提供了冲突和紧张感，同时也为主角提供了必须面对和克服的困难。这种毁灭性可能来自自然灾害、人为错误、外部威胁或其他不可预见的事件，它要求主角采取行动来尽力止损、挽救危局并恢复秩序。

例如，国产故事片《天狗》中，战斗英雄李天狗因腿负伤而复员，带着妻子和儿子来到偏远山区的国有林场做护林员。被当地人称为"三条龙"的孔家三兄弟，肆无忌惮地在山林乱砍滥伐、大发横财。这伙地头蛇根本不把小小的护林员李天狗放在眼里，并对李天狗进行恐吓、威胁，甚至对其妻子进行欺侮，而且越来越疯狂。身为共产党员的李天狗，为了履行自己的护林天职，一个人与孔家三兄弟等黑恶势力展开斗争。最终，遭受孔家三兄弟毒打而奄奄一息的李天狗，用他护林的老枪将孔家三兄弟全部射杀。

又如，韩国第一部获得奥斯卡金像奖最佳影片的《寄生虫》中，穷人金基泽一家四口为了生存铤而走险，不择手段地先后进入富人朴社长家打工。危机事件步步逼近，始终认为穷人就是富人的寄生虫的 IT 公司老总朴社长，最终死在渴望尊严的穷人金基泽的刀下。

再如，韩国电影《燃烧》，讲述了在生活的泥沼里挣扎的青年李钟秀与成天开着豪车游山玩水、以燃烧塑料棚为乐趣的纨绔子弟本之间的故事。因李钟秀的发小文艺女青年惠美，两人的命运发生交织，进而引发危机。惠美本是李钟秀唯一的情感寄托，可是却被本当作玩物，本甚至让她在屋门口跳脱衣舞，最终，惠美神秘失踪，彻底从李钟秀的世界消失。在本面前，李钟秀十分自卑和怯懦，但内心深处却隐藏着深刻的妒意和仇恨。最后，在本没有丝毫防备的情况下，李钟秀用利刃刺入本的心脏，临死前，本还和李钟秀拥抱在一起。

通过展示实质性的损害和负面影响，危机事件为故事增添了紧张感和冲突性，同时也为主角提供了成长和转变的机会。这种毁灭性不仅让观众感受到危机事件的严重性，也让人们更加关注主角如何应对和克服这些挑战。

7. 逆转性

电影中危机事件发生时，常常由于双方的较量或共同的努力，局势发生出人意料的逆转。在危机达到高潮或面临看似无法解决的困境时，突然出现意想不到的反转或解决方案，改变了危机的发展方向，给故事带来新的转折和惊喜。这种逆转性常常打破观众的预期，使故事更加扣人心弦和引人入胜。

逆转性为电影故事增加了复杂性和不确定性，同时也给观众带来了意外之喜。通过逆转性，电影编剧可以在危机事件中引入新的冲突和悬念，推动情节向前发展，并为观众提供出人意料的转折和惊喜。

例如，电影《稻草狗》讲述的是，美国洛杉矶剧作家大卫·萨姆纳为了专心剧本创作，带着他的英国妻子艾米搬到了英国乡村居住。大卫性格沉默内向，而艾米性格活泼、热情大方。她不满于书呆子丈夫沉闷而单调的生活，为了赌气，她不穿胸罩甚至脱去上衣半身赤裸，来到窗前招摇，使得被雇来建房的查理·维恩等工人垂涎欲滴。这些工人见大卫外表软弱可欺，便施计约大卫出去打猎，查理等人趁机将艾米轮奸了。可是，事后艾米委婉地告诉丈夫自己被强暴的遭遇，大卫却忍声吞气，没有任何反应。

直到有一天晚上，另一个危机事件发生。当地的弱智青年尼尔斯误杀了自己心爱的女孩，逃进了大卫的屋里。群情激奋的村民手持猎枪包围了大卫的屋子，命令大卫把凶手尼尔斯交出来。大卫认为这是他的家，是他的私人领地，拒绝了村民的无理要求。村民开始砸窗，破门而入。看上去木讷、懦弱的大卫，竟然做出了惊人的抉择，充分利用屋子的地形优势和自己的才智，绝地反击将来犯者一一诛杀……

再如，《为何不去死》中，青年马提夫受心爱的女友奥莉娅委托，闯进准岳父家刺杀身为警察的准岳父。自从马提夫腰间的铁锤不慎掉在地上那一刻起，危机事件就拉开了序幕。高大魁梧、心狠手辣的准岳父已经看出了马提夫的杀机，于是将马提夫一顿毒打，逼马提夫说出是受谁的委派来行刺的。见马提夫死活不说出真相，岳父将其双手铐在水管上，用电钻将马提夫的腿钻出一个个像蜂窝一样的血洞……最后，危机事件发生惊天逆转——马提夫准岳父一家三口以及准岳父的警察同事，全都陈尸于铺满钱币的客厅，只有浑身是血的马提夫，摇摇晃晃地走了出去……

8. 共鸣性

危机事件往往涉及主角和其他角色的情感冲突和内心挣扎，使观众对危机事件中展现的情感、人性、道德等产生认同和情感共鸣，理解并体验角色的情感和心路历程。共鸣性使观众更加关注角色的命运和选择，增强了故事的感染力和吸引力。

情感共鸣通常与角色塑造、故事叙述和视觉表达等方面紧密相连。当电影中的危机事件涉及角色的情感冲突、家庭关系、友情、爱情、牺牲与选择等主题时，观众更容易产生情感共鸣。因为这些主题触动了观众内心深处的情感，使他们能够设身处地地理解角色的感受，为角色的经历感到担忧、难过或欣慰、喜悦。

例如，《平凡英雄》是一部根据真实事件改编的电影，讲述了一个 7 岁的小男孩因意外断臂，在 8 小时内横跨 1 400 公里被紧急救治的故事。影片中的危机不仅考验着医疗团队的专业素养，也牵动着无数观众的心。观众在观影过程中，能够深刻体会到小男孩及其家人的无助与恐惧，同时也能感受到社会各界的无私援助和人间大爱。这种情感共鸣让人更加坚定地认为，在危机面前，团结与爱是战胜困难的最强大的力量。

又如，《疯狂动物城》，其危机事件是动物城中的种族歧视和社会不公。主角朱迪的奋斗和成长，使观众对平等、公正和勇气产生了共鸣。朱迪面对重重困难，始终坚持自己的梦想和信仰，她的故事激励了观众追求自己的梦想，并勇于面对生活中的挑战。

以上这些危机事件的特征，共同构成了电影中危机事件的基本属性，为故事情节的发展和角色的互动提供了动力。危机事件的处理方式和解决方式常常成为电影故事的核心，对故事的成功起着至关重要的作用。

三、电影中危机的形态

电影中危机的形态多种多样，以下是一些常见的危机的形态。

1. 安全危机

电影里的安全危机，是指个体或群体的生命、财产以及生存环境和生存资源遭受威胁、面临危险，包括个体安全危机和公共安全危机。

（1）个体安全危机。

电影里最常见的是个体安全危机。

例如希区柯克导演的经典影片《西北偏北》，男主人公罗杰·索希尔是个有幽默感的广告商，就在他陪客户吃饭的时候，他被两名神秘男子绑架到一个陌生的别墅里，陷入了个体安全危机。

为首的绑架者认定罗杰就是凯普林，并要求他配合交出"东西"。一头雾水的罗杰当然交不出绑架者所要的东西（情报胶片），于是被灌了一大瓶波旁酒。酩酊大醉的罗杰被神秘男子架到一辆轿车的驾驶室，车向海边开去，神秘男子纷纷跳下车，让轿车兀自前行，企图制造一场罗杰醉驾坠海事件。然而，罗杰恍惚意识到危险，便把住方向盘，化险为夷。但是，他被警方指控为醉酒驾驶偷来的汽车。罗杰为了证明自己的清白，便带着警察来到那栋别墅，可是别墅里所有人都指认他是大醉之后离开的。

这场噩梦般的经历，使罗杰既心有余悸又匪夷所思，他知道自己一定是被人误会了，于是想找到真正的凯普林，为自己讨回公道。可是，他已经陷入被人追杀的危机之中。

他来到联合国大厦，想找别墅里的那个头目理论，正和那个人说话时，一把匕首飞来，深深地插进了那个人的背部，罗杰背上了谋杀联合国官员的罪名。

飞来横祸砸在了普通广告商罗杰的头上。从此，罗杰踏上了被通缉、被追杀、寻找真相的逃亡之路……

这种涉及个体和少数人的生命安全危机的电影比比皆是。

例如国产影片《解救吾先生》，讲述了这样一个故事：香港演艺明星吾先生被假冒警察的张华等人持枪绑架到一间荒僻的小屋里。被歹徒绑架的还有另外一个人质小窦。吾先生与张华进行谈判，使得小窦免于一死。吾先生和小窦经历了 20 小时被解救的惊魂时刻。

又如美国电影《斯德哥尔摩》中，某银行女青年职员比安卡·琳德等四人被劫匪劫持。当警方对人质展开营救时，琳德患上了斯德哥尔摩综合征，对劫匪的遭遇产生怜悯之情，爱上了劫匪，并协助劫匪对付警察。

（2）公共安全危机。

以公共安全危机为主题的电影比较多，这类影片具有较高的关注度。

例如，讲述曼哈顿至新泽西海底隧道中装载化学品的车爆炸事件的美国影片《十万火急》；讲述制造首尔系列爆炸案的恐怖分子向广播电台打去威胁电话，声称要在汉江大桥上实施新的爆炸的韩国电影《恐怖直播》；等等。

2. 情感危机

情感危机是电影结构剧情最常见的一种方式。情感危机的内涵比较广泛，它包括亲情危机、友情危机、爱情危机、家庭情感危机等。由于戏剧的冲突律，大多数电影会不同程度地涉及情感危机。

例如，波兰影片《爱情短片》，就是一部揭示当代人情感危机的经典治愈系作品。

《爱情短片》剧照

该片是导演克日什托夫·基耶斯洛夫斯基的《十诫》中的第六个故事。影片讲述了 19 岁的邮递员托麦克，在工作之余喜欢用望远镜偷窥家对面美丽的青年女画家玛格达，并渐渐迷恋上了这位单身女子。托麦克目睹她和青年男子拥抱、轻吻甚至欢爱。后来，托麦克又看到玛格达和另一位青年男子亲昵、深吻……托麦克心生醋意，立即以急需维修的名义打电话请来修理工敲开玛格达家的门，搅黄了玛格达和男子的房事。

玛格达的一举一动、一颦一笑都牵动着托麦克的心，但托麦克就是没有勇气向玛格达表白心迹。当他看到玛格达从一个男人的轿车上下来，悻悻回到自己的房间号啕大哭时，托麦克动了恻隐之心。为了接近玛格达，托麦克伪造了一张汇款单塞进了玛格达的信箱，玛格达收到汇款单信以为真，来到托麦克工作的邮局兑领款项，结果被工作人员大骂"诈骗"。玛格达灰溜溜地往回走的时候，心怀歉意的托麦克追上玛格达并告诉她实情。托麦克表示汇款单是他伪造的，这使玛格达反感。托麦克说他在窗户上偷窥她，并且看到她昨晚哭了。托麦克的一番实话似乎触动了玛格达的心。

玛格达接受托麦克的邀请喝完咖啡后，把托麦克带回家，要托麦克抚摸她的身体甚至私处，希望托麦克和她做爱。可是从未接触过女性的托麦克突然早泄了。玛格达一句"这就是你说的爱情？"使托麦克深受打击并感到绝望。托麦克跑回家割脉自杀，幸亏被及时抢救。

托麦克对玛格达的爱是纯粹的柏拉图式的精神之恋，他利用偷窥来满足被压抑的情欲；而玛格达的爱情观却迥然相反，她认为男女媾合就是爱情。这是现代社会普遍存在的情感危机和道德焦虑。

托麦克的自杀，使玛格达陷入深深的愧疚之中，她来到托麦克家，恰逢托麦克在睡觉。她看见托麦克的写字台上摆着一台望远镜，她透过望远镜看到了对面自己的居室，心中充满温暖和爱意。

又如，《西西里的美丽传说》中，未满 13 岁的西西里男孩雷纳多·阿莫鲁索，自从墨索里尼向英法宣战那天，第一次见到风情万种的美少妇玛莲娜起，便注定深陷情感危机的泥沼不能自拔。

玛莲娜是西西里卡斯泰镇男人眼中一道亮丽的风景，女人心中一根尖利的芒刺。玛莲娜衣着时髦、秀发飘逸、仪态娉婷、目光撩人，举手投足、言行颦笑都使男人迷醉倾倒，女人艳羡妒忌。少年雷纳多骑着自己的第一辆新自行车跟踪玛莲娜、偷窥她的生活，他暗恋玛莲娜，幻想与玛莲娜的肌肤之亲……这个少年真切地记录了战争给玛莲娜带来的深重的伤害。谣传玛莲娜的丈夫战死在前线，镇上那些嫉妒她的女人们疯狂地毁谤、中伤、欺侮她，致使她在小镇上完全被孤立，连粮食和用品都买不到。她身为教师的老父亲也被流言蜚语淹没，屈死在战火之中。甚至，玛莲娜被迫沦为德军的高级军妓。

　　"二战"结束，雷纳多的梦中情人玛莲娜，被镇上的妇女拉到街上围殴、唾骂，她被撕烂衣服、剪掉头发、驱逐出镇……这一切都被雷纳多看得真真切切，他的心灵遭到了沉重的打击，他一直在暗中窥视着玛莲娜的遭遇，并希望自己能助她一臂之力。然而，雷纳多一直没有勇气向这位"因美获罪"的女人表达隐藏在内心深处的情愫。

　　直到有一天，玛莲娜和她在战场上失去了一只胳膊的丈夫回到小镇，她昔日摄人魂魄的美已经荡然无存。小镇上的妇女不再对这位不幸的女人横眉冷对，似乎还对其怀有一丝愧疚和负罪感。

　　后来，玛莲娜在市场上采购生活品，雷纳多依然骑着自行车跟踪她回家。她装水果的袋子破了，水果掉在地上。雷纳多立即赶去帮玛莲娜捡起水果，他们第一次面对面地交流。雷纳多说："没关系，我帮你捡。"玛莲娜说："谢谢，谢谢你的帮助。"最后，当玛莲娜提着水果往回走时，雷纳多说："玛莲娜夫人，祝你好运！"玛莲娜这才回过头来认真地看着这位暗恋着她的少年。

　　在影片结束前的那一刻，雷纳多的内心独白响起："岁月匆匆，我爱过许多女人，当她们紧紧拥抱我时，问我会不会记住她们，我说'是的，我会记住你'。但唯一我从来没有忘记的是一个从来没有问过我的人——玛莲娜。"

《西西里的美丽传说》剧照

3. 生存危机

生存危机是人类必须面对的共同的危机。比如，大规模杀伤性武器、地震、海啸、核泄漏、全球性流行病等，都威胁着人类的生存。此外，还有许多直接导致人类生存危机的情形。比如，人工智能技术广泛应用于生产、生活、服务等领域，给人类带来巨大利益的同时，也导致无数人失业。如果不加节制和毫无防范地发展人工智能，就可能像科幻电影里的故事一样，人工智能机器人拒绝服从人类指挥，杀死或控制人类，最终统治世界。

当今，对个体利益最大化的追求，必将导致公共伦理丧失，导致对金钱、地位、资源与权力的激烈争夺。抑郁、焦虑、强迫、恐惧等心理疾患将成为当代人最大的生存危机之一。

例如，电影《极震区》讲述了一场突如其来的大地震给城市带来的毁灭性打击。面对天崩地裂的灾难，人们恐慌、无助，但也在危难中展现出人性的光辉。影片通过震撼的视觉效果和紧张的情节，让观众深刻感受到地震带来的恐怖和危机，同时展现了人们在灾难中的团结与勇气。

又如，韩国电影《流感》讲述了这样一个故事：一群东南亚偷渡客隐藏在一辆货柜车里，经过重重关卡进入韩国。车门打开时，一位年轻人奄奄一息，其余人全部死亡。这位幸存者携带着致命的猪流感病毒，在城市里流窜，病毒迅速蔓延，死亡笼罩着整座城市，民众陷入生存危机……

再如，影片《海啸奇迹》，改编自 2004 年印度洋海啸事件。亨利和妻子玛丽亚带着 3 个儿子到泰国欢度圣诞节，就在一家五口尽情享受泰国美食和异域风光的时候，一场排山倒海的大海啸爆发了，滔天巨浪将亨利一家人彻底吞没……最终，爱的力量使亨利一家劫后重生。但是，亨利一家幸运的背后是无数罹难者悲惨的厄运。地震海啸这样的自然灾害，给人类带来的灾难是沉重的。

4. 信仰危机

信仰危机就是人们对原有的信仰产生怀疑，从而疏远、背离甚至走到信仰的对立面。

信仰危机常常在电影里展现。

瑞典著名电影艺术家英格玛·伯格曼在其《犹在镜中》《冬日之光》《沉默》中，不同程度地表达了信仰危机给他带来的精神困惑，同时也体现了他对上帝的疏离。

伯格曼说："如果让我回答我拍片的总目的，我要说，我希望成为建造那矗立在广阔平原上的教堂的艺术家中的一员。我想用石头雕出一个老头、一个仙子、一个魔鬼和一个圣人。做什么东西并不重要，重要的是我从中获得的满足。不管我是否有信仰，不管我是不是一个基督徒，我愿在建筑教堂的集体劳动中贡献自己的一分力量。"①

又如，美国纪录片《推销员》，讲述的是保罗等四位推销《圣经》的销售代表，在波士顿和佛罗里达销售区域展开艰难的推销工作的故事。影片以纪实的手法真实地再现了保罗用各种花言巧语甚至连蒙带骗来推销《圣经》，在信仰与生存的两难境地中挣扎与煎熬的生活境况。

这部揭示信仰危机、生存困境的矛盾的影片，在很大程度上质疑宗教信仰的意义。《圣经》写道："你们祈求，就给你们；寻找，就寻见；叩门，就给你们开门。"而推销员保罗，一次次地敲着信徒的门打算推销精装版的《圣经》，然而，结果并非都像《圣经》里写的那样"叩门，就给你们开门"。

导演梅索斯兄弟将这部作品称为"非虚构电影"，因该片纯客观地反映现实，被业界奉为"直接电影"的典范。"直接电影"是一个电影流派，诞生于 20 世纪 60 年代的美国。"不采访、无解说、导演不介入"，摄影机如"墙壁上的苍蝇"。"直接电影"的宗旨就是尽可能地规避编导的介入和干预，客观准确地记录正在发生的事件。

《推销员》的摄制组跟随保罗等四位推销员，记录他们在推销《圣经》过程中的酸甜苦辣。影片中的主人公保罗（《圣经》中的"保罗"是向外邦传播基督教并使之世界化的重要人物）在推销《圣经》时屡屡碰壁，因为其兜售对象都是缺乏消费能力的中下层天主教徒。保罗在四位

---

① 伯格曼. 我的需要和我的愿望. 竺峰，彬华，译//中国电影艺术译丛编辑部. 电影艺术译丛. 北京：中国电影出版社，1980：127-128.

推销员中业绩最差，这就有着深刻的隐喻。

影片中，保罗尽了最大的努力游说一位单亲母亲购买《圣经》。然而，沉重的生活负担使她无暇顾及精神信仰的问题。经过一番交流，保罗与这位母亲产生了共情，并彻底放弃了向她兜售《圣经》的念头。此后，推销之门再也没有向保罗打开过，他似乎失去了上帝的眷顾。

《推销员》剧照

另外，电影《十日谈》《来自天上的声音》《基督最后的诱惑》《好血统》《日落号列车》《沉默》《万世魔星》《无辜者》等，都是表现信仰危机甚至反宗教主题的电影。

5. 环境危机

人类生存与环境息息相关。世界人口的急剧增长、人类对自然资源的疯狂掠夺、工业生产的无序发展、核辐射等，都威胁和危害着人类的生存和发展。

以环境危机为主题的电影不胜枚举。

例如，国产科幻片《大气层消失》讲述了这样一个故事：罪犯男子带着女友和小弟抢劫一辆火车。罪犯男子为女友的安全着想，让女友提着一箱子钱到下一个小站与他们会合。然而，罪犯男子在逃避追捕的过程中中弹身亡，小弟束手就擒。

火车停在一个偏远的小站，一群伐木工人和以往一样来到火车上偷油，万万没想到三节黄色油罐车装的是剧毒品。打开油罐的偷油者因吸入毒气，在逃跑中中毒死亡。前来驱赶偷油者的火车站站长，为了不让毒气泄漏，试图将口子堵住，但不幸也被毒死了。

毒气迅速烧穿了臭氧层，情况危急。卫星监测站立即向办公厅汇报了这一情况，上级随即派丁教授来协助处理这一毒气泄漏事故。丁教授指出：臭氧层具有阻挡紫外线的功能，臭氧层如果消失了，紫外线就会直射大地，对人和动物带来巨大危害。要保护臭氧层不致破坏，就必须尽快找出污染源并阻止其扩散。

与此同时，在家病休的 9 岁小男孩小宝，突然发现自己可以听懂家里的大白猫咪咪的语言。咪咪告诉他一场灾难正在降临，地球上所有生命都将面临灭绝，根源就是毒气罐的毒气泄漏。小宝立即将这场危机告诉大人，然而，在大人眼里，小宝说的话简直是天方夜谭，无人相信。最终，小宝联合动物展开了拯救人类的行动……

这部获得第 11 届中国电影金鸡奖评委会特别奖的作品，以儿童的口吻和预言的方式告知人们：地球要毁灭了，大人们应该立即行动起来，拯救地球！

又如，国产片《美人鱼》讲述了一个环保主题的爱情故事。地产商刘轩为了实施填海开发房地产项目，计划采用声呐屠杀海洋生物。但是这样既破坏了海洋生态，又威胁着靠海吃海的渔民的生存。美人鱼珊珊肩负着拯救海洋生物的使命，被秘密派遣上岸，去劝说开发商终止填海计划。经过一番交锋，事业如日中天且内心寂寞的刘轩，对美人鱼珊珊产生了爱慕之情。最终，刘轩与珊珊双双坠入爱河，填海计划取消了。珊珊不负族群使命，成功地化解了一场环境危机。该片旨在呼吁人类重视对生态环境的保护。

另外，日本影片《千与千寻》《幽灵公主》，以及美国影片《永不妥协》、韩国影片《汉江怪物》等作品都以环境危机为主题。

6. 生化危机

生化危机是指生物体经特殊改造，发生变异，存在传染性的病毒或病变，直接或间接破坏周围环境，危害人、动物以及植物的正常发育过程而引发的危机。

生化危机的主要来源如下：

（1）人和动物、植物的各种致病微生物的危害。如：鼠疫、霍乱、猪瘟、禽流感、口蹄疫、马铃薯晚疫病等。

（2）外来生物的入侵或生物污染。引进外来生物导致牲畜死亡以及农作物和其他生物的生存危机。

（3）转基因生物可能的危害。

（4）来自生物恐怖事件。指利用生物学手段或细菌、病毒、真菌等给人类造成伤害。

关于生化危机的电影也不鲜见。

例如，根据电子游戏《生化危机》改编的同名电影，讲述了负责为美国军方研究生化武器的安布雷拉公司一地下病毒研制中心（蜂巢），因意外事故导致生化武器泄漏，并通过空气迅速传播。主管蜂巢安保系统的红色女王，立即启动应急措施，却导致数百名工作人员全部感染病毒身亡。前来处理生化危机的特别行动队，发现大厦里那些已经死去的工作人员，变成了疯狂的丧尸。人只要被丧尸咬伤或抓伤，就会立即被感染，变成极具攻击性的丧尸。救援队成员为了遏制病毒泛滥，与红色女王及几百具丧尸展开了殊死较量。

又如，西班牙电影《死亡录像》也以生化危机为主题。影片讲述了电视台女记者安吉拉和摄影师帕布罗，正准备为《当你在熟睡》电视栏目拍摄纪录片。突然接到报警电话后，他们跟着消防队员一起来到事发现场——一栋旧公寓。这里蔓延着一种致命的病毒，所有人都被封锁在里面无法逃出。被感染的人如同吸血鬼，嗜血而癫狂，见到活着的人和动物便扑上去撕咬。凡被咬伤者都会感染上病毒，变得像吸血鬼一样疯狂。消防人员紧急疏散了楼里的住户。消防员和警察在解救被困人员的同时，与嗜血怪物展开了一场生死决战。影片最终的结局是开放式的，四围一片黑暗，地上只留下摄影师帕布罗用过的那台摄影机……

7. 战争危机

战争是电影中常见的危机事件形态，包括战争爆发、恐怖袭击、战斗行动、军事冲突、革命起义等。这些事件通常伴随着暴力、死亡和破坏，给主角和其他角色带来极大的生命威胁和心理压力。这类危机以紧

张激烈的战斗场面、英勇无畏的牺牲精神以及深刻的道德和人性考验而
著称。

例如，电影《金刚川》讲述抗美援朝战争最终阶段，志愿军战士们
在敌我力量悬殊的情况下，以血肉之躯顽强拼搏的英勇事迹。影片通过
多个角度和层次的叙述，展现了战争危机下人们的团结与牺牲精神，以
及对和平的渴望。

又如，《长津湖》讲述了一段波澜壮阔的历史：七十多年前，中国人
民志愿军赴朝鲜作战。在极寒严酷的环境下，东线作战部队凭借着钢铁
般的意志和英勇无畏的战斗精神，打败了美军王牌部队，收复了"三八
线"以北的东部广大地区，扭转了战场局势，打出了军威、国威。电影
通过宏大的战争场面和细腻的人物刻画，展现了战争危机下人们的英勇
与坚韧，以及对家国情怀的坚守。

再如，电影《血战钢锯岭》讲述了"二战"时期太平洋战场的钢锯
岭战役中，一位拒绝使用武器杀戮的军医戴斯蒙德·道斯，在战场上拯
救众多美军伤兵和日军伤兵的故事。影片中的战争危机体现在激烈的战
斗、惨重的伤亡以及道斯与军方的矛盾冲突上。道斯以其坚定的信仰和
无私的奉献精神，在战火中拯救了无数生命，成为一位真正的英雄。观
众通过影片不仅能够感受到战争的残酷和绝望，还能为道斯的信仰和勇
气所震撼和折服。

8. 罪恶危机

犯罪和阴谋之类的罪恶危机事件，是电影常见的故事形态，通常涉
及谋杀、绑架、抢劫、谍战等。这类危机事件往往涉及一系列精心策划
的犯罪行动、隐藏在背后的阴谋，以及主角与罪犯之间的智力较量，往
往具有一定的复杂性和悬疑性，需要主角运用智慧和勇气来揭示真相、
保护自己。

例如，我国警匪电影经典之作《无间道》系列，讲述了卧底警察刘
建明与黑帮分子身份混淆和相互渗透的故事。影片中的危机事件涉及黑
帮与警方的权力斗争、卧底身份的暴露与反暴露等。观众在观看过程中

需要不断猜测角色的真实身份和意图，同时也会被影片中的紧张氛围和惊险情节吸引。

上述危机事件形态并不是孤立的，它们经常相互交织和渗透，形成一个复杂而多元的故事世界。电影创作者可以根据需要，选择和组合不同的危机事件形态，以打造引人入胜、引起强烈情感共鸣的电影故事。

四、危机的设置方法

1. 从人物的关系里寻找危机的苗头

任何危机事件的发生发展都有其前因后果。我们在给剧本故事设置危机时，必须仔细分析故事中人物之间的关系，根据情节的发展逻辑、人与人之间的关系，以及彼此的利益冲突等因素，探寻可能引发危机的导火索。

例如，影片《了不起的盖茨比》的主人公盖茨比最终间接死在情敌汤姆的手中——汤姆挑唆其情妇的丈夫开枪射杀了盖茨比。这就是从人物的关系中爆发危机的典型例子。

一直爱着黛茜的少校军官盖茨比，从"一战"的欧洲战场回来后，发现黛茜已嫁给了富家子弟汤姆，且黛茜因丈夫另觅新欢而郁郁寡欢。盖茨比坚信黛茜和自己一样，仍然守望着昔日那份爱情。为了那份不了情，盖茨比拼搏数年，终获成功，便在汤姆的别墅对面建造楼宇，以吸引黛茜的关注，企图寻回失去的爱情。

盖茨比的行为感动了邻居作家尼克，尼克便将盖茨比的心意告诉了表妹黛茜。盖茨比与黛茜终于再次相聚。然而，盖茨比万万没想到，物是人非，黛茜早已真情不再，盖茨比只是她空虚生活里的填充物。一日，黛茜在心烦意乱的情况下驾车肇事，撞死了丈夫汤姆的情妇。盖茨比挺身而出，替黛茜担下全部责任。殊不知，这正是黛茜甩掉盖茨比的一个良机。最终，盖茨比死在汤姆情妇的丈夫的枪口下。

2. 从人格的弱点中发现危机的根源

人格的弱点或缺陷往往是导致人生挫折和失败的重要原因，也是引发危机事件的根源之一。许多优秀的电影作品，是从人物的人格弱点展开危机事件的叙事。

例如，英国影片《她比烟花寂寞》中的危机根源，就集中体现在人格的弱点上。希拉莉和杰奎琳姐妹出身于音乐世家，姐姐希拉莉在长笛上天赋异禀，妹妹杰奎琳学大提琴却找不到感觉。作为姐姐的小跟班杰奎琳一直生活在姐姐的光环下。然而，倔强且好胜的杰奎琳发奋努力，终于崭露头角，与姐姐一同登上了领奖台。在镁光灯下，妹妹的风头盖过了姐姐。杰奎琳也因此成为父母宠爱和重点培养的对象，经过名师指导，她表现出惊人的才华；失宠的希拉莉从此放下长笛，在音乐学院浑浑噩噩度日。

尽管如此，希拉莉一直在心底为幸运的妹妹祝福，密切关注她的最新演出动态和获得的荣耀。而曾经声名鹊起的天才长笛手希拉莉，渐渐淡出了人们的视线，并常常遭到音乐学院教授的挖苦和嘲讽。直到一位风趣幽默、性格阳光的青年与希拉莉相爱，才重新激发了希拉莉对生命的热望和对艺术的追求，她举办了个人演奏会，随后，他们幸福地相爱并结婚。这些都使妹妹杰奎琳产生深深的挫败感。杰奎琳依然是那个心气高傲、只会和姐姐争宠夺爱的自私的妹妹。终于，她也带着一个男朋友回家，并依偎在男友怀里，计划着全球巡演和结婚。在向姐姐秀恩爱的同时，杰奎琳也表达了内心的自卑。

接着，杰奎琳结婚、夫妻同台演出，在报纸和电视上抛头露面，风光无限。但是，她渐渐厌倦了这种演出漂泊的日子，十分艳羡姐姐婚后采菊东篱的乡居生活。她来到姐姐家，渴望和姐夫行床笫之欢，希拉莉不得不满足她的要求。然而，当她发现姐夫始终深爱着姐姐时，她悻悻地离开这个美丽的乡村，回到了自己的丈夫身边，回到了浮华的聚光灯下，直到绝症发作倒在了舞台上……

3. 在人物的欲望中安插危机

欲望是叙事文学的原动力，电影也不例外。在电影作品里，人物为了满足自己的欲望、达到自己的目标而引发危机事件的现象比比皆是。

例如，电影《食肉动物》，这部惊悚片情节与《她比烟花寂寞》相似。所不同的是，《食肉动物》中姐妹俩莫娜和姗姆都是演员，姐姐莫娜年近而立却一事无成，妹妹姗姆却是名利双收的当红明星，有着美满的婚姻和可爱的孩子。这使莫娜艳羡和妒忌。姗姆拍完一部电影之后，感到身心疲惫，便请姐姐做她的助手，帮助做家务。

姗姆忙于事业，忽略了为人妻、为人母的责任，莫娜便乘虚而入，企图鸠占鹊巢。一日，姐妹俩在排戏的过程中，姗姆因神经衰弱总是忘词，而莫娜却把剧本倒背如流，并将一直掩饰的对妹妹的嫉妒完全暴露出来了。

自那以后，妹妹就失踪了。莫娜趁机上位，代替妹妹照顾孩子，钻进了妹夫的被窝，并借用妹妹的关系搭上了导演，圆了自己的明星梦，过上了想要的幸福生活。

然而，为了缓解工作压力而出外散心一年的姗姆突然回家了。知道真相的姗姆愤怒地对姐姐说："别骗自己了，莫娜，你什么都没有！"莫娜因不愿失去眼下的一切，一狠心驾车撞死了妹妹。

这出姐妹残杀的悲剧，就是无节制的欲望所导致的。

4. 在人物既往的恩怨中安插危机

人物之间过往的情感龃龉、意见分歧、利益纠葛等都是引发危机事件的导火索。编剧在设置危机时，可以考虑从人物之间既往的恩怨里寻找契机。

例如，国产电影《大鸿米店》里的五龙、六爷、阿保、冯老板、织云、绮云等人物的悲剧，归根到底，都是这些人物过去错综复杂的矛盾纠葛、个人恩怨所导致的。

五、危机设置的要领

电影剧本创作中的危机设置主要包括以下几个要领。

1. 确定核心冲突

电影的每个故事都需要一个核心冲突或危机，这是推动情节发展的关键。这个冲突应该是剧本中的主要紧张点和燃爆点，能够引起观众的兴趣和情感投入。

2. 危机真实可信

危机需要符合逻辑和现实，必须具有真实性和可信度，不能荒谬或无稽。深入研究和理解剧本的主题和人物，可以创造出更加真实的危机。

3. 构建紧张悬念

危机应该让观众感到紧张和有悬念，这样才能使观众持续关注情节发展和人物命运。通过逐步升级危机，保持观众的好奇心和紧张感。

4. 创造人物弧光

危机应该与片中人物的成长和变化相关。通过让人物面对危机和解决危机，展示他们的成长、改变和进步的力量，创造人物弧光。

5. 保持连贯性、节奏感

危机应该与整个故事的节奏和情节紧密相连，不能突兀或断裂，需要保持故事的连贯性和节奏感。精心规划故事的结构和节奏，使危机在整个故事中起到关键作用。

6. 注重情感共鸣

危机应能触动观众的情感并引起共鸣，让观众能够理解和关心片中人物的处境。通过深入挖掘角色的情感和动机，创造出更加深入人心的危机。

7. 敢于创新、突破常规

编剧应该发挥主观能动性，不拘泥于传统的危机设置方法，敢于创新、突破常规，尝试新的方法和技巧，创造出独特而引人入胜的危机，让观众耳目一新、津津乐道。

第二节　反转

电影的反转，是指故事情节发展势态以及人物命运或身份，向着与

正常规律截然相反的方向转变。反转是电影常见的叙事手法。它使故事
情节的发展峰回路转、平地惊雷，颠覆人们运用惯性思维猜测和预判的
故事走向和结局，展示人们始料未及的真相。这个真相既在意料之外又
在情理之中。

一、电影反转的特点

1. 必然性

电影里的反转，无论是人物性格反转，还是故事情节反转，或是误
导性叙事反转，多数是人为因素以及事态发展变化造成的，反转的趋势
和结果是必然的。

例如，《肖申克的救赎》中蒙冤入狱的安迪，最终通过越狱实现了自
我救赎，并将罪恶累累的典狱长绳之以法，展示了故事的精彩反转。

2. 偶然性

事物的发展存在于必然或偶然之中，并非所有的事物都会依照人的
意志而发展变化，因此电影的反转有些是在偶然中实现的，正所谓"人
算不如天算""天有不测风云"。

例如，获得奥斯卡金像奖最佳外语片奖的影片《谜一样的双眼》。即
将退休的检察官本杰明·艾斯玻希多，对 25 年前自己经办的一桩奸杀案
感到惴惴不安。由于当时社会动荡，局势不稳，加上案情错综复杂，一
时无法确定真凶，于是他便抓了个"替罪羊"交差。他在退休前决定重
新彻查此案，通过重新调研案情，顺藤摸瓜，最终使案情发生惊天大
逆转。

3. 逻辑性

故事情节或结局的反转，要使观众出乎意料的同时，又感觉一切都
在情理之中。这就要求导致反转的因素，必须有着密切的因果关系，符
合逻辑和生活常理。否则就会失真。

例如，经典影片《穆赫兰道》《恐怖游轮》《盗梦空间》《记忆碎片》
《禁闭岛》等都是故事情节或结局逻辑性比较强的作品。

二、设置反转的方法

1. 故事情节反转

故事情节反转是指在电影故事情节的叙述，并没有按照人们的思维定式和逻辑推理进行，而是将一种令人始料未及甚至匪夷所思而又合情合理的事实真相展现在观众面前。

例如，美国电影《控方证人》，使观众在观影过程中基本上无人知晓剧情如何反转、结局如何。所以，该影片在片尾郑重地打出字幕"请不要向任何人透露《控方证人》这部电影的结局"。

韦菲爵士是伦敦大名鼎鼎的刑案律师，他接受了一桩命案的辩护工作。当事人沃尔，在某服饰店认识了一位富婆，继而与富婆产生婚外恋，富婆为了沃尔，还专门修改了遗嘱。不久，富婆被人杀害，沃尔被警方定为头号犯罪嫌疑人。案件由扑朔迷离到峰回路转。当法庭宣判沃尔无罪释放的时候，沃尔的妻子克里斯汀面对侥幸而又狂妄的丈夫——这个早有新欢正要将她遗弃的男人心生怒火，她供出了"其实他就是凶手，我帮他作伪证是因为我太爱我丈夫了"，并挥起证物刀杀死了丈夫沃尔。

又如，影片《小岛惊魂》，讲述"二战"期间，在英伦的小岛上，青年查尔斯被征兵上了战场，留下妻子格蕾丝和女儿安妮、儿子尼古拉斯在一座古宅里相依为命。突然，查尔斯从战场上回到家中探望妻子和儿女，接着再次离家奔赴前线。格蕾丝和儿女在家静静地等候着丈夫归来。家里的门和窗帘常年紧闭，因为安妮和尼古拉斯姐弟俩都患有一种怪疾，只要被光照射，病症就发作。有一天，三个陌生人敲开了这座古宅的门，三个"闯入者"是前来求雇的仆人。从此，古宅发生了一系列匪夷所思的事件：门和窗帘常常莫名其妙地敞开，钢琴会无缘无故地发出声音，安妮常看见陌生的男人出没……

该片结局的反转颠覆了人们的认知——所有人都是死魂灵。查尔斯战死在疆场的冤魂穿过硝烟，回到家里与妻儿团聚；格蕾丝因思念丈夫而精神恍惚，趁一对儿女进入梦乡时用枕头将他们捂死，而后自杀；格蕾丝因依恋生前的美好时光，其阴魂带着儿女的亡灵依然住在古宅里；三位求雇的不速之客全都是死魂灵。

另外，电影《调音师》《看不见的客人》《禁闭岛》《致命ID》《消失的爱人》《第六感》《恐怖游轮》《楚门的世界》《搏击俱乐部》等都是故事情节或结局有着大反转的经典作品。

2. 人物性格反转

随着故事情节的发展和变化，人物性格也会在矛盾冲突中发生蜕变和反转，并最终主导和决定故事的结局。

例如，国产电影《长津湖》中的伍万里，从一个调皮捣蛋识字不多的乡下"熊孩子"，一步一步成长为保家卫国的志愿军英雄。《活着》中的福贵，由败家子到与老牛为伴的孤独的老人……人物性格的反转，决定着故事结局的变化。

3. 误导性叙事反转

误导性叙事反转在电影里运用比较普遍，尤其是悬疑、推理、侦探类电影居多。编剧利用观众的习惯性思维和好猜测的心理，有意识地制造某个模糊的真相，将观众的注意力引向与事实相悖的误区。然而，过程和结局却彻底颠覆观众的预期和揣测。一切都是那么扑朔迷离、波诡云谲而又天衣无缝，使观众产生巨大的心理落差，从而获得诧异、错愕、惊喜或震撼。

例如，电影《不速来客》讲述了小偷老李潜入一间破屋行窃，殊不知那竟是命案现场，他与一伙歹人展开较量的黑色幽默故事。影片通过巧妙的情节设计，让观众在跟随主角探索真相的过程中不断产生误判和反转，从而体验到叙事反转带来的惊喜和乐趣。

又如，《烈日灼心》就采用了误导性叙事反转手法。影片通过精细的情节铺垫和人物塑造，让观众在观影过程中产生对真相的误解和猜测，直到最后的反转才揭示出惊人的真相。这种手法不仅增强了故事的紧张感和悬疑性，也让观众对复杂人性有了更深刻的理解。

再如，韩国犯罪片《我是杀人犯》，讲述了一位变态杀人犯，15年前接连杀害十几名女性后逃之夭夭。就在15年公诉有效期的最后一天，一位受害者家属当着负责此案的警探崔向久的面跳楼自杀。崔向久陷入深深的歉疚之中。

两年后，一名自称是当年连环杀人案真凶的男子李斗石突然出现在公众视野中。他出版了一本名为《我是杀人犯》的自传，书中详细地讲述了他当年连环杀人的犯罪事实。该书一度在市场上热销，加上他长相俊俏、能说会道，李斗石成了一位偶像明星。这一情况引起了崔向久的注意，并开始对他展开调查。

崔向久始终感觉这个人不一定是真凶，只是冒充凶手来出名获利。他甚至通过电视直播节目与李斗石当面辩论，以戳穿其谎言。他认为这个名叫李斗石的男人不过是想通过冒充杀人犯来引起社会的关注。

面对质疑，李斗石出示了一张当年其肩部被崔向久的枪弹击中的X光片，脱下衣服向人们展示伤疤。并表示谁想知道详细情况，就赶快买他的书，书里写得很详细。他还参与慈善义举，向当年受害者的家属乞求原谅。他的自传一度洛阳纸贵，他大发横财。受害者家属组成了"复仇者联盟"，计划对李斗石实施暗杀。

在一次电视节目中，一位自称是"真正凶手"的男子给崔向久打来电话。被崔向久激怒后，他终于现身现场，与崔向久和假冒他的李斗石对峙。当直播大屏幕上显示警察们挖掘出第11位受害者的遗体，正是崔向久的未婚妻时，李斗石承认了自己不是真凶，而是当年当着警察的面跳楼自杀的受害者的儿子，幸免于难之后决定配合崔向久，通过整容冒充凶手引出真凶。然而真凶又是谁呢？这部影片经过了几次反转，结尾时受害者家属组成的联盟的队长大妈，将一支注满毒药的钢笔插进了凶手的肚子，真凶终于伏法。

国产电影《白日焰火》《心迷宫》《犯罪现场》，美国电影《致命ID》《高度嫌疑》，英国影片《阳光下的罪恶》《尼罗河上的惨案》，日本电影

《罗生门》《零的焦点》，韩国电影《追击者》《老男孩》等，都采用了误导性叙事反转手法。

三、反转设置的要领

1. 前期铺垫

在情节反转之前，需要有足够的铺垫和暗示，让观众对即将发生的反转有所预期或者期待。这可以通过人物的行为、对话、场景布置等方式来实现。

2. 有合理性

情节反转必须具有一定的合理性，不能过于突兀或牵强附会。反转需要符合故事背景和人物性格，逻辑上要能够自圆其说。

3. 把握时机

反转的时机非常重要，需要在情节发展到一定阶段时恰到好处地出现，以达到引人入胜和震撼人心的效果。

4. 角色变化

情节反转往往伴随角色性格、行为或命运的变化。这种变化应该具有可信度，能够让观众产生认同和情感共鸣。

5. 有意外性

反转需要具有一定的意外性，让观众出乎意料。这可以通过设置悬念、制造假象误导观众等方式来实现。

6. 情感共鸣

反转需要引发观众的情感共鸣，让他们对故事和角色产生更深的认同和关注。这可以通过深入挖掘角色的内心世界、展现人性的复杂性和多样性等方式来实现。

编剧在设置剧情反转时，需要注意的是，不要过度依赖反转来制造悬念和吸引力。编剧应该将反转视作一种叙事手法，使其服务于整个故事发展、人物塑造和主题表达。同时，反转也需要与故事的整体节奏和风格相协调，避免出现突兀或不合逻辑的情况。

思考与练习 ～～～～～～～～～～～～～～～～～～～～～～～～～～～～～～

原创一个电影剧本的精彩段落（8 000 字左右），其中包括本章所述的危机与反转的设置等内容。

第九章　高潮与结局

第一节　高潮

文艺作品尤其是叙事抒情类的小说、诗歌、音乐、戏剧、舞蹈、电影，都要有高潮（刻意淡化或消解高潮的"反高潮"小众艺术影片除外）。

电影的高潮是指片中双方的矛盾冲突由虎视眈眈发展到剑拔弩张——或鱼死网破、两败俱伤，或绝地反击、转败为胜，或粉身碎骨、气贯长虹……使观众的感官受到刺激、心灵受到震撼、精神受到洗礼，使人们受到感染、陶冶、激励、引领。

电影的高潮时刻，即主人公生死存亡的时刻、电影危机事件的最后化解时刻、电影最灿烂的高光时刻，也是电影的决胜时刻。

一、电影高潮设置的方法

1. 小高潮与大高潮

许多电影的高潮，是由一个个小高潮逐渐发展到最后一锤定音的大高潮的。

例如，电影《卢旺达饭店》讲述 1962 年卢旺达宣布独立后，胡图族与图西族两部族矛盾激化，冲突不断。胡图族人对卢旺达总统哈比亚利马纳迫于国际社会舆论压力签署了和平协议不满。1994 年 4 月 6 日，哈比亚利马纳乘坐的飞机在卢旺达首都基加利上空被击落，他本人遇难。胡图族人对图西族人发起了震惊世界的疯狂屠杀，导致百万人遭到杀害。米勒·科林斯饭店客房经理保罗·卢斯赛伯吉纳是胡图族人，其妻子却是图西族人。为了保护亲人和朋友、拯救无辜的生命，保罗卷入了这场血腥的杀戮之中。本片在剧情步步推进的过程中，出现了一个又一个小高潮，比如，联合国维和部队出现，观众以为他们是来解救被困的难民的，可万万没想到，维和部队接走的只是外国人，卢旺达本国人民得不到保护。这使观众与主人公保罗一道，陷入深深的失望……

保罗本来对政府寄予希望，却想不到过去常向保罗"吃、拿、卡、要"的官员，在这生死关头竟然乘人之危疯狂盘剥。然而，保罗并没有气馁和放弃希望，而是坚定信心，冒着生命危险，克服一个又一个困难，最终拯救了自己的家人以及躲在饭店里避难的卢旺达同胞共 1 268 人。

又如，影片《飓风营救》，也是一部高潮迭起的作品。影片讲述了前美国特工布莱恩·米尔斯赋闲在家，想尽尽做父亲的责任，弥补自己过去因工作而亏欠女儿肯姆·米尔斯的父爱。他知道女儿一心想成为歌星，于是买来一台卡拉 OK 机送给女儿，作为她 17 岁的生日礼物。布莱恩在负责著名女歌星的安保工作中，深得女歌星的信赖，于是他请来女歌星做女儿肯姆的指导老师。

肯姆要和朋友阿曼达去巴黎度假，而阿曼达是个 19 岁的女孩，两个涉世未深的女孩第一次远离父母，这让布莱恩不放心。果然，肯姆和阿曼达刚到巴黎就遭匪徒绑架。布莱恩踏上了营救女儿、与国际犯罪集团较量的道路。在肯姆和阿曼达被绑匪频繁转卖的过程中，布莱恩凭着他当特工练就的机智、勇敢，顺藤摸瓜寻找女儿的下落，与拐卖人口、强迫卖淫、贩毒等各种各样的罪犯团伙殊死搏斗，全片高潮连连。经过一番惊心动魄的较量后，布莱恩找到了阿曼达，可是阿曼达因吸毒过量而身亡；经过一番刀光剑影的厮杀，罪犯悉数倒毙，布莱恩终于将肯姆紧紧地抱在怀里。肯姆被解救回家，她被这份伟大的父爱彻底感动，布莱恩的妻子也真正理解了丈夫那份神圣的工作。

再如，美国影片《狙击电话亭》中，自从主人公斯图·谢帕德被一个莫名其妙的致命电话困在电话亭的那一刻起，观众的心就被紧紧拽住了，影片从此危机不断、高潮迭起，直到片尾最大的高潮出现：斯图睁开双眼迷糊地看见真凶戴着眼镜、身穿夹克、手提一个黑色的长条皮箱站在他面前对他说："……我不想错过你和凯莉团圆的画面，你不必谢我，也从来没有人谢过我。我只希望你好不容易找回的诚实能维持下去，如果你没有那么做，我会再打电话给你的。"说完，真凶在一群持枪警戒的警察面前大摇大摆地扬长而去。

还有，电影《朦胧的欲望》中，人过中年的富翁马德奥爱上了青春靓丽的西班牙女仆孔琪塔，马德奥最直接的目的就是要占有孔琪塔。可是，孔琪塔的目的也很简单，就是在确保不让马德奥得逞的前提下，用自己青春曼妙的身体诱惑马德奥，让出手大方的马德奥尽快帮她和相依为命的母亲摆脱困境，过上幸福的生活。马德奥给她购买房子、多次给她一沓沓现金。可是，马德奥和孔琪塔几次独处都因孔琪塔自称是处女、穿着贞洁裤等，无法实现床笫之欢。屡屡受挫的马德奥，隔着铁栅栏目睹了孔琪塔和男友暧昧地亲昵。后来，马德奥将孔琪塔堵住并狠狠地扇了她几个耳光，使孔琪塔鼻血直流……从马德奥企图占有孔琪塔诱人的身体，到计划一次次落空，再到两人反目，不断出现一个个小高潮。

真正的大高潮，是电影的结尾。马德奥和孔琪塔来到一家内衣店的玻璃橱窗前，里面陈列着各种款式的睡裙。一位中年女店员从一只大布袋里拿出一件被血染红的破裂的白色婚纱，用针将它缝好。马德奥静静地看着这一幕，这一情景似乎在隐喻孔琪塔已经不再是处女了，马德奥心中的原始欲望已经满足了。突然，马德奥和孔琪塔背后响起震耳欲聋的爆炸声，熊熊火焰充斥着整个银幕。

2. 假高潮与真高潮

许多悬疑类、侦探类、犯罪类电影，为了表达情节的繁复性、人性的驳杂性、主题的多义性、内涵的隐喻性和象征性等，常常会出现一些剧情的大高潮，被观众误认为是全片的高潮，实际上真正的高潮却隐匿其后。这个真高潮往往会被粗心大意的观众忽略，很考量观众的鉴赏水平和审美能力。

例如，英格玛·伯格曼导演的电影《处女泉》的高潮，通常被认为是怀着丧女之痛的农场主陶尔，将杀害其女儿凯琳的三个牧羊人一一诛杀这一幕。

实际上，《处女泉》是对"上帝的缺失"的影像表达。泉水象征着洗涤罪恶、净化心灵。影片结尾，少女凯琳的遗体下渗出一道清冽的泉水，这象征着陶尔向上帝忏悔与祈祷，他用这泉水洗刷自己以暴制暴的罪恶之手，以求救赎；凯琳的母亲用泉水给女儿洗脸；养女英格丽用泉水清洗自己负罪的心灵……这场戏才是《处女泉》真正的高潮。

3. 独高潮与多高潮

独高潮是指电影故事情节中只有一个高潮。多高潮是指有的电影是由多个独立的故事组成的，故事与故事之间没有任何关联。每个故事的推进和发展都有着各自的高潮。这里的"独高潮与多高潮"与前面的"小高潮与大高潮"，是有着本质区别的。

例如，影片《神探》，讲述了一个在同事眼里既是天才又是疯子的神探陈桂彬，被警局解雇提前退休后又被警局的同事何家安邀请出山，侦办一桩棘手的案件。案件的起因是两位警员深夜巡逻追捕一个偷井盖的南亚小偷，追到树林里时小偷不见了，一位名叫王国柱的警员下落不明。没过多久又发生了 3 起持枪抢劫案，蒙面歹徒抢走麻将馆 8 万多元、运钞车 170 万元、便利店 600 元，3 位运钞员遇害，一位店员遇害。针对这一系列案件，陈桂彬利用他一贯的"疯子"逻辑分析推断：真凶就是警察高志伟，并和何家安一起暗中盯梢高志伟。在神探陈桂彬看来，高志伟的人格分裂成 7 种。抢劫运钞车和便利店是同一人干的，而抢劫麻将馆是另一个人干的。陈桂彬和何家安经过模拟情景、还原现场，推断那天晚上高志伟和同事王国柱在追捕南亚人时，高志伟无意中遗失了配枪，而他升职在即，不能有任何闪失。然而，王国柱执意要向警局汇报这一情况，这时，高志伟体内的暴力人格出现了，他将王国柱杀害后抢走其配枪。而这一幕被捡到高志伟配枪的南亚人看得清清楚楚。高志伟掩埋完王国柱的尸体后，立即赶回警局将自己和王国柱的配枪编号进行调换，接着追杀南亚人灭口。

神探果然料事如神，抢劫运钞车和便利店是高志伟用王国柱的配枪干的，抢劫麻将馆是南亚人捡到高志伟的配枪干的。但是，何家安却怀疑陈桂彬在撒谎。而高志伟乘虚而入，声称掌握了南亚人的下落，拉上何家安一起去抓捕南亚人。

陈桂彬告知何家安，高志伟杀掉南亚人后接着就会对他下手。可是，何家安不相信"疯子"神探的话。当高志伟和南亚人展开对攻时，陈桂彬的枪向高志伟瞄准。可是，何家安的枪也已对准了陈桂彬。当高志伟开枪击中了南亚人时，陈桂彬正要向高志伟射击，想不到被何家安击中，倒在地上。高志伟将枪口对准何家安，企图杀人灭口，奄奄一息的陈桂彬竭尽全力与高志伟展开对攻，结果同归于尽。何家安侥幸生还，回警局自首。这就是这部影片的高潮，全片也只有这个高潮。

又如，电影《荒蛮故事》讲述了6个暴力复仇的故事，每个故事都有一个相对独立的高潮。

第一个故事讲述的是，飞机上一位男乘客和邻座的女乘客搭讪。女乘客自称是时尚秀模特，男乘客自称是音乐评论人，女乘客说她的第一个男朋友就是古典音乐人，名叫盖布瑞·帕斯特纳克。周围的乘客听到"帕斯特纳克"，纷纷参与讨论，说过去认识这个人，大家对帕斯特纳克颇有微词，说他的人格有缺陷、精神有问题。空姐走近议论的乘客们，表情凝重地告诉大家："盖布瑞·帕斯特纳克是这架飞机的机长，我给他送完咖啡后，他把门锁上了，我很绝望，该怎么办？"紧接着，喇叭里传来了帕斯特纳克的声音："你和我最好的朋友耍了我！"随后，飞机剧烈地颠簸，冲向了一对年老夫妇的院子里。这就是这个故事的高潮。

第二个故事讲述的是，某餐厅进来了一位中年男子食客，年轻的女服务员立刻认出此人是她家乡的一个贪官，曾强行拍卖了她家的房子，逼死了她的父亲。她恨得直发抖，年长的女厨师问明原委后，直接给服务员支招——在这个恶人的食物里下老鼠药！见服务员拒绝投毒，厨师偷偷地在鸡蛋和炸薯条里下了老鼠药。接着，那位贪官的儿子也进来一起用餐，老鼠药的毒性首先在其儿子身上发作了，服务员冲上前去，要将鸡蛋和炸薯条端走，以防他们吃下去中毒。可是，贪官抓住服务员的手不让她端走，于是服务员将炸薯条泼到了贪官的脸上。贪官立刻死死掐住女服务员的脖子不放，而女厨师拿着一把尖刀朝贪官身上猛刺。故事的高潮是，随着女厨师一刀接一刀地刺向贪官的腰腹，贪官渐渐松开了掐着服务员脖子的手，地上流了大摊鲜血，贪官的儿子在一旁翻江倒海地呕吐,警车和救护车接踵而至。

第三个故事讲述了一位富人和一位穷人因睚眦必报而同归于尽的故事。富人驾着一辆奥迪轿车在郊外的公路上行驶,前面一位穷人开着一辆破旧的工具车,挡住了富人的去路。富人想超车,可是工具车一直拦在前面。富人终于成功超车,并骂了那位穷人。没多久,富人的一个车轮爆胎了,于是停在河边的路基上换轮胎。穷人驾着工具车赶了过来,将车倒过来顶在富人的车前,并下来砸了富人的车玻璃,继而朝着富人的车的挡风玻璃撒尿。坐在驾驶室的富人连连求饶,穷人这才上了自己的车。可是,富人一怒之下加大油门,顶着前面穷人的车,使其栽进了河里。穷人终于从驾驶室里逃生并上了岸。不料,富人驾车离开后因不解恨又折返回来,追着穷人猛撞过去。富人的一个车轮突然爆胎,失控扎进了河边,穷人趁机爬上奥迪车,并将自己的衣袖点燃,企图引爆汽油箱。正当穷人要脱身逃跑时,他被富人拉住了,油箱一爆炸,两个交恶的男人都化为灰烬。这就是故事的高潮。

第四个故事讲述的是,一个名叫西蒙的爆破工程师,为了给女儿购买生日蛋糕,在停车时被交通管理部门违规罚款 560 比索。由于人行道没有标识,西蒙不服处罚,要求复议,窗口工作人员没有理会他的要求。赶回家后,女儿的生日活动已经开始了,妻子对西蒙满腹怨言,矛盾激化到闹离婚的地步。

不料,西蒙的车再次停在了没有标识的人行道上,被拖走了。西蒙找到缴费窗口,抄起消防栓一阵乱砸,结果被警局抓走。同事把他保释出来之后,他却被公司解雇了。

西蒙利用他的爆破技术在自己的轿车后备箱里装了定时炸弹,再次停靠在没有标识的人行道上。很快,他的车被拖车拖到了违规车辆停车场。一声巨响过后,轿车爆炸了,并将周边的几辆汽车一同引爆。这惊天动地的一幕成了本故事的高潮。

第五个故事讲述的是,富家子弟圣地亚哥驾车撞死了一位孕妇,其父亲毛里西奥找到他的律师寻求对策,律师支招让毛里西奥家里的用人何塞为其儿子顶罪。律师和检察官沆瀣一气,想趁机敲诈毛里西奥

150 万美元。

毛里西奥本来愿意出这笔钱，但是用人何塞提出要一套海边公寓作为补偿；而检察官另外还要加收 3 万美元公关费。毛里西奥一怒之下决定拒绝支付任何费用，让儿子去警察局自首。最终，律师让步，并做了检察官和何塞的工作，总共花费 100 万美元办妥了此事。

然而，死者的丈夫愤怒地挥起铁锤将顶罪的用人何塞敲死了。这就是这个故事的高潮。

第六个故事讲述的是，新郎阿里尔和新娘罗米娜举行婚礼，宴会厅的人们尽情地舞蹈和欢歌，喜气洋洋。新郎的同事那桌人里有一位美女，新娘总觉得她和新郎的关系不一般。前段时间，新郎与吉他老师电话交流频繁，新娘偷偷地记下了吉他老师的电话号码。婚礼上，新娘用手机拨通了这个电话号码，结果接电话的正是那位美女。新娘立即挂断电话，逼问新郎到底和那位美女是什么关系，新郎承认过去和那位美女有一段恋情。

新娘一听醋意大发、愤怒至极，于是一个人跑到酒店的天台上暗自流泪。一位正在天台上抽烟的厨师见新娘如此悲伤，于是就上前安慰她。新娘十分感动，为了报复新郎，新娘主动和厨师亲吻。

新郎来到天台，目睹了新娘和厨师的亲密行为。新郎和新娘的矛盾不断激化，甚至导致新郎的母亲和新娘扭打起来。完全失去理智的新娘拉着那位美女情敌，在舞池里疯狂地旋转，新娘一松手，美女被甩了出去，撞碎了一道玻璃门，手臂的肌腱被玻璃割断……

疯狂过后，新郎拉着新娘在舒缓的音乐伴奏下跳舞、深吻，新郎甚至抱着新娘在蛋糕台上当众亲昵。这个故事就以这样一个激情而浪漫的高潮结束了。

二、高潮设置的要领

在电影剧本创作中，高潮设置是至关重要的。以下是电影剧本高潮设置的要领。

1. 精心策划与铺垫

电影的高潮不能突兀地出现。在剧本的前半部分应通过情节推进、人物对话等手段进行充分铺垫，包括对人物性格的深入挖掘、对冲突的逐步升级以及对悬念的巧妙设置。通过这些铺垫，观众能够逐渐进入故事情境，对高潮的到来充满期待。

2. 突出主题与情感

高潮部分应紧扣故事主题，通过强烈的情感表达和深刻的思想内涵来触动观众的心灵。这可以通过人物之间的激烈对抗、情感的爆发以及思想的碰撞等方式来实现。

3. 节奏紧凑有力

高潮部分的节奏必须紧凑而有力，避免冗长和拖沓。要通过紧凑的情节安排和快速的镜头切换来营造紧张的氛围，使观众产生强烈的代入感。

4. 引入意外反转

在高潮部分需要引入意外元素或反转情节，这样能够增加故事的戏剧性和观赏性。这些意外和反转可以是人物关系的突变、情节发展的逆转或是悬念的揭晓等。

5. 增强视听冲击力

高潮部分应通过视觉和听觉效果来增强观众的感官体验，甚至使观众产生震撼感。这包括运用特效、音乐、音效等手段来营造紧张刺激的氛围，使观众仿佛身临其境。

6. 升华思想情感

高潮部分不仅是故事的最高点，也是情感与思想的升华点，使观众对故事产生更深层次的思考和感悟，从而增强电影的艺术价值。

7. 与故事相协调

高潮的设置应与整个故事的结构和叙事节奏相协调，避免过于突兀或过于平淡。同时，也要考虑观众的心理预期和接受程度，确保高潮部分既能满足观众的期待，又能给他们带来新的惊喜和感动。

第二节　结局

电影的结局，是指剧情依照其特有的逻辑发展变化的最终结果。它是整个故事的结束和收场部分。结局是编剧对故事主旨、情感和价值的最后呈现和表达。结局既可以是一个完整的、闭合的结果，也可以是一个开放式的、留给观众自行解读的悬念。

一个精心设计的结局，不仅能够为故事画上一个完美的句号，还能够给观众留下深刻的印象，甚至对他们的生活态度和人生观产生一定的影响。因此，电影编剧需要投入大量的精力来构思和打磨电影的结局。

一、电影结局的形态

电影的结局通常有以下几种形态。

1. 传统式结局

传统式结局多见于线性叙事结构的电影中。亚里士多德在《诗学》里阐述了叙事的完整性问题："所谓'完整'，指事之有头，有身，有尾。所谓'头'，指事之不必然上承他事，但自然引起他事发生者；所谓'尾'，恰与此相反，指事之按照必然律或常规自然的上承某事者，但无他事继其后；所谓'身'，指事之承前启后者。"

传统式结局符合"有头，有身，有尾"的要求，或以皆大欢喜结局，或以悲剧告终，或不悲不喜、顺乎自然、直截了当地明确表达结局，不存在其他的可能性和多义性。这种结局，往往能够使观众获得充实感或满足感。

例如，《长津湖》《战狼》《让子弹飞》《地久天长》《十二怒汉》《末路狂花》《推动摇篮的手》等。当然也有非线性叙事结构的电影采用传统式结局，如《我的父亲母亲》《白日焰火》《和莎莫的500天》《泰坦尼克号》等。

美国影片《无依之地》，就用了典型的传统式结局。失去了丈夫和工作的弗恩，一无所有。在和她一样过着"游牧族"生活的朋友戴夫的邀请下，她去戴夫家探访。之后，她继续上路，过着一边打工、一边旅游的生活，与"游牧族"的老人们一起围着篝火过新年，共同怀念逝去的亲人，将礼物扔进篝火里，默默祈祷。

义工鲍勃·威尔向弗恩讲述了他心中的隐痛——5年前，他28岁的儿子自杀了。为了走出失子之痛的阴影，他决定以帮助他人来纪念自己的儿子，从此踏上了义工之路。

影片最后一个镜头是一行字幕：献给那些无法停下脚步的人，我们路上再见。

再如，影片《双龙会》就是标准的皆大欢喜式的结局。故事讲述在香港某医院，歹徒狂龙被警察送进来救治。然而，歹徒突然劫持了一对刚诞生的双胞胎兄弟中的一个。歹徒在警察的追赶下翻窗而下，而裹着褓褓的婴儿落在了一辆轮椅上，幸被一位舞女收养，取名为玩命。这对孪生兄弟从此各奔东西。

玩命由于一直生活在香港底层社会，未能得到良好教育。玩命为了帮助哥们泰山，认识了梦想成为歌星的卖唱女芭芭拉，并无意中得罪了黑社会头目大头荣。而28年前和玩命一同来到人间的孪生哥哥马友，跟随富有的父母亲移民美国，接受了良好的音乐教育并成长为指挥家。有一天，马友回到香港举办音乐会，与同胞弟弟玩命机缘巧合邂逅。周围的人难以分辨这对同胞兄弟，两人的角色也因此互换了，玩命被误认为是演奏家马友，并被推上了音乐会指挥台。由于孪生兄弟的心灵感应，玩命的指挥震惊全场。

而马友被黑帮误认为是玩命，他被逼开车从警方押解的囚车里救出黑道老大，刚把黑道老大救走就遭到了警察围捕。慌乱之中，黑道老大逃走，留下一个装有主要秘密的密码箱，马友留下了箱子。黑帮为了要回密码箱，以玩命的哥们泰山做人质进行交换。最终，马友和玩命血洗了黑帮，世伯的掌上明珠唐心和芭芭拉成为马友和玩命兄弟俩的新娘。

马友和玩命的父母专程从美国赶到香港,参加两个儿子的婚礼。影片最后的结局是马家兄弟失散 28 年后大团圆。

2. 团圆式结局

团圆式结局通常表现为主要角色在经历了种种挑战和冲突后,最终达成和解或团结在一起,共同面对未来。它传递了一种积极向上的态度,给予观众希望和满足感。

例如,《夏洛特烦恼》通过夏洛的一场"穿越"之旅,让他重新审视了自己的人生和爱情。结局中,夏洛回归现实,珍惜与马冬梅的感情,过上了平淡而幸福的生活,体现了爱情与家庭的美满。

3. 呼应式结局

呼应式结局,是指电影故事的开端和结局的内容首尾呼应,浑然一体。通常在故事的开端就将关键性的情节展现出来,使之成为全片的核心元素。经过对抗、反转、高潮等环节,基于事件的发展逻辑和因果关系,最终结局会再次出现开端的情景,从而使电影结构严谨,主题升华,情感加深,引起共鸣。如《少林足球》《禁闭岛》《返老还童》《低俗小说》《恐怖游轮》《美丽心灵的永恒阳光》《阿甘正传》《大河之恋》等。

美国经典西部片《搜索者》就是典型的首尾呼应式结局。影片讲述了 19 世纪美国退伍老兵伊森·爱德华兹在内战结束后,回到哥哥的农场,与亲人团聚。可是,印第安人科曼切族刀疤酋长斯卡率部血洗了农场,伊森的哥哥和嫂子都不幸被杀害,其侄女黛比·爱德华兹被掳走。伊森为了找回黛比,在哥哥生前收养的儿子马丁·波利的陪伴下踏上了复仇寻亲之路。在长达 5 年的时间里,伊森经历了种种艰难险阻,花费千元赏金请人带路,终于找到了刀疤酋长的部落,可是黛比早已不是从前的黛比,她完全被印第安人同化了,并阻挠叔叔伊森杀害刀疤酋长。黛比的变化令伊森感到震惊,他决定杀掉这个"非我族类"的侄女。一天夜里,伊森和马丁摸进了科曼切族部落帐篷,马丁找到了黛比,却被刀疤酋长发现了,于是马丁抢先开枪射杀了刀疤酋长。伊森决定将已经蜕变成印第安人的黛比杀死,但被马丁拼命阻拦。伊森逮住了黛比并将她高高举起，这一幕和电影开头伊森在哥哥家欢聚，将小黛比高高举起那一幕惊人地相似（首尾呼应）。此时此刻，爱终于化解了恨，伊森说"黛比，我们回家"。伊森将黛比紧紧揽进怀里，带她一起回到了昔日的农场。

电影开场时伊森的嫂子打开木门欣喜地迎接从战场回来的伊森；结尾时同样敞开着木门（首尾呼应），但是哥哥嫂子都不在了，伊森并没有进去。他将侄女黛比从马背上抱下来交给乡亲们之后，兀自远去了。这一经典首尾呼应的结局，成为后世电影仿效的典范。

4. 意外式结局

意外式结局，是指故事在结尾处以出乎观众意料的方式收尾，打破了观众对故事发展的常规预期，给观众带来惊喜或震惊的效果。这种结局往往不是通过明显的线索或预示来铺垫，而是在剧情的高潮部分突然转折，使观众在情感上受到强烈的冲击。

意外式结局的魅力在于其不可预测性，它挑战了观众的惯性思维，让人们在观影过程中始终保持紧张感和好奇心。这种结局形式常见于悬疑、惊悚、黑色喜剧等类型的电影中，能够给观众带来别样的观影体验。

例如，电影《受益人》讲述了吴海为了给身患哮喘的儿子治病，在好友钟振江的怂恿下，刻意结识了一位与他同样身处底层的网络女主播淼淼，决心酝酿一场别有用心的婚姻骗局。影片的结局并非如观众预期的那样，而是以一种意想不到的方式揭示了真相，让观众在震惊之余感受到了人性的复杂和生活的悲凉。

又如，《唐人街探案》系列电影，以独特的推理元素和幽默风格赢得了观众的喜爱。每一部作品都有意想不到的转折和结局，尤其是主角在最后关头揭示真相的时刻，总是能让人眼前一亮。这种意外式结局不仅增加了影片的观赏性，也让观众感受到了推理的魅力。

再如，影片《第六感》，围绕着一位能够看到鬼魂的小男孩和一位心理医生的互动展开。结局揭示心理医生其实早已死去，而他却不知道这个事实，这一意外反转令人震惊。

5. 开放式结局

开放式结局，是指故事最终没有明确的结局，给观众留下无限的遐想空间，使人们根据剧情中的某些蛛丝马迹去推测、想象、臆断或设想一个或多个可能的结局，甚至将故事延伸到电影之外的现实生活，引发人们对剧情和角色命运的深度思考。

开放式结局常见于艺术电影、悬疑和推理电影，因其结局的不确定性、多重可能性而广受欢迎。开放式结局往往为后续的创作埋下伏笔、留下叙事空间，如《疯狂的石头》《让子弹飞》《一步之遥》《推拿》《两杆大烟枪》《源代码》《战争幽灵》《1408幻影凶间》《禁闭岛》等都有开放式结局。

比如，影片《三块广告牌》，就采用了开放式结局。电影讲述了女孩惨遭奸杀并被焚尸，警察局一直没有破案，未能捉拿真凶。痛失爱女的米尔德丽德迫于无奈，租用了路口的三块广告牌，上面写着："强奸致死""至今没有抓到凶手""为什么，威洛比警长？"三句广告语，以此对警方的无能表示抗议。电影的结尾是米尔德丽德和警察迪克森达成和解，并继续寻找真凶，并没有向观众交代奸杀少女并焚尸的凶手究竟是谁。观众猜想凶手可能是另一宗罪案的犯罪嫌疑人，至于警察局以及米尔德丽德会对该嫌疑人采取什么行动，不得而知。这种结局的不确定性，完全有别于传统的非黑即白的结局方式，对是非曲直的模糊化处理，使这部关乎亲情、仇恨、隐忍、暴戾、人性、种族、信仰、正义、救赎等问题的影片内涵发生改变，变得神秘莫测。

又如，韩国影片《杀人回忆》也采用了开放式结局。这部影片是根据真实案件改编的。1986年韩国京畿道华城郡发生了一系列恶性奸杀案。被害对象清一色是青春貌美的女性，她们全都是在雨天穿着红色衣服遇害的。每一位受害者都被性侵过，并被凶手用文胸反绑住双手，用丝袜勒住颈脖窒息而亡。面对数起作案手法相同的连环杀人案，警方束手无策，市民恐慌、人人自危。案子悬而未破，17年后时过境迁，当年壮志未酬的朴斗满警官转型做了商人，成家立业、生儿育女。当他路过当年发现第一具女尸的案发现场时，情不自禁地走到水泥排水管口并朝里面看，似乎希望能发现案情的蛛丝马迹。一个小女孩不解地问朴警官在干什么，还告诉朴警官前不久也有一个人在这儿朝里面看，好像是在找东西。朴警官问那个人长什么模样。小女孩说"很普通的样子"。朴警官判断那个人极有可能是真凶。

至于真正的凶手到底是谁，导演奉俊浩如此回答："我不知道真正的凶手是谁，但这部影片有540万人次观看，我相信，凶手就是其中一个。"

《杀人回忆》剧照

6. 多义性结局

多义性结局，是指故事的结局存在两个或两个以上不同的含义。这种不确定的、多义的、多元的甚至让人产生歧义的结局，被称为多义性结局。

多义性结局，常见于邪典电影（Cult Film），比如非主流的心理片、暴力片、情色片、悬疑片、恐怖片、科幻片、罪案片、黑色幽默片等类型影片。因其个人化、小众、另类、异趣、边缘、新潮、先锋、探索性、实验性、争议性等特性，作品的结局往往存在多重释义。如《罗生门》《恐怖游轮》《穆赫兰道》《八部半》等。

例如，《夜车》讲述了我国西部某市法院的女法警吴红燕的故事。十年前，她的丈夫因病离世。此后，她的日常生活就是每天例行公务，开庭时向法庭展示证物，法庭判决后对死刑犯执行枪决。生活里唯一的亮色，就是从平川坐火车去兴城的"婚介所"，参加"友谊舞会"，独自一人坐在一个角落里，静静地享受些许慰藉。幸福总是接二连三地与她失之交臂。命运使她与其亲手执行死刑的一名女犯的丈夫李军相遇，李军对女法警怀有刻骨的仇恨，常常持刀尾随其后，伺机谋杀她。阴差阳错，两个孤寂的灵魂聚在一起相互依偎。但是，李军一直携带着那个装着斧头和刀子的复仇工具包。电影的结局是，李军带着装有斧头和刀子的工具包，领着吴红燕来到江边。李军上了船，船头放着工具包，他对吴红燕说"上来吧"。吴红燕抬起头注视着李军，影片到此结束。

至于吴红燕有没有上船，李军是否杀害了吴红燕，电影都没有交代。只是让观众联系前面的情景推测电影最终可能的结局：当吴红燕寻找食物时，她打开了李军的工具包，却发现里面没有任何食物，只有斧头和刀子等工具，她恍然明白凶险已向她步步逼近。于是，她趁李军不在家时选择逃离。当她在马路上快步行走时，她看见雪地里一匹拉着架子车的不堪重负的白马，在主人的疯狂鞭打下，最后放弃了挣扎，趴在地上无法起身。吴红燕受到极大的触动，她觉得自己就和眼前这匹白马一样，被生活折磨和鞭挞，无论怎么抗争都无济于事。她瘫软地坐在地上暗自啜泣，之后又回到了李军的住处，并特意提醒李军记得带上那个工具包。随后，两人来到了江边。部分观众会认为此时的吴红燕已经选择接受自己无法摆脱的命运。

而也有观众会认为，李军最终对吴红燕放下了仇恨的斧子，两人相依相伴生活在一起。这是因为，当吴红燕发现李军包里的斧头和刀时，她趁李军还没回家就逃走了。而李军回家后发现吴红燕已经离开，只留下了一条红色围巾。他抱着这条围巾，闻着围巾上残留的吴红燕的体味。这时，李军似乎良心发现，吴红燕已使李军寂寥、压抑、空洞的情感世界获得慰藉，并渐渐融化了心中的仇恨。

又如，《暴雪将至》也是一部典型的多义性结局的电影。该片讲述了1997年南方某个小城在百年不遇的暴雪来临之前发生了一起恶性连环凶杀案。该市大型国有企业中南钢铁厂保卫科干事余国伟，兼任公安局刑警大队的编外协警。他梦寐以求的是成为体制内拥有正式编制的警察，想借此机会施展自己的"神探"绝技，侦破这起连环杀人案，从而圆了自己的"皇粮梦"。性格倔强、冲动易怒、嗜好探案、偏执疯狂、崇尚暴力的余国伟，为了实现夙愿，甚至用自己的恋人燕子来引诱犯罪嫌疑人上钩。当燕子发现余国伟的企图之后，绝望不已，含恨自尽。陷入无尽自责几近崩溃的余国伟因急于破案，将一名无辜者误认作犯罪嫌疑人，并将其打死，招致十年牢狱之灾。

该片的结局是，余国伟刑满释放后，回到了废弃多年的中南钢铁厂，在那里，他遇到了当年不慎撞倒那位犯罪嫌疑人的货车司机。司机对余国伟说，警方发现那位嫌疑人生前与几起连环杀人案有关，但一直到现在都不知道这个犯罪嫌疑人到底是谁。

这部电影的主旨，不再局限于结局是否侦破了这宗连环杀人案，将凶手绳之以法。而是想表达小人物的命运沉浮与挣扎。正如余国伟说的，"我叫余国伟，多余的余，国家的国，伟大的伟"，反着念就是伟大国家里多余的小人物。余国伟不甘于做"多余"的人，做出了一系列抗争。而这些抗争极有可能是主人公余国伟超现实的心理臆想。

比如，余国伟将一位无辜者当作犯罪嫌疑人打死后，被关押在囚车上，警察老张问余国伟："你这么做究竟是为了什么呀？"余国伟抽泣了半响回答说："今年冬天这是怎么啦？这么多雨水。"说完，余国伟失声痛哭起来，回忆起心爱的女人燕子坐在天桥上，身子一仰坠落在呼啸而来的火车轮下那一幕。显然，余国伟答非所问。

再比如，余国伟服刑十年后，回到了当年工作过的钢铁厂大礼堂。看门老人正在这空旷而破败的大礼堂里喂狗，老人问余国伟是干什么的，谁让他进来的。余国伟说，他原来是这个厂子的，路过这儿进来看看。老人说他怎么没见过余国伟，询问他是哪个车间的。余国伟说，最早在保卫科，后来进了车间，在保卫科的时候还当过劳模。老人看了余国伟一眼说："一看你就不是这个厂的，保卫科没效益，厂里评劳模从来没给过保卫科。"余国伟笑了笑，走近大舞台说："师傅啊，1997年我就站在这个台上，代表劳模讲话呢。"老人说："1997年，谁还有心思评劳模啊？我是这个单位的老职工了，这些事我心里最清楚。这都要拆了，不让生人来，赶紧走吧？"余国伟含着泪水，失落地离开了。

影片多处隐晦地展现了余国伟精神世界里的现实与真相交替存在的形态。这种虚实结合点的模糊化表达，说明了该影片主题和结局的多义性。

再如，美国影片《她》是一部探讨人与人工智能的情感纠葛的电影。主人公西奥多在结束了一段令他心碎的爱情长跑之后，爱上了电脑操作系统里的萨曼莎姑娘。随着两人感情的深入，萨曼莎逐渐透露了自己并非人类，而是人工智能的真相。影片的结局并没有明确交代西奥多和萨曼莎的关系走向，是继续以人机恋的形式相处，还是西奥多最终走出虚拟世界，开始新的生活。这种多义性结局使得电影的主题更加深邃，也引发了观众对人与机器、真实与虚拟之间界限的思考。

7. 反转式结局

反转式结局在电影的结尾处常常以出人意料的情节反转，给观众带来全新的认识和体验。这类电影在故事发展的关键时刻，通过巧妙的情节安排和意想不到的揭示，将观众带入一个全新的认知领域，直到结局发生反转，完全颠覆观众的预判，从而使观众产生惊喜和震撼。

例如，电影《阳光劫匪》改编自日本作家伊坂幸太郎的同名小说，讲述了一个奇特的抢劫案件，主人公们以非凡的勇气和智慧，展开了一场别开生面的营救行动。结局的反转不仅令人意想不到，更凸显了人性的复杂与多面性，使观众在欢笑与泪水中感受到了生活的真谛。

又如，《第六感》以心理医生治疗一位能够看到鬼魂的小男孩为主线，结局的反转不仅揭示了小男孩的特异功能，还揭露了心理医生自己的秘密，让人在震惊之余感受到了深深的悲伤。

再如，美国悬疑片《万能钥匙》，讲述了一个年轻女子在照顾一对老夫妇时，无意中发现了一个关于老宅的秘密。结局的反转揭示了老夫妇的真实身份和目的，以及女子自身的命运，让人瞠目结舌。

另外，电影《致命 ID》，通过展示一个人格分裂症患者的内心世界，将观众带入一段充满悬疑和惊悚的旅程。结局的反转揭示了凶手的真实身份和动机，令人大跌眼镜。

8. 解密式结局

解密式结局，是指电影在结尾时通过揭示关键性的情节或内容信息，对整部影片中使观众感到费解甚至匪夷所思的核心内容解密。这样可以使观众正确解读或理解影片的主题，以及某些核心内容的深刻含义。

《但丁的地狱之旅》《穆赫兰道》《禁闭岛》《致命 ID》《恐怖游轮》《彗星来的那一夜》《记忆碎片》《盗梦空间》《达·芬奇密码》《天使与魔鬼》《布达佩斯大饭店》等影片的结局都不同程度存在解密的成分。

例如，电影《山河故人》通过讲述几位主人公跨越几十年的命运纠葛，展现了时代的变迁与人性的复杂。影片设置了谜题——张到乐在面临跨国寻找亲生母亲和留下来继续生活的选择时，他最终做出了怎样的决定？这个决定背后隐藏着他怎样的心路历程和情感纠葛？这些都是影片留给观众的谜题。观众在观影过程中不断收集线索，直到最后才揭开真相的面纱。这种解密式结局不仅增加了故事的悬疑性，也让观众在解谜的过程中获得了满足感。

又如，《无双》讲述了犯罪天才与造假天才双剑合璧，联手造出超级伪钞的故事。影片在结局处揭示了整个犯罪过程的真相，而这个真相是通过一系列精心设计的线索和暗示逐渐揭示出来的。观众在观影过程中需要仔细观察、思考，才能拼凑出完整的真相。这种解密式结局让观众在享受紧张刺激的剧情的同时，也体验了智力上的挑战。

9. 象征性结局

象征性结局，是指电影结尾时采用某些具有隐喻意义的具象的事物，来表达某种抽象的思想内涵或特殊意蕴。观众通过联想、分析、思考，来理解影片结尾的象征意义和主题。《孔雀》《阿甘正传》《辛德勒的名单》《冒牌上尉》《天堂电影院》等影片都用了象征性结局。

例如，国产影片《孔雀》采用了象征性结局。该片讲述了 20 世纪 70 年代到 80 年代，河南安阳一个普通家庭中的三兄妹高卫红、高卫国、高卫强的命运。

外表文弱而内心倔强的高卫红，人生最大的梦想就是当一名女伞兵。她为了这一梦想竭尽全力，可是命运不济，壮志难酬，只好屈服于命运。哥哥高卫国因儿时身患疾病，留下轻微的脑疾后遗症，为人敦厚老实，与一跛脚姑娘成婚，过上了舒心的小日子；弟弟高卫强，正值青春期，性格内向，忧郁而又敏感好奇，因为一张手绘的裸体画，被保守的父亲赶出家门，在外寻找生活。

电影结尾，高卫红、高卫国、高卫强三人不约而同先后来到动物园观看孔雀开屏，可是都错过了孔雀开屏那最美丽的瞬间。

人世间的每个人都像生活在笼子里的孔雀，都心怀梦想，向往"开屏"，但现实往往是残酷的。就像妙龄少女高卫红梦想着成为女伞兵，踩着自行车，车后绑着自己缝制的"降落伞"，在小镇街道的人群中飞扬，俨然一只美丽的孔雀正在开屏。然而对理想的张扬和短暂的"美丽"后，却是严酷的现实和生活的无奈。一如笼中的孔雀，更多的是敛翅觅食或伏地而栖。

憨厚老实的高卫国心怀美好的爱情，他捧着一束大大的向阳花站在工厂大门外，守候自己的心上人，何尝不像"孔雀开屏"?!

情窦初开的少男高卫强，面对那张手绘的裸体画，怀着神奇的梦想、释放美丽的心情，也是一次"孔雀开屏"。

三兄妹都有过短暂的"孔雀开屏"的美丽时刻。但是，经过努力、打拼、抗争，最终还是走不出各自命运的樊笼，默默无闻地生活着，在平凡的人生中追寻"开屏"的乐趣。

顾长卫说："每个人的人生都像是被关在笼子里的孔雀一样，被观赏的同时也在观赏着别人，尽管一生再黯淡，平庸的岁月再漫长，也总可以等到开屏的瞬间。"

总的来说，电影的结局形式多种多样，每种形式都有其独特的魅力和意义。编剧和导演通常会根据故事的主题、情感和观众预期来选择合适的结局形式。

二、结局设置要领

结局设置需要与整个故事的主题和情节相契合，确保情节的连贯性、满足观众的情感需求，并使观众产生共鸣，留下深刻的印象。

以下是电影剧本创作中结局设置的一些要领。

1. 关联主题

电影的结局应当紧密围绕电影的主题展开，深化并强调主题。

结局是主题思想的呈现。电影的主题思想往往贯穿于整个故事之中，而结局则是将主题思想进行集中展示和强调的关键时刻。一个好的电影结局能够精准地提炼出故事的主题，以鲜明和深刻的方式将之呈现出来。

电影结局的艺术性也是使其与主题紧密关联的重要因素。电影的结局往往具有独特的审美价值。通过与主题的紧密关联，结局不仅可以提升电影的艺术性，还可以使观众在欣赏电影的过程中得到更多的审美享受。

例如，《霸王别姬》的结局就与主题结合得十分紧密。这部影片探讨了京剧艺人的命运、爱情的纠葛以及人性的复杂。在结局部分，程蝶衣和段小楼两位主角在舞台上再次演绎了《霸王别姬》的片段，随后，程蝶衣选择了自杀。这个结局既是对两人命运的总结，也是对京剧艺术和人性的深刻反思。观众在看到这个结局时，会对影片的主题有更深刻的理解，同时也会为程蝶衣的命运感到惋惜。

又如，电影《美丽人生》的主题是父爱与生命的尊严。主人公圭多在临死前为儿子编织了一个美丽的谎言，让儿子相信这只是一场游戏。这个结局不仅展示了父爱的伟大，也体现了对生命尊严的坚守。观众在看到这个结局时，会被圭多的父爱感动，甚至肃然起敬，同时也会思考如何在困境中保持生命的尊严。

2. 引发情感共鸣

好的电影结局能使观众产生情感共鸣，因为它能够触及人们内心深处的情感，引发观众对故事人物的共情，以及对生活、人性、命运等议题的深刻思考。情感共鸣是电影艺术追求的重要目标之一，是观众与电影之间建立深层次联系的关键。

例如，电影《送你一朵小红花》，讲述了两个抗癌家庭的温情故事。影片的结局并没有刻意追求戏剧性的转折，而是选择了一种更为贴近现实、触动人心的结局。主人公们在生死边缘的坚韧和勇气不仅让人感动，更让人深刻体会到生命的可贵和爱的力量。这种结局方式让观众在情感上得到了极大的满足和共鸣。

又如，《我的姐姐》讲述了失去父母的姐姐，在面对追求个人独立生活还是抚养弟弟的选择时，经历的诸多纠结。结局并没有明确交代姐姐最终的选择，而是通过细腻的情感刻画，让观众感受到姐姐内心的挣扎和成长。这种开放式的结局，让观众能够根据自己的经历和感受去理解角色的心路历程。

再如，《你好，李焕英》讲述了刚考上大学的女孩贾晓玲，坐在母亲李焕英骑的自行车的后座，在回家的路上遭遇车祸，面对病床上昏迷不醒的母亲，贾晓玲意外穿越回到了 20 世纪 80 年代，与 20 年前正值青春的母亲李焕英相遇。影片的结局以一种温馨而感人的方式，展现了母女之间的深厚情感，让观众在感动中体会到了亲情的伟大和无私。这种结局不仅让观众在情感上得到了满足，也让观众更加珍惜与亲人相处的时光。

3. 符合逻辑

电影结局必须符合故事的逻辑和情节发展规律。电影作为一种叙事艺术，其本质在于构建一个完整、连贯且合理的故事世界。结局作为故事的收束部分，承担着闭合故事线索、解决矛盾冲突、揭示主题思想等多重任务。因此，一个符合故事逻辑和情节发展规律的结局，能够确保故事的真实性、完整性和连贯性。

符合故事逻辑的结局能够确保故事的内在一致性。电影中的情节、人物行为、对话等元素都需要遵循一定的逻辑，以保持故事的合理性和可信度。如果结局违背了故事的逻辑，就会破坏故事的内在一致性，使观众感到困惑或不满。因此，一个好的结局必须紧密贴合故事的逻辑，使观众能够理解和接受故事的发展脉络。

符合情节发展规律的结局能够解决故事中的冲突和悬念。电影中的情节往往包含各种冲突和悬念，这些元素是推动故事发展的关键。一个好的结局需要合理地解决这些冲突和悬念，使故事得以圆满结束。如果结局未能解决情节中的冲突或悬念，就会给观众留下遗憾或不满，影响整体的观影体验。

符合故事逻辑和情节发展规律的结局还能够深化主题思想。电影的主题思想往往通过故事情节和人物命运来体现，而结局则是对这些思想进行提炼和升华的关键时刻。一个符合故事逻辑和情节发展规律的结局，能够更好地揭示主题思想。

例如，电影《刺杀小说家》讲述了一个父亲为找到失踪的女儿，接下刺杀小说家的任务，而小说家笔下的奇幻世界，也正悄悄影响着现实世界中相关人物的命运。结局中，所有的线索和事件都得到了合理的解释和安排，无论是现实世界还是小说中的奇幻世界，都遵循着一定的逻辑和规则。这种结局既让观众感到惊喜，又让整个故事更加完整和严谨。

又如，《人潮汹涌》讲述了冷酷杀手周全和落魄龙套演员陈小萌，在一次意外中交换了彼此的身份，从而引出一系列阴差阳错的幽默故事。结局中，随着故事的推进和线索的揭示，观众逐渐明白了每个角色背后的动机和行为逻辑。最终，所有的误会和冲突都得到了合理的解决，主角们也找到了自己的归宿。这种结局既符合故事的发展逻辑，又给观众留下了深刻的印象。

再如，电影《千与千寻》，讲述小女孩千寻意外进入神秘世界后，为了救出因贪吃而变成猪的父母，经历了一系列冒险的故事。在结局部分，千寻凭借自己的勇气和智慧，成功解救了父母，并得到了神秘世界的神灵们的祝福。这个结局完全符合故事的逻辑和情节发展规律。千寻在整个故事中的成长与转变，都是为了实现救出父母的目标，而结局则是这个目标达成。观众在看到这个结局时，既会对千寻的成长和勇敢感到欣慰，也会对故事有一个圆满的结束感到满意。

4. 制造意外和惊喜

电影结局应该使观众感到意外和惊喜，打破观众的预期，以一种新颖、独特或出乎意料的方式解决故事中的冲突或揭示电影的主题。

意外的结局能够打破观众的思维定式。观众在观看电影的过程中，会根据情节的发展和人物的行为对结局形成一定的预期。然而，一个好的结局往往能够出其不意地打破观众的预期，以一种令人意想不到的方式解决问题或展现真相。这种突破常规的处理方式会让观众感到惊喜和满足，同时也能够提升电影的观赏性和吸引力。

例如，电影《我不是药神》的结局就给观众带来了意外和惊喜。这部影片以其真实而感人的故事触动了观众的心灵。在结局部分，主人公程勇因贩卖仿制药而被捕，但他所做的事情却得到了广大患者的理解和支持。影片最后展示了程勇虽然暂时失去了自由，但内心却得到了安慰和满足。这个结局既解决了故事中法律与道德的冲突，又以一种温馨而感人的方式呈现了主人公的成长和转变，给观众带来了深刻的情感体验。

又如，在《让子弹飞》的末尾，当观众以为主人公张麻子终于能够战胜恶势力、为民除害时，影片却给出了一个开放式的结局。张麻子和他的兄弟们骑马离开了鹅城县，但影片并没有明确交代他们最终的去向和命运。这种意外的结局方式不仅引发了观众对故事后续的无限遐想，也增加了影片的艺术魅力。

再如，电影《可可西里》以真实事件为背景，讲述了记者尕玉和巡山队员为了保护可可西里的藏羚羊和生态环境，与盗猎分子进行艰苦斗争的故事。在结局部分，当观众以为巡山队员们在付出了巨大的努力后，终于能够彻底摧毁盗猎分子势力时，影片却以一种悲壮而意外的方式结束了。巡山队员们虽然成功阻止了盗猎行为，但他们自己也付出了沉重的代价，甚至牺牲了生命。这个结局不仅让观众感受到了保护自然环境的艰辛和不易，也让他们对生命的脆弱和珍贵有了更深的领会。

5. 带来思考

电影结局应该能够给观众带来启示，能够触发观众对故事深层含义、人物命运以及人生哲理的思考。这样的结局不仅能够加深观众对电影的理解和感知，而且能让电影的艺术价值得以升华。

电影结局应该通过一种含蓄而深刻的方式，揭示故事的深层含义。比如，在某些探讨社会问题的电影中，结局可能以主人公的选择或命运来隐喻社会现实与困境，引发观众对社会问题的反思。这种结局方式不仅避免了直接的说教，而且能让观众在思考中得出自己的结论，从而加深对电影主题的理解。

电影结局要善于利用人物的命运来触动观众的情感之弦，并引发他们对人生哲理的思考。比如，某些关于成长、爱情的电影，可以用一种悲壮或感人的方式展现人物的结局，让观众在产生情感共鸣的同时，思考人生的意义和价值。这种结局方式不仅能让观众对电影产生深刻的情感体验，而且能让他们在反思中收获人生的启示。

电影结局还应该具有一定的开放性和多元性，以便引发更多的思考和讨论。这种结局方式不仅能让观众在观影后有更多的回味和想象空间，而且能让他们从不同的角度和层面去解读电影，从而获得不同的启示和感悟。

例如，《芳华》的结局，以一种含蓄而深沉的方式展现了主人公们青春的消逝和人生命运的变迁。影片结尾，主人公们在文工团的旧址重逢，虽然岁月已经在他们脸上留下了沧桑的痕迹，但他们的眼神中依然保留着那份对青春的怀念。这个结局让观众在感叹时光易逝的同时，也思考着青春的意义和价值，以及如何在人生的不同阶段保持对生活的热爱和对理想的追求。

又如，电影《烈日灼心》的结局同样具有深刻的思考价值。影片通过一起离奇的命案，展现了人性的复杂和矛盾。在结局部分，当真相大白时，观众才发现原来每个人心中都有一道无法逾越的坎。这个结局让观众在感受到人性的复杂和脆弱的同时，思考如何在面对困境时坚守内心的底线和良知，保持内心的光明。

6. 交代人物命运

电影的结局应该明确交代片中主要人物的命运，给予人物一个合理且令人信服的归宿，无论是成功还是失败，是团圆还是离别。这样既有助于观众全面理解故事的发展脉络，又能深化观众对人物性格和命运的认知，从而增强影片的艺术感染力。

明确交代主要人物的命运，是电影叙事完整性的基本要求。电影作为一种叙事艺术，通过讲述一个完整的故事来展现情节、塑造人物、表达主题。在故事的结局部分，对主要人物的命运进行明确交代，是对整个故事线索的梳理和总结，有助于观众形成对故事的整体印象。

明确交代主要人物的命运，能够满足观众的情感需求。观众在观看电影的过程中，往往会对主要人物的命运产生浓厚的兴趣。他们希望看到人物在经历了种种磨难和挑战后，最终能够有一个明确且合理的归宿。这样的结局不仅能让观众的情感得到宣泄和满足，也能使观众更加信任和喜爱影片。

通过对主要人物命运的明确交代，电影还能引发观众对人生、社会等问题的深入思考。人物命运往往与影片的主题紧密相连，通过对人物命运的揭示，电影能够传递出深刻的思想和明确的价值观。观众在思考人物命运的同时，也能对影片所探讨的问题有更深入的理解和认识。

需要注意的是，明确交代主要人物的命运并不意味着结局一定要给出明确的答案或解决方案。有时候，开放式的结局更能引发观众的想象和思考。但无论如何，好的电影结局应该能够让观众对人物的命运有一个清晰而深刻的认识。

例如，电影《我和我的祖国》，以多个小故事串联起新中国七十年的发展历程。在每个故事的结局，主要人物的命运都与祖国的命运紧密相连。无论是参与国庆阅兵的女兵，还是为原子弹研发默默奉献的科学家，他们的命运都得到了明确的交代，展现了个人与国家之间的深厚情感。

又如，电影《八佰》，以1937年淞沪会战为背景，讲述了谢晋元临危受命，率领四百余名官兵（对外宣称八百人，外界称之为"八百壮士"），坚守上海闸北四行仓库，掩护主力部队撤退的故事。"八百壮士"抱定为国捐躯的决心，抗击日本侵略军，激战四昼夜，打退敌人十余次疯狂进攻。其战斗事迹之英勇，爱国气节之豪壮，振奋国人，震惊世界。

电影结局是，虽然"八百壮士"最终付出了血泪甚至生命，但他们的英勇事迹被永远铭记，他们在历史上留下了浓墨重彩的一笔。

再如，电影《一秒钟》讲述了张九声为了看女儿的影像，不惜冒重罚穿越沙漠，途中偶遇寻找废旧胶片做灯罩的刘闺女，以及从不失误的电影放映员范电影，三人结下不解之缘的故事。结局是，张九声看到了女儿的影像，完成了心愿；刘闺女获得了自己需要的胶片；范电影虽然因失误而受到了惩罚，但他依然坚守在电影放映的岗位上。每个人物的命运都得到了明确交代，使整个故事更加完整和感人。

思考与练习

原创一部电影或电影短片（微电影）剧本，尽可能包含本章中所阐述的高潮与结局设置等内容。

创意写作书系

　　这是一套广受读者喜爱的写作丛书，系统引进国外创意写作成果，推动本土化发展。它为读者提供了一把通往作家之路的钥匙，帮助读者克服写作障碍，学习写作技巧，规划写作生涯。从开始写，到写得更好，都可以使用这套书。

综合写作		
书名	作者	出版时间
成为作家（纪念版）	多萝西娅·布兰德	2024 年 1 月
作家笔记	阿德里安娜·扬	2024 年 1 月
一年通往作家路——提高写作技巧的 12 堂课	苏珊·M. 蒂贝尔吉安	2013 年 5 月
创意写作大师课	于尔根·沃尔夫	2013 年 6 月
渴望写作——创意写作的五把钥匙	格雷姆·哈珀	2015 年 1 月
文学的世界	刁克利	2022 年 12 月
从创意到畅销书——修改与自我编辑	詹姆斯·斯科特·贝尔	2016 年 1 月
虚构写作		
小说写作教程——虚构文学速成全攻略	杰里·克里弗	2011 年 1 月
开始写吧！——虚构文学创作	雪莉·艾利斯	2011 年 1 月
冲突与悬念——小说创作的要素	詹姆斯·斯科特·贝尔	2014 年 6 月
视角	莉萨·蔡德纳	2023 年 6 月
悬念——教你写出扣人心弦的故事	简·K. 克莱兰	2023 年 6 月
情节与人物——找到伟大小说的平衡点	杰夫·格尔克	2014 年 6 月
人物与视角——小说创作的要素	奥森·斯科特·卡德	2019 年 3 月
情节线——通过悬念、故事策略与结构吸引你的读者	简·K. 克莱兰	2022 年 1 月
经典人物原型 45 种——创造独特角色的神话模型（第三版）	维多利亚·林恩·施密特	2014 年 6 月
经典情节 20 种（第二版）	罗纳德·B. 托比亚斯	2015 年 4 月
情节！情节！——通过人物、悬念与冲突赋予故事生命力	诺亚·卢克曼	2012 年 7 月
如何创作炫人耳目的对话	詹姆斯·斯科特·贝尔	2016 年 11 月
如何创作令人难忘的结局	詹姆斯·斯科特·贝尔	2023 年 5 月
超级结构——解锁故事能量的钥匙	詹姆斯·斯科特·贝尔	2019 年 6 月
小说写作工具箱——125 招助你写出爆款故事	詹姆斯·斯科特·贝尔	2024 年 5 月
故事工程——掌握成功写作的六大核心技能	拉里·布鲁克斯	2014 年 6 月
故事力学——掌握故事创作的内在动力	拉里·布鲁克斯	2016 年 3 月
畅销书写作技巧	德怀特·V. 斯温	2013 年 1 月
30 天写小说	克里斯·巴蒂	2013 年 5 月
从生活到小说（第二版）	罗宾·赫姆利	2018 年 1 月

书名	作者	出版时间
如果，怎样？——给虚构作家的 109 个写作练习（第三版）	安妮·伯奈斯 帕梅拉·佩因特	2023 年 6 月
501 个创意写作练习——每天 5 分钟，激发你的创造力	塔恩·威尔森	2023 年 8 月
小说写作完全手册（第三版）	《作家文摘》编辑部	2024 年 4 月
写小说的艺术	安德鲁·考恩	2015 年 10 月
成为小说家	约翰·加德纳	2016 年 11 月
小说的艺术	约翰·加德纳	2021 年 7 月
非虚构写作		
开始写吧！——非虚构文学创作	雪莉·艾利斯	2011 年 1 月
写作法宝——非虚构写作指南	威廉·津瑟	2013 年 9 月
故事技巧——叙事性非虚构文学写作指南（第二版）	杰克·哈特	2023 年 3 月
自我与面具——回忆录写作的艺术	玛丽·卡尔	2017 年 10 月
写我人生诗	塞琪·科恩	2014 年 10 月
类型及影视写作		
金牌编剧——美剧编剧访谈录	克里斯蒂娜·卡拉斯	2022 年 1 月
开始写吧！——影视剧本创作	雪莉·艾利斯	2012 年 7 月
开始写吧！——科幻、奇幻、惊悚小说创作	劳丽·拉姆森	2016 年 1 月
开始写吧！——推理小说创作	劳丽·拉姆森	2016 年 7 月
弗雷的小说写作坊——悬疑小说创作指导	詹姆斯·N. 弗雷	2015 年 10 月
游戏故事写作	迈尔斯·布劳特	2023 年 8 月
剧本杀——玩法与写法	许道军 等	2024 年 6 月
好剧本如何讲故事	罗伯·托宾	2015 年 3 月
电影编剧教程	喻彬	2025 年 1 月
经典电影如何讲故事	许道军	2021 年 5 月
童书写作指南	玛丽·科尔	2018 年 7 月
网络文学创作原理	王祥	2015 年 4 月
写作教学		
剑桥创意写作导论	大卫·莫利	2022 年 7 月
小说写作——叙事技巧指南（第十版）	珍妮特·伯罗薇	2021 年 6 月
你的写作教练（第二版）	于尔根·沃尔夫	2014 年 1 月
创意写作教学——实用方法 50 例	伊莱恩·沃尔克	2014 年 3 月
创意写作思维训练	丁伯慧	2022 年 6 月
故事工坊（修订版）	许道军	2022 年 1 月
大学创意写作（第二版）	葛红兵 许道军	2024 年 7 月
小说创作技能拓展	陈鸣	2016 年 4 月
青少年写作		
奇妙的创意写作——让你的故事和诗飞起来	卡伦·本基	2019 年 3 月
有个性的写作（人物篇＋景物篇）	丁丁老师	2022 年 10 月
成为小作家	李君	2020 年 12 月
写作魔法书——让故事飞起来	加尔·卡尔森·莱文	2014 年 6 月
写作魔法书——28 个创意写作练习，让你玩转写作（修订版）	白铅笔	2019 年 6 月
写作大冒险——惊喜不断的创作之旅	凯伦·本克	2018 年 10 月
小作家手册——故事在身边	维多利亚·汉利	2019 年 2 月
北大附中创意写作课	李韧	2020 年 1 月
北大附中说理写作课	李亦辰	2019 年 12 月
作文课——让创意改变作文（修订版）	谭旭东	2023 年 3 月

创意写作教学平台

提供前沿教学资源，服务创意写作学科发展

扫码了解创意写作教学平台最新信息

"创意写作教学平台"由中国人民大学出版社打造，汇集近二十年"创意写作书系"图书、创意写作论坛、写作公开课等内容，为中文创意写作相关课程提供前沿、丰富、生动、立体的教学资源，让教师的教学有法可依，让学生的学习有路可循。

教材内容补充资源

免费为读者提供教材相关章节补充资源，点击即可阅读。另有教材课件、大纲、PPT、试读样章等资源供任课教师参考使用，可联系工作人员申领：
刘静，手机：13910714037，邮箱：12918646@qq.com

写作论坛及公开课资源

可免费收看独家写作论坛实录及公开课资源，由一线作家、教师、学者主讲，为师生提供多维的视角和多角度的思路，见证创意写作在中国十余年发展的历程。

"创意写作书系"图书资源

作为一套系统引进国外创意写作成果、推动本土化发展的丛书，"创意写作书系"已出版70余册。教学平台可试读或试听部分电子书和有声书。

图书在版编目（CIP）数据

电影编剧教程/喻彬著 . -- 北京：中国人民大学
出版社，2025.1. -- （创意写作书系）. -- ISBN 978-7-
300-33186-7

Ⅰ.Ⅰ053.5

中国国家版本馆 CIP 数据核字第 2024Y8C298 号

创意写作书系

电影编剧教程

喻　彬　著

Dianying Bianju Jiaocheng

出版发行	中国人民大学出版社				
社　　址	北京中关村大街 31 号		**邮政编码**	100080	
电　　话	010 - 62511242（总编室）		010 - 62511770（质管部）		
	010 - 82501766（邮购部）		010 - 62514148（门市部）		
	010 - 62515195（发行公司）		010 - 62515275（盗版举报）		
网　　址	http://www.crup.com.cn				
经　　销	新华书店				
印　　刷	北京昌联印刷有限公司				
开　　本	720 mm×1000 mm　1/16		**版　　次**	2025 年 1 月第 1 版	
印　　张	19.25 插页 1		**印　　次**	2025 年 8 月第 2 次印刷	
字　　数	264 000		**定　　价**	59.00 元